GOBOOKS
& SITAK
GROUP©

GOBOOKS & SITAK GROUP©

三日月書版

三日月書版

楠谷佑
家政夫是名偵探！
3
春末洗衣與選擇
LN009
三日月書版

登場人物

三上光彌

在家事服務公司〈MELODY〉工作的大二生。
把一頭黑髮在後腦杓綁成一束，全身散發神祕感的美男子。
煮飯打掃樣樣精通的高超家政夫，同時也具備能看穿難解案件背後真相的聰明腦袋。

連城 怜

恩海警局的刑警，階級為巡查部長。
有著一頭短髮與精悍的相貌，是個性格直率的男人。
經常委託光彌來幫忙做家事。
為了解決手上的案件，有時也會借助光彌的能力。

良知 蘭馬

光彌從國中時代至今的摯友。
同為創櫻大學二年級，個性開朗。

土門

怜的長官，階級為警部補。
把一頭灰髮梳得整整齊齊的紳士，也是模範老公和傻爸爸。

島崎

隸屬於縣警搜查一課的警部補。
無論何時都很冷靜，擁有嚴格的時間觀念。

1

「那麼我去洗碗盤，怜大哥還請好好休息。」

「好，嗯，謝謝你。」

光彌端起交疊的碗盤走進廚房，他束起的黑髮輕輕擺動。

怜隔著中島看他這副身影，呆呆思考著。

（我們，大概已經算是「朋友」了吧……對吧。）

認識光彌至今還不到一年，怜對此總感到有點難以置信。

去年七月，怜看見夾報廣告後，第一次委託家事服務業者〈MELODY〉工作，當時派遣而來的服務員就是他——三上光彌。

那之後因為奇妙的緣分巧遇光彌好幾次，也聊過好幾次。

在童話作家遭殺害的案件中，光彌就在案發現場的大宅中當家政夫。而創櫻大學社團內發生案件時，光彌也以案件相關人的友人身分同席——

真的是相當奇妙的緣分。

而且更讓怜驚訝的是，每次在這種狀況中碰面時，光彌都有辦法看穿案件真相，甚至搶在怜等一票恩海警局的刑警之前。

去年年底，發生了怜的好朋友被捲入其中的痛心事件。多虧有光彌帶來一線曙光，替該案件畫下句點後，過了一段相當和平的時光。

一月——二月——三月。

而現在剛進入四月，正值盛春。

怜休假時偶爾會請光彌來家裡。但這並非以朋友身分請他來，而是以〈MELODY〉員工的身分。

老實說，其實怜也沒有如此頻繁委託家事服務的需求。雖然不擅長做家事，但也非一竅不通，因為他也獨居相當長一段時間了。

但光彌今年年初脫口而出的一句話讓怜一直掛在心上。

「如果可以，我想要做更多工作。」

光彌如此說道。那是怜隨口問一句「你打工不忙嗎？」之後得到的回答。光彌當然沒有直說，但他似乎很需要錢。

——於是乎，怜休假時偶爾會聯絡光彌，利用〈MELODY〉的服務。

（……光彌果然看起來像有什麼煩惱。）

怜邊看著光彌洗碗盤的身影，如此確定了。

光彌低垂細長雙眼默默動手的側臉，仍舊白皙且優美，但總覺得沒有氣魄。雖然光彌平常也不太表露情緒，但今天與其說是撲克臉，更該說是心不在焉。

「光彌，你好像沒什麼精神耶。」

怜一搭話，光彌從洗碗槽抬起頭來。他邊把剛洗好的盤子擺到流理檯上，含糊地回以：

「啊……」

「你有什麼煩惱嗎？不介意的話可以找我商量喔。」

「沒有……不是太嚴重的事情。」

雖然如此回答，光彌的表情仍舊陰沉。

「只是，我可能會沒有地方住。」

「咦——你說什麼？」

怜忍不住站起身來。

「這是相當嚴重的事情吧？是怎麼一回事？」

「其實我現在住的公寓要拆掉了。」

仔細一聽，就是以下這一回事。

光彌現在住的〈恩海宅邸〉的房東今年年初仙逝了。這棟公寓也變成房東兒子的房產，但他工作相當忙碌沒時間管理公寓。就算想要賣掉，〈恩海宅邸〉已經相當老舊。房東生前曾與房客約定要整修，最終仍沒有實現。

結果，兒子把房租收入與其他諸多費用兩相權衡後，決定拆掉公寓賣地。

「但我記得法律上有規定，房東需要給居民搬遷所需的時間，我記得規定要在半年前通知居民搬遷。」

「似乎是這樣。……但是，如果不在通知後三個月內搬遷，就沒辦法拿到搬遷補償，而三個月也快要到了。」

「啊啊，原來如此。」

要搬家也需要錢，沒辦法拿到補償對還是學生的他來說是筆不小的損失。

（這麼說來，光彌的老家呢？我記得他的雙親似乎離婚了……）

怜突然在意起這件事，但也不好意思問出口。

「嗯，總而言之……你正在煩惱該搬到哪裡住啊。」

「對，我找不到在我存款預算內能搬家的地方。」

能讓他神色如此憂鬱，大概是相當苦惱的事情吧。一想到如此，就讓怜感到相當痛心——

「那，你要不要暫時住在這裡？」

當怜回神時，他已經脫口如此提議了。

這句話嚇得光彌瞪大眼睛，怜也被自己說出口的話嚇到。

「啊，你看嘛，我家還頗大，房間也不少，你會定期打掃乾淨，空房間也馬上就能住人。」

「……但是，我不能如此依賴你。」

光彌邊拿毛巾擦手，有點不知所措地別開視線。怜不禁焦急他是不是讓光彌困擾了。

「沒有啦，我當然不會勉強你。如果你要住別人家，和同齡的朋友一起住也比較輕鬆……像是良知。」

怜想到那位和光彌從國中以來的朋友，如此提及，但光彌本人則是搖搖頭。

「蘭馬還住在老家而且家裡還有妹妹，我不能去叨擾他們。雖然這樣說，我也沒其他可以依靠的人……」

光彌將別開的視線輕輕拉回怜身上。

「那麼，可以讓我接受你的好意嗎？」

光彌如此乾脆接受提議反而讓怜感到意外，怜慌慌張張頻頻點頭。

「啊啊，這當然——反正我要工作幾乎不在家，你明天就可以搬來了。」

「非常謝謝你。……那個，我會做家事，還請交給我。得讓我起碼做這種小事才行。」

「嗯，好，那就麻煩你囉。」

怜很清楚光彌的個性無法「單方面接受他人好意」，與其將他當客人對待，倒不如把家事交給他，他心情上也比較輕鬆。

（實際上也幫了我大忙啊。）

就在事情談好之後，兩人一起喝咖啡休息。就算是以「家政夫」身分請光彌過來，但和光彌一起用餐早已變成習慣了。

「……話說回來，怜大哥沒事嗎？」

光彌坐下之後開口問，但怜聽不懂他在問什麼。

「我過著沒什麼特別煩惱的生活喔。」

「上個月，隔壁的音野市不是發生事件了嗎？有槍枝遭竊……」

「啊，那件事啊。雖然是轄區外，但我們距離很近。恩海警局也有加強戒備，你也很不安吧。身為刑警我真的感到很抱歉。」

「不，也不是不安之類的……警方因為那件事受到不小抨擊，所以我想怜大哥是不是也遇到不好的事情。」

原來是在擔心這件事啊，伶感到有點感動。

「這倒是不用擔心，我的工作平常也少有機會直接承受民眾的怒氣，所以有人像你這樣擔心我，真的讓我覺得很感謝。」

「沒有啊，我也只是說了很尋常的事情而已……」

光彌低下頭啜飲咖啡。

（但是，確實得要早日抓到那個案子的嫌犯才行啊。）

音野市的槍枝竊盜案件。

那是發生在上個月——三月十日的事件。

事件開端，是有兩個男人在音野車站前打架。兩人互不相識，雙方都喝得爛醉，因為肩膀互撞出現口角，接著扭打成一團。站前派出所的員警在此介入勸架。——但是運氣很不好，當時派出所裡只有他一個員警，其他員警正巧前往附近發生強盜案件的現場。

獨自上前勸架的他，反過來被兩個醉漢撂倒，因而失去意識。這個車站往來行人不多，沒有其他目擊者。員警過了一段時間醒來之後，才發現他的槍枝從槍套中消失了。

因為員警記得男人的特徵，沒過多久就抓到那兩個醉漢。但他們異口同聲表示「不知道槍枝的事情」，而且沒有理由包庇對方的兩人都表示「把警察弄昏之後，我們就慌慌張張一起逃跑了」。為了慎重起見，警方也上兩人家搜索，但兩人身邊都沒有發現槍枝蹤影。

也就是說，在員警失去意識之時，有第三者出現偷走槍枝，偷走這把裝有實彈的凶器——

＊＊＊

怜和光彌是在四月七日聊到這件事情。

而遭竊的那把槍，就在三天後，正好在竊盜案發生一個月後的四月十日被發現了。

伴隨著一具男性屍體。

2

輕風吹拂，淡紅色的碎片在夜中隨風起舞。

進入四月已過一週以上，被稱為恩海綠地的這個河堤的櫻花也開始飄落。

（真想在這種狀況以外的時間賞花啊。）

怜偷偷在心中如此想著。

時間已過晚間十點。今晚也有月亮，原本應該可以欣賞美麗的夜櫻呢。但現在，投光設備射出的光線刺眼地照亮周遭，一點氣氛也沒有。

「這裡在恩海市中也是相當知名的賞櫻勝地耶。」

怜一說完，站在他身邊的女性——從縣警派來的島崎志保露出訝異的表情。

「那和這個事件有什麼關聯嗎？」

她認真詢問，讓怜慌張起來。重視效率的島崎警部補，她這句話不是在挖苦人，而是單純不知道怜的話中之意。

「沒有，也就是說——我只是想，如果人想要死，或許會選擇這種地方迎接人生終點。這一次在這裡找到遺體，從心理上來看也算自然吧。」

「原來如此，確實有一番道理。」

島崎認真說完後皺起眉頭。

「但是——他要迎接人生終點也未免太年輕了。」

橫陳在兩人面前的，是一具年輕男性的遺體。頭髮染成褐紅色，身穿皮革外套與破洞牛仔褲的輕鬆打扮，是個感覺正在享受人生的青年。但靠在櫻花樹幹上的他，太陽穴上有個讓人想別開眼的黑色大洞。

青年很明顯是自己拿槍射穿頭部而死。他身邊堆積的櫻花花瓣也染上黑紅血色。

「那麼，知道這個青年的身分了嗎？」

「已經從他身上的學生證得知了。」

怜邊看記事本邊說明，才剛從縣警抵達現場的島崎，還不清楚案件的詳細內容。

「死者名叫宮尾晴樹。是東京都內赤川學院大學四年級學生，似乎住在音野市內的公寓，已經有搜查人員前往了。」

「家屬呢？」

「總之已經先聯絡上死者的舅父了，向大學確認身分時，得知緊急聯絡人上寫著那個人的名字。」

「原來如此。……那麼，槍枝方面又怎樣呢？」

島崎看著遺體犀利提問，話題終於觸及核心，怜也打直腰桿回答。

「確認槍枝序號後，與『那把』槍一致。現在正在請科搜研進一步詳細調查。」

「果然是這樣啊，而且宮尾這位青年就住在音野市——」

島崎邊說邊陷入思考。

「合理推論，那個案件的凶手應該就是這位青年了。」

在音野市被偷走的員警槍枝。

已經證實宮尾拿來射穿自己頭部的，就是那把槍。

「真希望能在出現死者之前阻止這一切。」

怜不甘心地緊咬嘴唇，雖然被偷走槍的員警也是被害者，但根本不容一般民眾拿警方槍枝自殺這種事情發生啊。

「現在懊悔也沒用，先把這個案子解決掉吧。」

島崎果斷說完後，朝走上堤防的階梯走去。怜邊看著她前長後短的鮑伯頭隨風飄動，佩服想著「縣警菁英的心態果然與眾不同」。

「這個事件無庸置疑是自殺——我剛剛這樣聽說了。」

「是的，確實如此，因為有目擊證人。」

怜的回答讓島崎轉過頭來。

「有人看見自殺的那一幕嗎？」

「就是看見自殺的那一瞬間。」

證人就坐在停放堤防上的巡邏車中等著，怜過去請他下車。

「佐野先生，又要麻煩您了。縣警的調查人員到現場來了，可以請您再度簡單說明嗎？」

佐野賢吾邊神經質地調整領帶，邊偷看怜的臉。

「好、好的，沒有問題……但、但是，我什麼時候可以回家啊。」

「非常不好意思，接下來還要勞煩您跟我們回警局，接著在筆錄上簽名之後就能結束了。大概還要一小時左右，還請您忍耐一下。」

「喔，算了，無所謂啦。」

佐野是三十出頭，瘦到見骨的男人。他在縣廳所在地的一家廣告代理商工作，他說明天也要上班。他相當靜不下來，身體不停小幅度擺動。

（哎呀，直擊別人拿槍自殺的畫面，這也難免吧。）

怜寬容地在旁守護佐野，他舔溼嘴唇好幾次後才開始說話。

「晚上九點左右吧，我剛好經過那座恩海橋，那是我從車站走回家最近的一條路。」

佐野指著附近的鐵橋，那座橋基本上有能讓兩臺車會車的寬度，但老舊得讓人有點不太放心。被害者就陳屍在離橋墩五公尺遠的地方。

「然後……我剛好走到橋中央時，聽到有人講話的聲音，就往底下看。然、然後就看到一個男人拿手槍抵在自己頭上——」

「說話的聲音？他說了什麼？」

島崎尖銳地問，只是這樣就讓佐野身體一縮。

「我、我聽不太清楚。但是，總而言之，那個男的一個人站在那邊，拿槍抵在自己頭上。我嚇得繼續看，那個男人……就打穿自己的頭，然後倒下了。」

島崎又想開口問問題，但佐野在那之前激動地說。

「妳想要說我可能來得及阻止他對吧！我、我也知道啊。但、但是啊，我一開始還以為他在開玩笑……不對，在那之前我已經嚇到發不出聲音來了，事出突然也無法動彈……

我知道我不好，但是我也無能為力啊。」

「我沒有認為您不好。」

島崎冷靜地要拚命顫抖聲音的佐野閉嘴。

「在那之後，您做了什麼？」

「我在那邊動彈不得一段時間……接著想到不可以這樣下去，就從橋上下來繞過堤防……正好就是這附近，然後他很明顯已經死掉了。」

他們所在的位置可以從堤防上方俯視宮尾倒下的地點，確實從這邊也可以看出來他已經喪命，更別說佐野可是看見扣下扳機的那一瞬間。

「然、然後我就報警了。真的很恐怖，所以我報警後本來想馬上回家，但電話那頭交代我『請待在原地別動』。」

怜心裡傻眼想著「這還用說」，島崎表情不變繼續提問。

「接下來這個問題很重要，還請您確切回答——那位男性自己把槍抵在頭上，然後自己扣下扳機，這是事實對吧？」

「是、是這樣沒錯，絕對確實是這樣。」

佐野用力點頭好幾次。

「鑑識小組調查之後，也得知他的確是自殺沒錯。」

怜對著佐野和島崎兩人說話。

「被害者的右手袖子檢測出槍擊殘留物，頭部創傷和子彈入射角度也沒有不自然的地方。從飛濺的血跡來看，也確定了被害者倒下的地點就是槍擊現場——除此之外，被害者周遭半徑五公尺距離內，除了他以外沒其他足跡。」
「那、那是當然的啊！你在說什麼啊。」
佐野生氣地面露潮紅。
「你難不成是懷疑我說的話嗎？為什麼要說那種可能不是自殺，案發現場不是這裡之類的話啊？」
「沒有，我只是為了慎重起見消除每個可能性而已。」
怜說明之後佐野仍無法消氣，他激動地喘氣。
「真是的，我明明就沒有說謊啊。要不然……」
「要不然？」
島崎一回問，佐野又縮起身體安靜下來。
「沒、沒有……我什麼也沒說。」
接下來，他就跟蚌貝一樣不再開口了。
他的反應讓怜感到哪裡不太對勁，但怜也沒辦法繼續逼問這個目擊證人。

3

佐野被帶回警局，遺體也被運走後，怜和島崎還待在現場繼續檢視。
在此，一組車頭燈伴隨著輾壓砂石的聲音朝他們接近。
宮尾倒下的地點，從堤防那邊看過來位於橋的右側。另一方面，橋左側的河岸是停車場。只有鋪上小砂石的簡單停車場，現在完全被警方車輛占據。此時有一臺新加入的車子開過來。

從看起來相當堅固的德國車走下來的，也是位看起來很強悍的人物。他腳步沉重地從橋下走過來，走到怜和島崎身邊。

「你你、你們是刑警嗎？晴樹——我外甥呢？」

男人發出低沉，幾乎可說是怒吼的聲音。

那是一位五十歲前後，有點微胖的男人。頭上綁著頭巾，明明是晚上卻戴著太陽眼鏡，身穿迷彩連帽外套，這獨特的裝扮讓怜嚇了一跳。

「請問您是宮尾先生的家屬嗎？」

島崎看見這個男人也不為所動地問，男人用力點頭。

「對，沒有錯，我是雨嶋康稔。接到你們警方的通知，我就飛車過來了。」

據說為宮尾舅父的這個男人，往上抬起太陽眼鏡睜大眼看著怜兩人。

「那晴樹呢？」

「遺體已經運走了。不好意思，要麻煩您到監察醫務院那邊確認……」

「那當然是沒有問題啦，但是……難以置信，我剛剛接到電話說他是自殺的，這是真的嗎？」

雨嶋聲音低沉，就算只是普通說話也讓人感覺他在威脅人，但島崎絲毫不畏怯。

「是的，沒有錯。科學搜查已經證實了這一點——而且有目擊證人看見自殺的那一瞬間。」

「目擊證人！那是何方神聖啊。」

雨嶋揚聲，怜說著「請冷靜點！」制止他。

「非常不好意思，我們不能告訴您目擊證人的相關資訊，我們有守密義務。」

「但那個人……雖然我不知道那是誰，但他看見晴樹死掉的那一瞬對吧？那他為什麼不阻止啊！」

「根本無從阻止起。他是從橋上看到，他也被嚇得全身僵硬……因為宮尾先生手上拿的可是手槍啊。」

聽到「手槍」的同時，雨嶋喉嚨深處發出呻吟。

「……晴樹為什麼會有手槍，我不能理解。」

「請問您還記得上個月發生的槍枝竊盜案件嗎？」

島崎一問，雨嶋點頭回「記得」之後睜大雙眼。

「難不成，那是晴樹偷的？」

「這個可能性極高，至少凶器的手槍和遭竊槍枝就是同一把槍。」

「太難以置信了。」

那是如野獸低吼的聲音，他稍微看了怜背後一眼，後面就是宮尾靠著的樹，樹幹上還留著鮮紅血跡。

「……要是你們警察不被偷槍，也不會發生這種事了。」

雨嶋吐出這句話的聲音更加低沉，讓怜背部竄過緊張感。

「如果後續證實槍枝為宮尾先生所偷，我們將會以嫌犯死亡僅送交文件給檢方。」

島崎非常精準地反駁了雨嶋對警方整體的指責，雨嶋一瞬間嘴角抽搐，接著用雙手用力摩擦臉頰後低頭。

「我對我剛剛說的話道歉，但是……我真的無法接受晴樹會做出如此嚴重的事情。」

「我能理解您的心情，話說回來，請問您外甥的雙親呢？」

怜一問完，雨嶋面露難色。

「不知該怎麼回答才好，這就跟家醜外揚沒兩樣啊……唉，還是讓我說吧。從結論說起，他爸已經死了，他媽……就是我妹，我也不知道她是死是活。」

「不知道是？」

「讓我從頭說起吧。晴樹是我妹二十歲時生下的孩子，晴樹父親是和我妹交往的打工同事。簡而言之，就是懷了晴樹後奉子成婚。因為我妹個性很隨便，我們當時一度很擔心不知道會怎樣，但她十分疼愛晴樹……一剛開始。但我妹某天突然離家出走，大概是晴樹才剛念小學那時吧。」

雨嶋緩緩搖動他粗壯的脖子。

「似乎是交了其他男友，在那之後，我妹夫也把工作辭掉，似乎也開始會找晴樹出氣。很不湊巧，我當時正好在美國生活沒辦法去看他們，實際上，聽說他當時過著相當荒誕的生活。我雙親看不下去就把晴樹帶回家養，那之後沒多久，我妹夫就過世了。聽說是喝醉了在公園裡睡著結果凍死……那是我妹離家出走不過三個月後的事情。」

這太過殘酷的故事讓怜痛心。

家庭內的狀況不為外人所知，沒有人知道宮尾晴樹愛不愛自己的雙親，也不知道這份愛是否已經變為不同感情。但是宮尾肯定知道，在家人寵愛、疼惜下長大的人絕對不懂的心情。

「在那之後一段時間，我的雙親和晴樹一起生活，但晴樹高中時，我父親突然驟逝。我母親年歲也大行動不太方便，我開始常常到老家去看他們。然後在晴樹上大學的同時，也把我母親送進照護中心了。」

所以宮尾的「緊急聯絡人」才會填寫雨嶋，怜終於理解了。

「我們理解狀況了，那麼，請問您最後一次見到宮尾先生是什麼時候呢？」

島崎不知何時已經準備好取代手寫記事本的電子記事本，雨嶋邊搔下巴邊回答。

「就是昨天而已，晴樹最近來幫我工作。」

「請問是做怎樣的工作呢？」

「問我嗎？我是自由接案的插畫家。」

還真是令人意外。他到底會畫出怎樣的畫呢？怜總動員自己的想像力想像。

「原來如此，那麼宮尾先生也有繪畫的才華囉？」

「唔姆，他本人是曾說過想要靠這條路生活，但我也不知道他有多認真……不管怎麼說，我請他幫忙的不是和畫畫有關的事情。像是請他跑郵局，或是幫我處理稅務等等，一些跟畫畫不相關的雜事。」

「我明白了。——請問最近宮尾先生有沒有什麼看似有煩惱的樣子呢？」

「妳是想問自殺的理由吧。」

雨嶋用力地皺起臉。

「嗯，也不能算是沒有底啦，但是啊……」
「您心裡有底嗎？請問是什麼。」
「好啦，我說就是了……妳別靠這麼近啦，刑警小姐。」
島崎這一步也不肯退讓的工作態度也讓雨嶋往後退了一步。
「晴樹那傢伙，上個月似乎和女朋友分手了，和交往很久的對象。」
失戀——
一陣風彷彿配合這個話題吹來，櫻花花瓣一齊飛了過來。
「似乎是對方提分手的，那傢伙明明是很樂天的個性，這陣子也變得相當消沉。」
「請問您對他的對象了解詳細嗎？名字或是年級等等的。」
島崎問完後，雨嶋喉嚨深處低鳴。
「我曾經從晴樹口中聽過一、兩次，蘭……、鈴……之類的名字，很現代感的感覺。我記得確實是R開頭的字，對了對了，他有說是大學學姐，他都已經大四了，所以應該已經出社會了吧。」
所以才會分手啊——怜不禁如此想像。
「我明白了，目前提問就到此為止。接下來或許還會進一步向您詢問詳情……」
「好，我知道了。總之現在可以讓我早點去見晴樹嗎？」
外貌可怕的插畫家，揉揉太陽眼鏡底下的眼頭。
「真是的，怎麼會做出這種蠢事啊……不過是年輕時的戀愛，以後怎樣都能扳回一城啊。」

之後，雨嶋在其他員警帶領下前往監察醫務院。怜和島崎結束現場調查之後回到恩海警局。

「連城，辛苦你們了。」

在搜查總部迎接他們的是上司土門，他今天也完美無懈穿著與一頭灰髮極搭的黑色西裝，但他看起來似乎相當忙碌，表情也比平常還嚴肅。大概是相當沉重對待自己的轄區內發生槍械相關事件吧。

「──島崎警部補，這次也要麻煩妳了。」

「是的，我也要麻煩你了，土門警部補。」

「連城，你們才剛回來很不好意思，可以馬上告訴我現場的詳細狀況嗎？」

聽從上司的要求，怜鉅細靡遺描述狀況。土門坐在會議室的折疊椅上，一語不發專心聽他說。

「從現場的狀況來看，推測無庸置疑是自殺──但有一點讓我很在意。」

那是怜也注意到的一點，也就是──

「目擊證人佐野先生提到的，『聽到橋下傳來人說話的聲音』這一點對吧。」

說出口的人是島崎，土門用力點頭。

「或許也能想成──被害者精神錯亂自言自語。但看起來有『對話對象』應該比較自然，舉例來說，或許也可能是他在電話中對誰說『我現在要去死』……這樣。」

「請問宮尾手機的分析工作在進行了嗎？」

「這是當然，部下也差不多要拿成果過來了吧。」

就在土門如此承諾時，會議室的門打開了。

「土門係長，讓您久等了——哎呀，連城前輩您回來啦。」

恩海警局最年輕的不破刑警拿著一疊紙走進來。

「我把科搜研傳過來的分析資料印出來了，總之這是最近的通聯記錄。剛剛連城先生在電話中提到的女朋友，我們也查明了。」

宮尾似乎幾乎沒有使用手機本身的通話功能，都是用免費通話軟體和朋友聯絡。最後和他通話的為疑似朋友的男性，時間為下午四點左右。

「然後，到上個月還頻繁聯絡，從對話內容來看推測應該是女朋友的，是這位女性。」

不破把一張紙放在桌上，怜三人探頭上前看。

那是通訊軟體的對話記錄，宮尾和對方討論會合時間及想去的餐廳名字等等事項。這氣氛很明顯是情人之間的對話。對方的名字是「增戶凜」。

「這念增戶凜（Mashito Rin），手機的通訊錄上也有登錄這個名字。」

不破加以解釋，島崎看了怜一眼後明說。

「天亮後，我們就去見她吧。」

＊＊＊

警局只要一開始查案，就會夜以繼日活動。

雖然怜這次也做好不眠不休工作的覺悟，但土門下令「先回家一趟去沖個澡」。怜被分配到和島崎一起去找關係人打探消息的工作。「刑警絕對不可欠缺清潔感，外表邋遢的刑警去問話，原本能問到的都問不出來了」這是土門的論調。原來如此，真有道理。

所以說，在處理完諸多雜事後的上午五點，怜先回家一趟。

（啊……對啊，現在光彌住我家。）

怜在玄關看見光彌的鞋子才想起這件事。

光彌昨天早上搬來怜的家，事情三天前才談好所以算相當趕，到他可以領取搬遷費的期限似乎真的沒有時間了。怜說了「房子裡幾乎都是空房間，隨你愛怎麼用都可以」後，光彌還真的這樣做反倒嚇了怜一跳。他請朋友蘭馬開車，搬來了幾個紙箱。怜一點也不覺得困擾，但看到不太依賴人的光彌如此依賴他，這件事肯定讓光彌相當傷腦筋吧。

（也就是不能回老家吧？我記得光彌雙親離婚後，他跟著母親生活也改回母親的姓氏了……他和母親處得不好嗎？）

思考了這類事情後，怜搖搖頭。

「這不是我該追究的事情。」

小聲說完後，怜從玄關走上走廊，壓低腳步聲往前進，但是。

「怜大哥。」

突然有人喊怜，嚇得他停下腳步。

「光彌，你已經醒了啊。」

光彌可能才剛起床，頭髮尚未束起。看見平常總是穿著有型的他一身運動服打扮還真是新鮮呢。

「哎呀，是被我吵醒的嗎？」

「我正好剛起床，我平常總是五點左右起床。」

揉揉惺忪的睡眼後，光彌朝怜走過來。

「怜大哥，工作結束了嗎？辛苦你了。」

「謝謝你，但是很遺憾，不是結束而是才剛開始。」

光彌轉為認真表情。

「發生事件了嗎？」

「嗯，我想媒體很快就會大肆報導。恩海綠地——你知道嗎，恩海橋那附近，有位男性在那邊舉槍自殺。」

「槍……凶器該不會是……」

「你果然很敏銳，沒錯，已經證實是上個月在音野市遭竊的槍枝。」

至此都還在新聞會報導的範圍內，而怜有自覺他會不小心就對光彌說太多，所以打算就此打住事件話題。

「我沖個澡換件襯衫之後就要再回去查案了，我已經有給你鑰匙了對吧？你大學課業也要加油喔。」

「——好。」

怜沖澡後打理好自己。他在刮鬍子時發現了，盥洗檯的鏡子變得相當乾淨。

（是為了感謝收留他所以幫忙打掃了嗎？……不對，單純因為光彌無法忍受髒亂吧。）

怜不禁露出苦笑走出更衣室，此時，起居室那邊傳來香氣。

「怜大哥。」

光彌穿著圍裙從起居室探出頭來，那不是他工作時用的粉紅色圍裙，而是格紋的時尚圍裙。

「我做了簡單的早餐，如果不介意，要不要吃了再出門，你應該肚子餓了吧。」

這個「簡單的」早餐是蜆味噌湯及燙菠菜拌芝麻醬等等，也需要花上不少時間準備的料理。

「喔喔，太厲害了……謝謝你，我好久沒有好好吃一頓豐盛的早餐了，我開動了。」

「用熱水替蜆吐沙馬上就能完成，雖然因為滲透壓關係會連蜆的美味成分一起流失，其實要用鹽水慢慢吐沙最好。因為快要到期了，我就拿出來用了。」

怜開始用餐後，光彌就在他對面一如往常說起小知識。

邊聽他說這些話，怜一轉眼就吃完了。

「我吃飽了。」

「啊，我來收拾就好了，請你放著就好。」

「不好意思，全部都麻煩你。」

「不會，我可是借住在這邊的人啊。」

怜輕輕一笑，光彌感到不可思議地歪頭。

「怎麼了嗎？」

「沒有，沒什麼啦，只是……覺得家裡有人真好呢。」

4

增戶凜任職於東京都內的飲料製造商。

因為不清楚她的住家地址，所以怜和島崎直接到公司去找她。由怜負責開車，走高速公路越過縣界。在抵達位於中野區的辦公大樓前，兩人幾乎沒有對話。

目的地的大樓整棟都是製造商的大樓，相當氣派。怜兩人走過挑高天花板的一樓大廳朝接待櫃檯走去，出示警徽，接著由島崎開口。

「我們正在調查某個案件，想要找貴公司的一名員工，可以麻煩替我們聯絡嗎？」

總務部負責人被找來櫃檯，島崎俐落地向對方解釋清楚後，對方幫忙聯絡增戶。負責人放下話筒後，相當惶恐地朝刑警點頭。

「讓兩位久等了，我剛透過內線聯絡上增戶，請她到六樓的會議室去了。」

刑警兩人道謝之後朝電梯走去。

抵達會議室時，增戶凜已經在會議室內了。她獨自佇立在可以眺望都會大樓群的大窗戶前，怜兩人一進會議室，她緩緩轉過身。

她是位把黑髮鬆鬆束起，中等身材的女性，粉紅鏡框的眼鏡給人留下深刻印象。她不是穿套裝，而是穿著深藍色洋裝搭配白色開襟衫。

「我們是警察，請問您是增戶凜小姐嗎？」

一在桌邊坐下，島崎立刻開口，增戶冷靜回答。

「對——你們是要問宮尾的事件對吧。」

她從懷中拿出名片，橫越桌子遞上前，她似乎任職於經營企劃部這個部門。

「我今天早上在新聞裡看到了，請問有什麼我可以說的嗎？」

「我們已經得知，幾乎可以證實他是自殺沒錯。」

怜相當謹慎選擇用詞，眼前的女性現在雖然很冷靜，但關係親密的人才剛過世而已。

「但是，我們沒有發現遺書——也就是說，我們現在正在調查他的動機。」

「這樣啊……但我和他分手已經過一個月了，也不知道能不能幫上忙。」

「在您和他分手之前，請問他是否有什麼煩惱的樣子嗎？」

怜問完之後發現「您和他分手之前」這個表現相當可笑。

「完全沒有，他是個很樂天的人，總是看起來沒什麼煩惱。」

增戶微微低頭，沒表現出強烈悲傷只是平淡回答問題。

「請讓我稍微轉換話題。」

島崎開始掌握主導權。

「請問您和宮尾先生交往了多久呢？」

「正好兩年，我和他是在大學的話劇社認識的，我大三，他才剛入學。然後，我們大概維持了一年左右普通學姐和學弟的關係……升級的三月那時，突然就開始交往了。」

「不好意思，請問您現在……」

「進公司第二年，我升上大四那時一直交往到上個月，對……整整兩年沒有錯。」

也就是說，在增戶出社會，宮尾還是學生的狀態下還繼續交往了一年。怜身邊很少見到這樣的情侶。

「想請教您一件事——請問從您來看，宮尾先生是怎樣的人呢？」

「警方連這種事情都要問啊。」

島崎的提問讓增戶睜大眼睛，她不是揶揄，而是純粹感到驚訝的口氣。

「這個嘛……他是個非常親切且溫柔的人。——是不是要用過去式比較好啊？但我還沒什麼真實感。」

她不自然地擠出笑容後把頭髮往耳後勾。

「嗯……『溫柔的人』這個表現最適合他，他總是非常沉穩，和他在一起就會感到很平靜。他是把對方擺第一位著想的人，我在求職時，剛開始工作時，他總是毫不厭煩地聽我抱怨。他完全不會說出任何喪氣的話。」

她的話語中包含真心的親密感——怜如此感覺。但根據雨嶋所言，提分手的是她。那她為什麼要和現在仍懷抱親愛之情的宮尾分手呢？

島崎似乎也對這點感到疑問，尖銳提問。

「詢問這種侵犯隱私的問題真的很不好意思，但我想請問，您為什麼要和宮尾先生分手呢？」

這直接了當的提問讓增戶稍微皺眉，但她最後輕聲回答。

「因為，灰紅色吧。」

出乎意料外的回答讓怜很困惑。

「呃，那是——也就是說？」

「三月初，他把頭髮染成灰紅色。啊啊，我不是指他的外表不再是我喜歡的樣子的意思喔。那很適合他，也很帥氣。但是，他就快要升上大四了，也差不多是該思考求職活動的時期了對吧。更該說，從三年級就開始準備的人還比較多……總之，我對他刻意去染了一頭不適合求職活動的髮色感到很驚訝。」

增戶很不自在，雙手在桌上重新交握了好幾次。

「所以我就問他『你要念研究所嗎？』他嚇了一大跳回答『怎麼可能！我又不喜歡念書。』我又接著問『那你要找工作對吧。』你知道他回我什麼嗎？他回『還沒這麼急吧』。」

她露出了只能用「苦笑」來形容的笑容。

「他接著開始說起想要以插畫類的工作為目標，說他開始在插畫家的舅父那邊幫忙做資料之類的。但我還是第一次聽到他想要畫插畫，他的興趣時時刻刻都在變，一年級時還說想當舞臺劇演員——接下來是音樂家，他也會彈吉他喔。然後這次是插畫家，所以我就覺得很傻眼。」

增戶用力低頭擦拭眼頭，看見她在意外的時間點落淚讓伶嚇了一跳。

「他就是個孩子，沒有惡意。總是非常樂觀開朗，但也因為這樣，不管怎樣都沒有辦法認真考慮事情。……我連他這部分都好喜歡，但這和能不能成為人生伴侶又是另外一回事。」

她堅強地抬起頭，伶突然有個想法。

（比起宮尾，提出分手的增戶要來得更加認真啊。）

「所以因為這件事情，就決定分手了嗎。」

島崎毫無動搖，公式化地詢問。

「您提出分手時，宮尾先生有怎樣的反應？」

「非常沮喪，這個表現應該最貼切吧。」

增戶邊調整眼鏡邊回答，她已經止住淚水了。

「用著被拋棄小狗的眼神看著我。然後說『這樣啊，好捨不得』——『但凜都這樣決定了，那也沒有辦法』……那是三月十五日，我們交往正好邁入第三年的日子。」

她長長嘆了一口氣，接著像是下定決心交互看了島崎和怜的臉。

「兩位刑警，請你們老實說，他會自殺，是因為我……也就是因為我甩了他，你們是這樣想的對吧？」

「不，我們還在調查中——」

怜慌慌張張連忙想要圓場，但。

「我們目前尚未找到其他疑似自殺動機的事情。」

島崎毫不隱瞞地告知事實，增戶的視線晃動。

「這樣、啊……但是，我不是為自己辯解，但我還是不能接受。我無法相信他會因為這種小事尋死……他不是會那樣鑽牛角尖的個性。」

她拚命控訴。怜也不太能夠統整自己的思緒。

（現在聽她這樣說，宮尾聽起來確實不像是會自殺的類型。但是，或許是增戶沒有發現宮尾喜歡她喜歡到這種程度吧。）

「而且，凶器是手槍這件事也讓我搞不懂，他為什麼會有那種東西啊？」

「啊啊，這件事情尚未正式發表。——但我想，今天中午的新聞應該會報導，所以就先告訴妳。」

島崎說了上個月發生的槍枝竊盜案，以及遭竊的槍枝和這次的凶器一致的事情。增戶似乎是第一次聽到竊盜案的事。

「我好像聽說過在哪裡有槍枝遭竊，原來發生在音野市啊。因為我最近很忙，沒什麼時間看新聞……」

她緩緩搖頭。

「這讓我更難以置信。那麼溫柔的他，不可能不僅沒有幫忙昏倒的警察，甚至還把槍偷走。」

說到這邊，她的表情更加陰沉。

「但是，現實是他已經死了，而且還是自殺。這代表他已經被逼入如此絕境了吧。……這等於是我殺了他。」

「這您就錯了。」

島崎斬釘截鐵道，增戶驚訝地回看她。

「您有您的人生，您只是做出對您最好的選擇，而宮尾先生也接受了——僅此而已。不管他接下來做了什麼抉擇，您都不需要責怪您自己。」

「……謝謝妳。」

增戶沙啞地如此回答。

5

「總覺得哪裡不對勁。」

島崎小聲嘟囔了一句，怜回問：「什麼？」

兩人離開增戶凜的職場後，開車前往赤川學院大學。準備要去向宮尾的大學同學問話。

「沒有，只是我聽增戶說話時，總感覺有什麼不太對勁，但又想不起來是哪裡不對勁。」

島崎很不甘心地咬唇，但沒感到不對勁的怜也無能為力。

總之只能邊反芻增戶所說的話，朝澀谷區開去。

「唉唷，這真的超難以置信耶。那個阿晴竟然會自殺……唉唷，真的超級搞不懂的啦。」

荒金努激動大聲說話，用力搔抓他看似髮質很硬的頭髮。

地點位於赤川學院大學的學生會館，荒金是宮尾晴樹的朋友，也是最近最常利用免費通訊軟體聯絡的男人。而且最重要的是，他就是最後一個和被害者通話的人，所以警方才會來找他問話。之所以在學生會館見面，是剛剛打電話給他時，他主動提議的。

「我能理解您的心情。」

怜先說了希望對方節哀之後進入正題。

「在您這麼傷心的時候真的很不好意思，可以讓我們請教您幾個問題嗎？」

「好，當然可以！如果可以幫上阿晴，什麼都儘管問。但我絕不相信——他不可能自殺。」

荒金瞪大眼如此斷言。他似乎是個大嗓門，為了不讓別人聽到對話內容還借用小房間，但這樣一來也會被外面聽到。

「可以麻煩您稍微降低音量嗎？」

島崎不客氣地麻煩他之後開始提問。

「我們想請問宮尾先生這幾天的樣子。請問他有看起來相當沮喪，或是鑽牛角尖之類的狀況嗎？」

「說是沮喪也算是沮喪吧。」

他刻意壓低音量小聲回答。

「再怎麼說，他都被交往那麼多年的增戶學姐甩了啊。就連那麼樂天的阿晴也大受打擊，但難以想像他會因為這樣自殺。」

「很遺憾，他確實是自己扣下扳機的，科學搜查之後的結果也如此證實。」

島崎這段話讓荒金緊緊抿唇。

「這樣啊……但是，如果有人想殺了人那麼好的阿晴才更叫人無法置信就是了。如果說他是自殺還勉強可以接受，但雖然這樣說，他看起來已經走出失戀傷痛了耶。」

「那麼，他這幾天看不出來有想要自殺的跡象囉？」

「嗯……不過，很少見那麼開朗的他變得容易沉默。但是啊，刑警小姐，別人真的有辦法看出『想要自殺的跡象』嗎？如果看得出來，我就會全力阻止阿晴了。」

就是說啊——怜在心裡如此想。就算是真的鑽牛角尖到想死的人，令人意外的，或許根本不會把自己的內心表露出來。

「我昨天下午和他講電話時，他還很正常耶。」

島崎沒有錯過荒金低語的這句話。

「我們也想要請教這件事。昨天和您通話時，宮尾先生講了什麼呢？」

「我昨天沒課也沒打工所以很閒，就問他『要不要一起去吃飯』，然後他說『我待會有要事』拒絕我了。」

「他有說是什麼要事嗎？」

「沒有，我也說了『這樣喔，那改天約吧』之後就立刻掛斷。……當時阿晴已經想自殺了？不……我沒有辦法接受。」

荒金的聲音又變大了。

「用粗暴一點的講法，如果是其他死法我也還能接受。但拿槍自殺怎樣都無法啊。他陪我去玩我愛玩的飛碟射擊時也是『我對槍械完全沒有興趣』的冷淡反應，這樣的阿晴，怎麼可能刻意去找危險分子買……」

「不，不是這樣，這其中有點內情。」

怜開始說起上個月發生的槍枝竊盜案，荒金邊聽他說眼睛也越睜越大。

「不，怎麼可能……越來越匪夷所思了。我稍微聽過那件事的新聞所以還記得，但我無法想像那個阿晴會偷走昏倒警察的槍。」

他的反應和增戶凜完全相同，至此，怜也開始感到些許不對勁了。

（身邊的人都認為宮尾晴樹不是會做出這種事情的人，他的舅父、女友、朋友都異口同聲如此表示。……那這到底是怎麼一回事啊？）

「但說到上個月，就是阿晴和增戶學姐分手沒多久啊。」

荒金相當難以接受地搖搖頭。

「我記得那應該是三月十五日吧，都還沒過一個月啊，嗯，阿晴可能也因為大受打擊而變得怪怪的吧……」

「原來是這樣。」

島崎突然冒出這一句，她轉過頭看怜激動地說。

「我終於想起來了，剛剛和增戶小姐說話時感覺的不對勁……我應該要當場發現這麼理所當然的事情，她和宮尾先生是在三月十五號分手——但是槍枝遭竊案是發生在『三月十日』。」

怜也「啊」了一聲。

他們完全忘了最重要的日期，槍枝竊盜案發生在宮尾失戀之前這個事實，這件事會改變整個案件的意義。

因為在槍枝竊盜案發生當下「宮尾根本沒有自殺的理由」。

「咦，等等！你們說三月十日？」

這次輪到荒金出聲，他激動地音量變得更大。

「這就太奇怪了！因為上個月十號，阿晴應該正好去參加插畫同好會的飲酒聚餐啊，那個案子是晚上發生的對吧。」

怜點點頭，說明「晚間十點左右」。

「那個時間，阿晴人應該在澀谷！雖然我中途離席……只要跟其他成員確認，肯定可以獲得證實。」

怜和島崎相互對看，看來風向大轉彎了。

「也就是說，有這麼一號人物存在。共犯，不對，有『教唆犯』存在。」

怜激動說出這句話，島崎眼中也燃起火光如此回答。

「沒錯，有個人從警察身上偷走槍枝，然後交給宮尾後教唆他自殺。」

6

創櫻大學的學校餐廳在第二堂課結束的十二點過後開始出現人潮。因為第二堂課比預定時間早下課，光彌和朋友蘭馬十一點半就抵達餐廳。餐廳人還不多，可以找張桌子慢慢吃飯。

「蘭馬，你也太沒規矩了，吃飯時得把手機放下才行。」

光彌一教訓，蘭馬很不好意思地搔搔自己淺棕色的頭髮。

「抱歉抱歉，我可以回這個就好嗎？……好，結束。」

他放下手機，再次重說「我要開動了」後開始享用炸雞塊套餐。光彌很喜歡蘭馬這樣率直的個性。

「但話說回來，剛剛那堂社會學演習課，還只是講解課程大綱而已也太難了吧。讓我真實感受我們也終於升上二年級了耶，你說對吧，光彌？」

光彌邊將味噌鯖魚送入口邊輕輕點頭。

「但是課比一年級時少很多，應該比較輕鬆，我也能多打點工。」
「你還在打那個家政夫的工嗎？」
「不是家政夫，是家事服務。」
光彌無法理解為什麼大家都要叫他「家政夫」。
「我覺得這份工作很適合擅長打掃的你啊，但你可別太勉強自己。」
「嗯……唉唷，我會節制啦。」
「話說回來，你找到新房子了嗎？」
「還沒，我也昨天才搬家而已。……昨天謝謝你來幫我搬家。」
蘭馬爽朗笑著擺擺手。
「沒什麼！如果不是我住老家，我就會要你來住我家了。有什麼困難儘管跟我說。」
「嗯，謝謝你。」
光彌伸手要拿飯碗，蘭馬視線緊追著他的手跑。
「嗯，怎麼了？」
「沒有啦，我只是想說難得看你戴這種手錶耶。」
「啊……人家送的。」
光彌捲起袖子，讓蘭馬看這個耐用的電子錶。
「這是防水錶，做家事時也可以戴著。」
「啊哈哈，還真是適合你耶，送錶給你的人應該非常了解你吧。」
「……啊，原來是這樣，今天是四月十一日啊。」

光彌突然冒出這句話讓蘭馬不停眨眼。

「嗯？怎麼了嗎。」

「不，沒有什麼。」

兩人接下來沉默一段時間動筷把午餐吃完，接著邊喝從自動販賣機買來的咖啡邊休息。

「呃，這什麼啦。」

又再次滑起手機的蘭馬突然驚呼。

「怎麼了嗎？」

「沒有啦，有個『舉槍自殺的男人』的影片登上社群網站的熱門趨勢，我就點進去看……但這影片莫名真實耶，噁，看見討厭的東西了。」

「舉槍自殺」這個關鍵字引起光彌注意。

「這麼說來，恩海市內有人舉槍自殺耶，我記得是在恩海綠地那邊。」

「啊，我有看到那個新聞。……但是這個影片大概是特攝之類的，跟那個沒關係吧。」

「借我看一下。」

「咦？我不想讓你看這麼淒慘的影片，還挺真實的耶。」

「那算了，我自己查。」

光彌拿出手機後，蘭馬仍試圖勸他「我勸你最好別看……」。

在社群網站上查詢後，發現那是「縣內熱門趨勢」，似乎尚未成為全國性話題。該影片的重播次數大約兩千次，貼文的人如此留言。

「這是我昨天晚上找到的影片，不覺得誇張嗎？自殺的瞬間。」

那是不滿三十秒的小影片。

男人以櫻花樹為背景把槍抵在自己頭上，時間似乎是夜晚，畫面昏暗。大概是從高處拍攝，鏡頭從斜上方捕捉男人的身影，還有一點手震——即使如此，還是可以知道男人邊把槍抵在頭上邊說著什麼，但錄進轟轟風聲，聽不清楚他的聲音。接著。伴隨槍聲與閃光，男人的身體用力倒下，跑出鏡頭外。畫面接著大力晃動後立刻消失。

光彌拿下耳機後，摸著下巴深思。

「光彌，你還好嗎？」

「嗯……欸，蘭馬，這個地點是不是恩海綠地的河堤那一帶啊？」

「嗯，是嗎？感覺是隨處可見的櫻花樹啊。」

「這是從高處拍攝的，我覺得從這個角度看，好像是從橋上往下拍的耶。」

「原來如此！那就是河堤了吧。……這該不會是拍下那個案發瞬間的影片吧？」

「我覺得不無可能。」

光彌又接著看了影片的詳細資訊，這個影片是在一小時左右前發布在社群網站上，但發文者說「找到的」，表示拍攝並公開這段影片的另有他人……

「欸，光彌！不覺得跟警方說這個影片的事情比較好嗎？」

「但應該有其他人報警了吧，看起來也已經廣傳出去了……」

「要是大家都這樣想，那就沒有人去講了啦！要我去報警也是可以啦，但你有在當刑警的朋友啊。」

光彌想起怜的臉之後慢慢點頭。

「嗯——那我通知他吧。」

7

怜坐在停在恩海警局停車場中的車上看光彌傳來的簡訊。

「用三分鐘處理完吧。」

島崎這樣說，兩人開始處理手上細碎的郵件，接著怜發現了私人用的信箱收到光彌寄來的簡訊。

標題還強調【重要】，而這正是與事件相關的內容。

「島崎前輩，請您看這個。」

靜音看完影片之後，怜把自己的手機遞給島崎。

「說是拍下男人舉槍自殺瞬間的影片，裡面拍到的人很明顯就是宮尾。影片還滿寫實的，請小心……」

怜還沒警告完，島崎已經播放影片了，她看了兩次影片之後，把手機還給怜。

「這是在哪看到的？」

「聽說是在社群網站上傳開的，只不過發布影片的人說『找到的』，所以第一個發布的應該另有其人。」

「……那個『第一個發布的人』應該是我們也知道的人物吧。」

島崎說完後下車。

「首先，先把這個影片的事情和搜查總部的大家共享吧。……雖然這樣說，但我想應該已經有民眾報警，他們也接到通知了吧。」

正如島崎預料，兩人一回到總部，土門表情嚴肅地靠近。

「辛苦你們了。……島崎警部補，事情不好了，宮尾晴樹的自殺影片被什麼人廣傳了。」

「是的，我們也才剛剛掌握這件事，那麼現狀如何？」

「總之我們已經先要求社群網站的營運公司把影片刪除，但應該無濟於事吧，影片一旦上傳到網路上，就會有很多人複製保存下來……關於發訊源頭還沒有找到。我們也借調了網路犯罪對策課的人來幫忙調查，但發布複製影片的都是想要蹭熱度的帳號。『源頭』似乎早就已經把影片刪除了。」

怜感到相當憂鬱，想用人舉槍自殺的影片獲得關注，這到底對社會有什麼助益啊？

「沒有問題，我已經有底『源頭』是誰了。」

島崎這句話讓土門揚眉看著怜，怜也點頭回應，能辦到這件事情的人，除了那個人以外不做第二人想。

「連城也知道是誰了，那是誰啊？」

「那個影片是從斜上方往下拍攝的，也就是說……」

怜說到一半，島崎接續說。

「也就是說，是從橋上拍攝的。有個人很老實說他從那個位置看見被害者自殺的狀況。」

＊＊＊

佐野賢吾捲曲身體，畏畏縮縮地偷偷看著怜兩人。
他被帶進恩海警局的偵訊室中已過了五分鐘，但他到現在一句話都沒有說。
「再讓我問一次。」
島崎也沒露出不耐煩的樣子，只是平淡重複提問。
「宮尾先生自殺當下的影片，那是您拍的嗎？」
「簡直把我當凶手看待嘛。」
佐野此時說出第一句話。
「因為你們要我協助調查，我可是特地從公司早退過來的耶。」
「請問您是不是拍下了自殺的場面？」
「……早知道會被捲入這種麻煩事中，我就不會報警了。」
「請問到底是怎樣？」
雙手握拳放在腿上發抖的佐野，突然用力敲桌。
「假、假設那是我拍的！那、那又怎樣啊？那、那跟你們沒有關係吧。」
「有關係，為了找出宮尾先生的死亡真相，我們無論如何都得要詳細詢問才行。——我們並沒有打算拿什麼特殊理由來檢舉您的意思。」
大概是聽到島崎的話之後放心了吧，或者單純輸給了她的堅持，佐野開始支支吾吾開口說。

「那、那我就說吧。對，是我拍的，用手機拍的。」

「然後把那個影片發布在社群網站上。」

「對、對啦。但是這在現在一點也不稀奇吧？舉例來說，現在也有非常多人拍下鐵路的人身事故影片發布啊。警察也不會把這些人全部逮捕對吧？如、如果你們想要對只是剛好盯上的我做些什麼——」

「總之，請您把當時的詳細情況告訴我們。」

島崎完全忽視佐野對自己的辯護如此說道。

「……你們完全把我當騙子看待了。太令人意外了。大致內容和我昨天說的沒有太大差別，我只是隱瞞我有拍影片而已。」

「請您從頭再說一次。」

「所、所以說……我回家途中經過那座橋……然後感覺聽到有人說話的聲音就往下看，然後就看見那個青年拿槍抵住自己的頭……」

佐野在此一度中斷，舔了好幾次嘴唇後才繼續說。

「我就從這邊開始拍影片。但我一開始真的沒想到那是真槍，還以為只是在胡鬧……我原本只是想要把『有個年輕人在做蠢事』的影片曝光在社群網站上而已，真的只有這樣。」

怜傻眼了，原來他一開始就打算不經允許擅自公開影片啊。但與其多說一句話讓他鬧彆扭，倒不如聽他把話說到最後。

「然、然後他就……扣下扳機之後身體跟著彈飛，真的死掉了耶。然後我也超級驚慌……就把拍下來的影片上傳到社群網站上了。我、我絕對不是為了要引起關注！只是想要和誰分享我經歷的恐懼而已——只有這樣而已。我真的很不安，請相信我。」

雖然覺得就算相信他也不會有任何幫助，但怜還是點點頭。

「然、然後我就繞過堤防過去再次確認他的狀態，因為他很明顯已經死了……我就報警了，為了完成身為市民的義務。」

佐野抬起頭彷彿想要傾訴什麼，島崎沒有特別反應又繼續問。

「您把一度發布的影片刪除了，請問是什麼時候刪掉的？」

「在、在我報警之後，等警方來的時候。突然有人回應讓我害怕起來了……」

「我們清楚了，請您告訴我們您最一開始發布影片用的帳號。除此之外，我們也需要調查您的手機，可以嗎？就算您把影片刪掉了，只要我們著手調查也能復原。」

佐野露出明顯不願意的表情，但和島崎對上視線後領悟自己沒有勝算而垂頭喪氣。

「哎呀，如此一來您也已經沒有隱瞞的事情，也可以放下肩上重擔了吧。」

怜溫柔對他說話，試圖想要引導對方說出更多資訊。

「您還有其他能對我們說的事情嗎？已經沒有任何隱瞞的必要了，不管什麼小事都可以。」

「……也不是沒有其他事情能說啦。」

大概認為賣警方恩情有利可圖吧，佐野表情變得燦爛身體往前探。

「那就是啊，我聽到車聲。」

怜和島崎稍微交換視線，佐野氣勢十足地繼續說。

「他打穿自己的頭倒下之後，我發布影片……然後，就繞過堤防過去。就在那之後我聽到『砰』的車門關上的聲音，那麼安靜，音量還頗響亮的。然後就在我報警時，我聽到車子壓過砂石開遠的聲音。那是從橋另一側那個停車場傳來的聲音。」

「這件事你昨天為什麼沒有說！」

怜一逼問，佐野有點不開心地低下頭。

「……我不覺得那很重要啊。而且我也不想特地把那種事情說出來，然後拉長警方問話的時間。但現在回想起來，他在那個時間離開現場，那個誰說不定也拍了影片喔……？」

佐野加上這句話彷彿想要主張「不只自己這樣做」，但島崎完全忽視他這句話。

「你有看見離開的人影嗎？」

「沒有。」

「那你有看見那臺離開的車嗎？」

「那也沒看見。從那個停車場可以不開上堤防直接開回一般道路。但我聽到聲音是事實喔。」

從一臉得意的佐野口中問出來的，就到此為止了。

在那一小時後，手機分析工作結束，怜就讓待在其他房間等待的佐野回家了。

「今後請務必多加注意社群網站的使用方法。」

怜邊還手機邊警告，佐野不情願地點頭。

他的帳號是拿來碎念小員工日常生活，相當平凡的帳號，追蹤者也頂多百人。而問題的影片是和簡短的「我看見舉槍自殺的場面耶，嚇死」一句話一起發布，在他刪除之前已經有好幾個人轉分享了。

在要求營運公司公開資料之後，得知在他刪除之前有人留言「也太不謹慎了吧」，怜想像，佐野或許是看到這個後感到害怕才刪除的吧。

根據其他搜查人員的調查，佐野沒有前科，是相當認真且平凡——不，真要說起來是屬於優秀的那一類人。但他意外巧遇非日常的場面，無法抗拒想讓大眾知道他就在旁目睹這一切的欲望。只不過這個非日常是人類的自殺場面，是種不被允許拍攝也不被允許散播的東西。

就在怜邊這樣想邊走回搜查總部時，島崎和土門在裡面等他。

「連城過來，科搜研的人把佐野賢吾拍的影片打掃一番之後回傳回來了。」

「他們提升解析度，也把被風聲打斷的宮尾的聲音抽取出來了。」

島崎正確重新詮釋了土門的譬喻說法，怜立刻看了擺在兩人面前的筆記型電腦中的影片。

畫面上出現的是把槍抵在頭上的宮尾晴樹，畫面變得相當清晰，連他的表情也能看清楚。

宮尾露出皺著眉頭，緊緊抿唇相當痛苦的表情。怜心胸備受衝擊。怜只看過已成遺體的他，他原來是能這樣強烈表現出情緒的男人啊——那是用「悲愴」來表現最為貼切的表情。

而他原本被風聲遮掩的聲音，現在也能聽得非常清楚。

『這樣就，可以了嗎？』

宮尾顫抖著聲音，大聲問某個人。

他就在那幾秒之後扣下扳機。

「我們知道宮尾最後說的一句話是『這樣就，可以了嗎？』」

聽到島崎這句話，怜從電腦螢幕抬起頭來。

「他果然臨死之前在和誰說話，而且不是講電話，而是和『就站在面前的人』說話。」

「也就是說，那個誰就站在橋下啊。」

土門說道。島崎點頭。

「是的，站在橋下的那個人在宮尾自殺之後，立刻離開現場。佐野全神貫注在宮尾的屍體——不對，是在手機上，所以沒有發現朝橋的另一側逃跑的那個人物。但再怎樣還是讓他聽見開車離去的聲音了。」

「那將手槍交給宮尾的，就是那個在橋下的人物囉。」

怜忍不住如此問，明明每個人都知道答案啊。

「這個可能性應該相當高，當然，也不能斷言其他人介入的可能性為零。」

島崎很慎重回答，但也斬釘截鐵接著說。

「不管怎樣，昨天在現場的那個人物，應該是與宮尾相當親近的人吧，他的語氣表達出這一點。」

「我也如此認為，雖然不知道他們先前有怎樣的對話，但他『這樣就，可以了嗎？』

的說話方法，並不是對單純提供自殺凶器的人會有的說話方法。」

島崎也點頭同意怜的說詞。

「對。教唆犯是他敞開心胸的人物，舉例來說，親人或是朋友……或者是前女友之類的。」

宮尾的舅父雨嶋康稔；朋友荒金努；以及上個月才剛分手的前女友增戶凜。

在怜曾經對話過的這三人中，或許就藏著這個「教唆犯」。

8

在那一小時後——

搜查會議結束後，怜和島崎為了要再度外出查案而朝停車場走去。

「島崎前輩，您怎麼想？關於那個『消失的一擊』。」

島崎一坐上副駕駛座，怜立刻開口問，她只是靜靜搖頭。

「我也還不知道那其中有怎樣的意義。——總之現在，我們先去目的地吧。」

在島崎催促下，怜繫上安全帶。

（連她都不知道了，那我思考也沒用了吧。）

搜查會議中，幾乎沒有人報告比怜他們所知的還更重要的資訊了。但只有一件或許有重要意義的事情成為大家的爭論點。

那就是從凶器的手槍中「消失的」子彈。

奪走宮尾性命的是警察配槍——也就是新南部 M60 左輪手槍，這是轉輪手槍，最多能填充五發子彈。手槍遭竊時確實填滿了五發實彈。但發現時裡面只有三發實彈，宮尾射穿自己頭部的一發貫穿他的頭部打進地面，這已經被回收了，但另外一發找遍案發現場附近都沒找到。

「搜索住家之後，似乎也沒在宮尾的房間裡找到。」

「宮尾或教唆犯的其中一人試射的可能性極高。再怎麼說，槍枝遭竊也已經過一個月了。」

島崎說完後，怜稍微看了手上的資料。

「話說回來，那個是？」

「啊，剛剛不破拿給我的資料。……讀完這個之後，教唆犯果然極可能在那三人之中。」

把三張紙遞給島崎後，怜開動車子。

「據說是來自科搜研的報告，宮尾的手機已經解析完畢了，而他死亡當天有聯絡的，就只有那三個人。」

三張紙上，分別列印出宮尾與這三人在通訊軟體上面的對話。

「原來如此……雨嶋和荒金實際上也有用通訊軟體的免費通話功能講電話呢。荒金的部分我們已經知道了，他們兩人其中一人可能在通話中約好了要在河岸邊見面。」

「對，和增戶之間沒有通話，所以把她排除在嫌疑犯之外應該沒有問題吧。」

「如此推斷太危險了，可能在有什麼機會直接見面時約好相見了。或者是直接造訪他的房間之類的……」

島崎所說的話相當有道理。

而且話說回來，教唆犯就在這三人之中頂多也只是個推測。怜回想起昨晚見到的雨嶋，今天早上見到的增戶和荒金。他們三人都對宮尾自殺做出「難以置信」的反應。如果他們之中有凶手，就算說謊應該也會說出「不難想像」之類的話吧……？

怜問出這個疑問後，島崎相當乾脆地回答。

「不，就算凶手就在那三人之中，應該也不可能說出『他很有可能自殺』。只要說出這種證詞，在我們查明有誰幫助宮尾自殺時，就會懷疑到自己身上。所以只能說出『完全沒有這種感覺』。——而且凶手應該也能預想警方會找其他關係人問話，如果說了太扯的謊，和其他人的證言差距太大，果然還是會被懷疑。」

「啊——原來如此。」

「對凶手來說，宮尾自己扣下扳機自殺這個事實，肯定是最大的殺手鐧。所以也只會說最小限度的謊言吧。」

聽著島崎的想法，怜又冒出新的疑問。那就是，理所當然該思考的事情。於是在停等紅綠燈時，怜試著問出口。

「雖然不知道是誰，但那個『凶手』到底是怎樣誘導宮尾自殺的呢？總之，他有在哪裡把槍枝交給宮尾的機會。假設宮尾對他說『我想死』，凶手說著『這樣啊，我也想了或許會有這種事，你就用這把從警察身上偷來的槍吧』把槍交給他，他會就這樣乖乖自殺嗎？難以想像他在知道近在身邊的人犯下這種案子，還會心懷感激地接下凶器。」

「你這個疑問還真犀利，關於這點，我也很疑惑。」

島崎說完後沉默一陣子，接著有點躊躇地開口。

「宮尾到底是在怎樣的經緯下被兇手誘導自殺的——關於這點還不清楚。但是如果要說可以說明所有疑問的說法，我倒是有個底。」

「那、那到底是……？」

「我的想法是——」

島崎瞇起眼睛。

「關鍵就在於宮尾最後說的那句話。」

怜在腦中重播那句話，絕對無法忘懷宮尾痛苦的表情以及聲音。

——『這樣就，可以了嗎？』

＊＊＊

牆壁掛滿一整面的，全是槍、槍、槍——

手槍、來福槍，甚至還有衝鋒槍——不對，正確來說這些全都不是槍，而是仿造槍械做出來的塑膠製玩具。

「嚇了你們一跳嗎？沒什麼，只是粗製濫造的玩具而已啦。要不然要不要拿起來看看。」

雨嶋康稔笑著催促怜，總覺得推辭也怪怪的，怜拿起面前全自動手槍——的模型。那令他驚訝的輕，真的就是「玩具」。

（雖然這樣說，如此大量的收藏也是相當壯觀啊。）

一整面白牆上掛著的槍，隨便一看都超過二十把。其他還有收放在玻璃櫥窗中的，以及擺在起居室牆邊桌上的，全部加起來應該有將近五十把。

造訪雨嶋康稔位於恩海市內的公寓，在雨嶋帶領下走進起居室突然看見這些，就連怜也稍微被嚇到了，加上正在調查的案子與槍械有關又讓他更加敏感。但話說回來，島崎完全沒有驚訝的神情。

「裡面也有金屬製的模型槍，但幾乎都是空氣槍。」

「這樣啊——所以你的興趣是收藏啊。」

怜邊把全自動手槍擺回牆壁的金屬架上邊說，但雨嶋搖搖頭。

「這個嘛，我喜歡這類玩具是事實，但這不單只是興趣。我身為插畫家，作品是硬派且頹廢世界觀的風格。所以這些全部都是資料——」

說到這裡，雨嶋突然閉上嘴。

「真是不好意思，不小心說起閒話來了。那麼兩位刑警，請問有什麼事情嗎？晴樹的案子不是已經以自殺作結了嗎？」

「他是自殺這件事確實沒錯，但案子尚未作結。」

島崎這句話讓雨嶋驚訝地皺起眉頭。

「我聽不太懂妳的意思耶。」

「有教唆他自殺的某個人存在——就是那個把槍交給他的人。」

「妳、妳說什麼？但你們不是說偷槍的人是晴樹……」

雨嶋睜大眼睛，他魄力十足的身體越過桌面探上前來，但島崎不為所動。

「我從未如此明言，而且我們已經找到宮尾先生在竊盜案發生當晚的不在場證明了。」

「……原來是這樣啊。」

雨嶋重重坐回沙發上，接著緩緩開口。

「那麼？你們是要來問我什麼？」

「您在昨天中午曾經和宮尾先生通電話對吧，我們想詢問當時的事情。」

「啊……那還只是昨天的事情啊。」

雨嶋用中指推高太陽眼鏡，彷彿探索記憶般往上看。

「不是什麼特別的對話，因為我下週有點工作想拜託他幫忙，所以才會打電話給他。晴樹回我『我下週沒事，請務必讓我幫忙』。」

「原來如此，請他幫忙工作啊……」

怜寫下筆記，根據雨嶋的證詞，宮尾與人訂下下週——也就是未來的約定。在約定那時，他已經想要結束自己生命了嗎？

「請問當時宮尾先生人在哪？」

「不知道耶，應該在大學吧，感覺他身邊很吵。」

「請問還有注意到其他什麼事嗎？」

「嗯……沒有耶。」

怜換個切入點問問題。

「請問您對宮尾先生的交友關係有多少了解？是否聽說過他和朋友之間發生爭執之類

的事情？」

「這個嘛，我並不是他的監護人，不清楚什麼特別的事……前陣子對我說他和女友分手的事情簡直可說相當罕見，那小子大概無法忍受想對誰傾訴的心情了吧。」

不管怜怎麼試探，都沒辦法問出什麼蛛絲馬跡，就在他幾乎放棄時，島崎開口了。

「您可能會感到很疑惑，但我想問一個問題。」

她難得擺出躊躇的態度後詢問。

「關於宮尾先生的『生死觀』，請問他對自殺，或者是關於『死亡』整體有怎樣的想法。」

不僅雨嶋，連怜也對這個問題嚇了一跳。

「沒想到竟然會聽到刑警問這種問題耶……」

雨嶋苦笑，但他立刻雙手環胸開始思考。

「這個嘛，晴樹……他不是對死亡相當畏懼的類型。他是只要當下活得開心，不會對未來想太多的男人。」

這點和增戶凜給出的評價一致。

「該怎麼說呢，也算是有點危險的傢伙。舉例來說，他剛進大學時發生的事情讓我很難忘。那傢伙的朋友發生交通事故，當時晴樹就坐在副駕駛座上。車子左側，也就是他座位的那一側朝護欄撞上去。雖然他們兩個毫髮無傷，但那真的就是千鈞一髮耶，車門都凹下去了。」

雨嶋彷彿想喚起當時記憶，雙手環胸看著半空中。

「晴樹對我說這件事情時也是嘻皮笑臉看起來很愉快，難以想像是差點就要死掉的人。不僅如此，晴樹那傢伙都碰到那麼恐怖的事情，竟然從事故後隔週開始上駕訓班。還說『因為搭人家的車很開心啊』，就連我也傻眼了，他心臟到底有多大顆。他似乎和發生事故的那個朋友還是很要好。」

怜也開始逐漸抓到宮尾晴樹是怎樣的人了。

溫柔單純，卻也有危險的一面。絕對沒有惡意，但就是沒辦法認真考慮事情的男人。

「這樣無憂無慮的晴樹竟然會自殺，所以我也嚇一大跳……兩位刑警，你們剛剛說了有『教唆犯』，所以晴樹是被哪個人誘導自殺的囉。那我就能理解……那傢伙確實有容易隨波逐流的一面。」

雨嶋用力咋舌。

「雖然不知道那傢伙是誰，但請你們一定要逮到他，太可惡了。」

「是的，我們肯定會。話說回來，雨嶋先生，請問宮尾先生是否曾經對您的模型槍收藏展現興趣過呢？」

島崎切換話題後，雨嶋也繃起身體。

「不，完全沒有。妳為什麼要問這種問題？」

「其實有一顆子彈消失了，我們正在思考子彈消失的意義。」

「你們認為可能是晴樹留下來自己用？這有點難以想像耶，我不認為想死的人會想要留東西收藏。」

雨嶋搔搔自己纏著頭巾的頭。

「晴樹對槍械一點興趣也沒有，他說朋友帶他去玩飛碟射擊時，自己幾乎沒射幾發就離開了。這麼說來，那個朋友就是交通事故的……啊，算了，現在那種事情都無所謂了。」

他又再度咋舌，這次似乎是對自己咋舌。

「沉溺回憶太不適合我了，我現在最希望的，就是將那個卑劣的凶手繩之以法。」

＊＊＊

「島崎前輩，那是什麼意思啊，剛剛那個問題，關於『生死觀』的問題。」

怜在回程的車內問島崎。

坐在副駕駛座上直視前方的島崎，稍微側眼看了怜一下後。

「……我的假設很單純，這個『自殺教唆』……不對，是『協助』到底是怎樣進行的。我只能想出一個可以接受的解釋。」

「也就是？」

「正如你所說，就算和宮尾相當親近的人拿出凶器給他『拿去，請用這個自殺吧』，也很難想像他會老實接下凶器。當然如果是真心想死的人，根本不會在意東西從哪來，而會伸手接下手槍這再好也不過的凶器吧。但這和他最後說的那句話——『這樣就，可以了嗎？』連接不上。」

這麼說來，島崎一直很在意這句話。

「連城警官，你認為他是在怎樣的過程中說出這句話的啊？」

「唔嗯……或許凶手對宮尾說了相當過分的話，將他狠狠推遠了吧。『你這種人死了最好，用那把槍去死一死吧』之類的，光想像就讓人心痛。」

「原來如此，如果宮尾聽到他很重視的人這樣痛罵他，很可能絕望地說『這樣就可以了嗎？』然後拿槍抵住自己的頭——這的確是有可能的推論。但這個誘導應該相當冒險，不能保證宮尾不會惱羞成怒反過來把槍指向對方。就算他是個被評論為『溫柔』的人，總之槍就只有一把啊。」

確實如此，也難以想像凶手會選擇這種沒有後路的手段。人心不是能如此輕易操控的東西。

「我能想到的更加確實的方法只有一個。……那就是『凶手答應在宮尾死了之後會跟著他一起死』。」

怜不禁「啊」地驚呼，這也太簡潔明瞭了吧。

「沒錯，也就是『殉情』，……以前也曾發生過類似事件呢。」

那也是怜難以遺忘的事件——回想起那個過於悲劇的真相，怜的腦海中浮現一個情節，以相愛的年輕男女為主角的情節。

「那麼，誘導宮尾自殺的人……是增戶嗎？」

「我不想如此認為，和她見面時，我不認為她是壞人。」

怜也如此認為，她看起來是真心愛著宮尾晴樹。

「但我無法想出其他讓我能接受的結論了，而且除了與增戶分手外，找不到其他宮尾自殺的動機。」

增戶說著「喜歡」宮尾，卻沒有辦法想像和他成為人生伴侶。而宮尾最近因為和她分手而心情沮喪。

這兩人達成協議「我們就在此結束彼此的人生吧」——真的可能發生這種事嗎？怜腦海無法順利出現這種想像。但比起「把凶器交給曾說出『想死』的宮尾」或「說狠話將拿著手槍的宮尾逼上絕路」的推論更讓人可以接受。

只不過，如此一來會留下一個疑問。

「……如果這是事實，那麼增戶為什麼還活著？」

怜一問，島崎沉默了一會兒才回答。

「從好的方向解釋……她拿回手槍想要殉情時，發現橋上有人——也就是佐野——所以臨時取消計畫了。也就是說，增戶的自殺受阻了。」

「那不就表示她現在還想要自殺嗎！」

如果真是如此，可能會發展成不得了的事態。怜非常焦急，但島崎相當冷靜地說。

「別擔心，我已經拜託縣警搜查人員監視她了。」

動作太迅速了。如果增戶是毫無關係的普通人，監視她就屬於灰色地帶的行為，但這次算無可奈何吧。

「但是，當然也可能有其他解釋。」

島崎如此說道。她沒繼續說下去，怜試著自己思考，不一會兒，他就找到答案了。

「——也就是說，增戶一開始就沒打算要死。」

「是的。讓宮尾自殺，親眼所見他死了之後就達成目的，接著自己逃離現場。」

「……但她有非得讓宮尾死了不可的理由嗎？」

「或許是宮尾對增戶餘情未了，逼迫她復合。實際上案發當天，他們也有利用通訊軟體通聯的記錄。」

原來如此，確實有這個可能。

也就是說，增戶認為宮尾很礙事了啊——

「不管怎樣都還是假設。明天再去找他朋友荒金以及增戶本人問話吧，或許可以找出證實這個假設——或者是反證這個假設的事實。」

島崎表情不變。

但怜感覺，她似乎很希望自己的推論是錯的。

兩人回到恩海警局時，一位巡查朝他們走近。

「島崎警部補，連城巡查部長，兩位辛苦了。請讓我省去客套話，有位男性過來說想要見兩位的其中一人……」

怜和島崎互看一眼。

「那個人在哪？」

「前面的會客室。」

「我知道了，謝謝你。」

話才說完，島崎立刻朝那方向走去，怜也馬上跟上去。

兩人走進會客室，等在裡面的是荒金努。

「啊啊，我等你們好久了！」

約莫睽違十小時不見的荒金大聲說道。

「非常感謝您專程遠道而來。」

「也沒有多遠啦，我就住在隔壁的音野市。」

他的聲音聽起來很不悅，但島崎仍平淡回應。

「那麼請問有什麼事情呢？是回想起什麼了嗎？」

「還有什麼，到底是怎麼一回事啊？為什麼阿晴自殺的影片會在網路上瘋傳啊。」

荒金似乎是因為在網路上找到佐野拍攝的那個影片而生氣。

「這件事情我們已經處理了。所有文章應該會在今晚全數刪除。但這已經一度上傳到網路上，沒辦法完全從這世上刪除。」

島崎說明後，荒金仍怒不可抑。

「我不是這個意思！我是想問，到底是哪個傢伙拍了這種影片啊?!」

「這件事也已經解決了。」

「你們逮捕他了？逮捕了對吧！」

「……目前先給他嚴正警告。」

荒金一拳重重捶上眼前的桌子。

「為什麼不逮捕他！雖然不知道是哪個傢伙拍的，但這種東西……不管是拍還是公開都是違法的吧！難不成要說是取得阿晴同意後拍攝的？」

「您說的沒錯，這似乎是偷拍的。」

「這種不可原諒——增戶學姐看到了會怎麼想。我姑且有傳訊息對她說『網路上有跟阿晴相關的過分消息，別看比較好』就是了。」

「我想她本人也有如此自衛吧。」

島崎小聲說道，她接著直盯荒金的臉。

「您和增戶小姐還真親密呢，您們很常聯絡嗎？」

荒金彷彿被削弱氣勢搔搔頭。

「也沒有很頻繁聯絡。只不過……她和阿晴分手之後聯絡過幾次。那個，如果你們有奇怪誤會的話那就找錯人了，增戶學姐對我這種人一點興趣也沒有。」

但荒金沒提到他自己對增戶有什麼想法。

「比起這個，警官啊，那個影片的——」

「是的，我們明白。根據家屬的意思，當然也可以提起訴訟。但是，比起拍攝影片的人，你應該還有更值得憤怒的對象。」

「妳是指把槍給阿晴的人對吧？那方面的調查進度怎樣？」

「還在調查中。荒金先生，我們正好有事情想詢問您，請問增戶小姐有駕照嗎？」

怜立刻察覺這個提問的意圖了。佐野聽到有人開車逃走的聲音，如果那是凶手，那麼有駕照就是凶手的條件之一。

「咦？有……她有駕照。阿晴之前有說過，他曾經搭學姐開的車去兜風。」

「這樣啊，那您呢？」

「我嗎？」

荒金的眼神突然充滿警戒，慎重回答。

「嗯，我有駕照。但問這種問題有什麼意義？……難不成是在懷疑我或她是凶手嗎！」

荒金吼出今天最大的音量。

「別開玩笑了！為什麼對失去阿晴如此悲傷的我們會被懷疑啊！」

「如果傷害了您還請讓我道歉，但這是形式上的提問——」

「當然傷害我了啊！」

他朝插嘴的怜破口大罵，接著起身朝房門走去。

「什麼形式上的提問啊，在你們拘泥形式之前，先讓調查有內容點吧！」

他拋下這句話後，粗暴打開門。

這句話後座力很強，讓怜陷入沉思。但島崎沉著地評論。

「荒金大概不是凶手。作證宮尾在槍械遭竊當天有不在場證明的人就是他，也因此讓我們知道這件事還有第三者參與，如果他是凶手，他應該會閉口不談。一個月前的事情裝傻說『我忘了』也不會不自然。」

「唉，這樣說也是……只不過沒有問到宮尾是否能和『殉情』這個印象扯上關係。」

「算了，沒有關係，至少我們知道增戶有駕照了。」

此時傳來敲門聲，剛剛那位巡查現身。

「失禮了，再三打擾真的很不好意思，有民眾前來表示有關於那個舉槍自殺案件的相關消息……」

「讓我們來問話吧，請他進來。」

島崎說完後，警官帶著兩個人走進會客室。

一名是身穿輕鬆牛仔褲打扮的三十多歲女性，另一個是背著小學書包的男孩子。臉頰上貼著ＯＫ繃，看起來就是個很活潑的男孩。

「請問……」

島崎相當困惑地皺起眉頭，此時，男孩子大喊。

「我昨天，聽見手槍的聲音！」

「奈特，不可以自己開口說話。」

女性責備男孩。怜突然非常好奇「奈特」這名字是寫成怎樣的漢字。

「警官，真的很不好意思，但我們是說真的。我們昨天聽到了，在那個河岸附近聽見槍聲。」

「這樣啊，那麼，還請先坐下。」

怜代替突然沉默不語的島崎要兩人坐下，邊說邊思考。

（但是就算現在出現聽到槍聲的證詞也沒用吧，應該找不到超越佐野的證人了……）

女性自稱丹澤，是超市員工。

「欸，不是有個舉槍自殺的影片在網路上流傳嗎，警方相信那個嗎？」

丹澤往前探出上半身如此詢問，螺旋型的耳環隨之大為擺動。

「請問，『相信』是什麼意思？」

「所以就是……今天中午過後開始瘋傳的那個影片，網路謠傳那是恩海綠地事件的影片啊，警方也相信那個嗎？」

「不，用不著說相不相信，我們已經找到拍攝當事者了。」

「就是那個，那個拍攝的人很可疑。我想了一下，那個影片該不會是合成的吧？要不然就太奇怪了。」

「不好意思，請問是哪裡奇怪？」

怜一問，丹澤像是要講祕密般壓低音量。

「影片上那個男人，不是一發射穿腦袋自殺嗎？但那很奇怪，因為我們聽到了啊。」

她強而有力地斷言。

「那天晚上，我們聽到兩發槍響。」

9

晚間十點過後，怜終於踏上歸途。

發生案件開始調查後，刑警無法回家也是稀鬆平常，但昨天也徹夜未眠的怜在土門一句「今天回家睡一下」支持下，決定回家休息一下。這也多虧被害者確定是自殺，所以搜查總部的氣氛也沒那麼緊張。

但「兩發槍響」的問題始終在怜的腦海中揮之不去。

（這到底是怎麼一回事啊……？）

怜就這樣抱著疑問抵達自家。

「歡迎回來。」

怜一走進大門，光彌立刻出來迎接他，光彌似乎已經洗好澡了，頭髮披散。

「我回來了……」

「辛苦你了，我已經放好洗澡水，也有替你準備晚飯……」

「嗯，謝謝你，那我先洗澡好了。」

怜在放滿熱水的浴缸中伸展身體，四處緊繃僵硬的身體也慢慢得到紓解。但自己同樣緊繃僵硬的腦袋卻遲遲無法放鬆。

「到了這個階段又出現新的謎團了。」

怜試圖想讓睡眠不足、思緒不清的腦袋努力推理，但總想不出讓他能接受的說明。

怜在坐到餐桌旁時，才想到打破現狀的方法。

——雖然這樣說，這個「方法」相當倚靠外力就是了。

「怜大哥，怎麼了嗎？」

站在中島旁喝水的光彌，發現怜朝他投射的視線而開口問。

「……那個，光彌，要不要聊一下？」

「咦——好啊，沒有問題。」

「其實關於這次的案件，我想要聽聽你的意見。」

「不是不行嗎？不可以把事件告訴不相關的我吧。」

光彌帶著柔柔的微笑斥責怜，真的就如他所說啊，但是——

「我信任你的推理能力，以及你絕對會守密。……但拿『信任』當盾牌把對方捲入麻煩事或許相當粗暴。但我認為如果可以找到真相，就該不擇手段。」

「怜大哥，你太瞧得起我了。」

光彌害臊地用手指捲自己的頭髮，朝餐桌走近。

「但如果我可以幫上忙，我願意提供一點小意見。而且我也很信任怜大哥，我相信你會保護我，所以就算被捲進去也不害怕。」

一回想起剛認識光彌那時的冷淡應對，這句話都要讓人痛哭流涕了。

（光彌雖然很難與人親近，但他或許是對敞開心胸的對象，會毫不躊躇投入對方懷抱中的人呢……）

怜邊這樣想著，開口說起案件內容。

光彌拿茶包泡紅茶，邊喝邊靜靜聽怜說話。

怜隱瞞關係人的姓名，邊介紹所有人的職業與彼此關係，依序說明調查的過程。割捨沒說的部分當然也很多，與戀愛相關的話題特別敏感，所以關於增戶凜的證詞也只侷限在她對宮尾這個人的說明。

接著，怜對無論如何都想尋求光彌幫助的最重要部分，特別用力說明。

「接下來就是我想要徵詢你意見的部分。」

用完餐把餐具收到洗碗槽後，怜如此表示。

「請說給我聽吧。」

「今天傍晚，有證人來恩海警局告訴我們『聽到兩聲槍響』，而這個證詞也帶給我們新的難題。」

＊＊＊

「我們昨天晚上剛好開車經過恩海橋附近，我去接練空手道的這孩子回家路上。」丹澤如此開口說道，怜姑且把她所說的話寫在記事本上。

「我還記得我們經過恩海橋的時間，正好八點零一分。」

「為什麼記得這麼精準呢？」

「因為那是我的生日！」

奈特少年突然大喊，提問的島崎似乎被他嚇到，小聲說「啊啊——是、是這樣啊。」後捏捏眉間別開臉。她面對魄力十足的雨嶋和荒金也毫不動搖，但小孩似乎是她的弱點。

「奈特，你這樣說人家怎麼可能聽得懂啦。警官對不起，其實是這麼一回事的。」

丹澤氣勢十足地說起話來。怜呆呆想著「奈特」會寫成怎樣的漢字，如果就現代風格來說，果然會搭配上「騎士」之類的嗎……？[1]

「這孩子的生日是八月一日，所以只要看到車上的電子時鐘到了這個時間就會吵吵鬧鬧的。但也因為這樣，我們很清楚記得時間。」

丹澤相當有自信地瞇起眼睛。

「那時車窗打開，所以聽得非常清楚，從橋那邊傳來槍響。」

「真的嗎？沒有聽錯嗎？」

「沒錯。——不對，我們一開始根本沒想到是槍聲，還以為有蠢蛋在河岸邊玩煙火。然後想著這也太危險了，立刻關上車窗。正好就在橋邊等紅綠燈的時候，等了一段時間終

1　原文為片假名讀作 naito，與騎士（knight）的日文發音相同。

於轉綠燈……過橋後走了幾十公尺又聽到『砰』的一聲很大聲。就算關上車窗還是有聽到。」

「那是槍聲。」

奈特語氣相當確定地認真說。

「沒錯沒錯，這孩子那時就大吵大鬧的，一直說『我聽到槍聲！』因為他最近很愛看偵探類的動畫。我也很習慣他胡鬧，所以就說了『怎麼可能是槍聲啦』……但今天早上一看新聞，看到在恩海綠地發現舉槍自殺的遺體。然後從鄰居那邊蒐集消息之後，得知案發現場就是那座橋附近。我也確定了昨天聽見的槍聲就是事件發生時的聲音。」

丹澤不給伶插話的機會繼續說。

「但新聞上說『警方將以自殺的方向進行偵辦』，我們除了槍聲之外也沒看見或聽見什麼，所以就想說應該不用特地來說吧。但我傍晚無聊看社群網站時，看見『舉槍自殺』的關鍵字進入趨勢，一查之下就找到那個影片！雖然覺得很恐怖，但我鼓起勇氣重看了兩次。然後明確發現，『這太奇怪』了。」

她終於換氣了。接著像要創造戲劇性效果慢慢說。

「我們聽到兩聲槍響——但影片上的人，朝自己頭上開一槍之後就結束了對吧？然後我就知道了，那個影片是假的。」

她說完後，心滿意足地靠上沙發椅背。

「……請問可以請您在剛剛的證詞上簽名，讓我們當成正式的記錄使用嗎？」

「當然可以！對吧，奈特。」

「要我上法庭也可以！」

奈特挺起胸膛如此說。

「您剛剛說在第一聲槍響『不久之後』聽到第二聲槍響，對吧。」

島崎看著遠方開口問。

「那麼，請問具體來說是多久之後——」

「三分鐘！三分鐘之後！」

奈特激動大叫，島崎回「是的」之後端正姿勢。

「那個，我啊一直看著時鐘。八點零一分的時候車子停下來，然後變成綠燈之後車子開動，立刻就聽到第二聲了。那時候時鐘變成了八點零三分。」

「是的，從八點零一分變成八點零三分，是吧。那麼應該不是三分鐘，而是兩分鐘之後。」

島崎邊在電子記事本上畫著沒意義的圖形，不知為何用敬語回答，她似乎已經到達極限了，怜決定在此中斷話題。

「非常感謝兩位特地前來，那麼我去把現在所說的證詞整理成文件，還請稍微等一下——」

在那三十分鐘後，怜和島崎回到設立搜查總部的會議室裡。

「我絕對不是不擅長和小孩子相處，沒錯，在少子化加速的日本社會中，社會整體都要溫柔協助育兒家庭。」

怜明明沒問什麼，島崎急忙辯解。

「只是就我個人的適性問題來說，我沒辦法和發言沒有理論統合性的對象好好溝通……」

「也是啦，小孩子常常會天外飛來一筆嘛。」

怜在內心苦笑，沒想到她竟然有這種弱點。她個性冷漠感覺和光彌很像，但在意外的地方完全相反。光彌反過來是對大人很見外對小孩很溫柔。

「但我們該怎麼解釋這次的證詞呢？」

「雖然不至於到說這是謊言，但——」

島崎找回平常狀況，爽快地說。

「那是喜歡偵探動畫的小孩聽到的聲音啊，或許是聽到汽車排氣管回火的聲音誤會了。他母親丹澤一開始也以為是玩煙火的聲音，或許她的直覺是對的——」

「不，或許不能這樣說。」

土門警部補說著這句話現身。

「不好意思，我聽到你們的對話了。聽說有對母子來說他們聽到兩聲槍響，其實我也得到了相同的證詞。」

土門說出口的，是恩海警局的調查人員四處打探消息後得到的成果。

提供這段證詞的人，就是所謂的男性街友。案發當晚，他在恩海橋下——案發現場的對岸——鋪設自己的睡處，正在那邊睡覺。但他感覺似乎聽到槍聲就醒了過來，邊揉著睡眼惺忪的眼睛邊起身。周遭非常昏暗什麼也看不見。當他以為是自己誤會，打算繼續睡時，這次確實聽見爆裂聲。

聲音很明顯從對岸傳來，他起身試著想要看河川對岸，但太暗太遠看不清楚。那條河還頗寬的，加上在橋附近，橋面也遮掩了視線。

因為完全不清楚對岸狀況，他又打算回去繼續睡。但過一會兒，警車陸續抵達讓他根本不能睡，他也就正式離開那裡了。

「這個證人移動到距離恩海橋五百公尺左右的河川下游，調查人員在那邊找到他，是相當積極協助的證人。」

「原來如此……所以還有其他人聽到『兩聲槍響』啊。」

「是啊，如此一來不覺得就能說明『消失的一發子彈』上哪了嗎？」

土門驕傲地如此說道，但伶無法全面同意。

說「那發子彈當時已經被射出了」確實可以解釋狀況，但——

「但那『往哪』射擊了？」

島崎自問似說道。

「案發現場只找到宮尾朝自己頭部射擊的那發彈痕。」

「沒錯，這真是個謎啊。……那到底是消失到哪了呢？」

三人就這樣沉默了。

＊＊＊

「你們當時做出什麼結論了呢？」

怜邊嘆氣邊回答光彌的問題。

「沒做出結論就結束了。總之認為『宮尾朝河川試射』就能解釋，所以決定明天要請潛水員到河底搜索。」

「但你們無法接受吧，島崎警官和你都不能接受這個說法。」

「嗯。」

怜喝口茶後用力點頭。

「因為他如果真的朝河川射擊應該會有水聲，在堤防另一邊等紅綠燈的母子，在河岸另一側的男性如果都有聽到槍聲，應該也會聽到水聲。」

不是地面、不是樹木也不是橋——而且，也不是河川。

「光彌，你覺得第一發子彈是射在哪裡了啊？你知道答案嗎？」

「……你確定那個『消失的子彈』在第一聲槍響時被射擊出去了嗎？」

「啊，嗯，拍影片的男子只聽到一聲槍響，所以第一槍應該是在他過橋之前射出的。他在第一聲槍響時應該還距離很遠吧。哎呀，兩槍之間有兩分鐘空白嘛……對了對了。」

怜又加上一個忘記說的重要資訊。

「我們之後再次確認了那個影片一開始拍攝的時間，確定為八點零三分，和小男孩的證詞完全符合。」

「原來如此，是這麼一回事啊。」

光彌慢慢說出口的這句話讓怜抬起頭。

「呃，你說『原來如此』……光彌你難不成，已經知道消失的子彈上哪去了?!」

「我心中已經有大方向的解釋了。……但全部都只是假設，完全沒任何證據。」
「你說『全部』？」
怜無法壓抑自己大喊出聲。
「所以你已經把這事件的真相全部看穿了嗎？」
「嗯──我也不知道能不能說『看穿』了，只是找到了一個合情合理的說明。……但是。」
光彌目光銳利地看著怜。
「如果我的想法正確──這個案件的整個結構，應該和你現在所想的完全不同。」

10

晴朗天空下一陣風吹過，櫻花花瓣隨之飛舞彷彿下起櫻花雪。
恩海綠地沿岸兩排櫻花樹早已過了最佳賞花期，勉強還攀附在樹枝上的花瓣，現在也被洗淨一空飛上天。
恩海橋橋下──宮尾晴樹死亡的地點，也被舞落的櫻花花瓣鋪成一片地毯。警方拉出的封鎖線已經回收，血跡也清洗乾淨了。取而代之的，是放在櫻花樹下的花束與成堆飲料罐，訴說著有個男人喪命於此的事實。
事發兩天後的白天──現在有個人影走在河岸上朝樹木靠近。那個男人將抱在手上的花束，隨意朝供奉在此的成堆花束上丟去。

「我這樣就算仁至義盡了。」

他自言自語的低語聲也在風中消散。

「雖然覺得你還年輕，但你從一開始就是這種命運。你可別怪我啊。」他說完後轉身離去，踩踏在粉紅色地毯上，橫越橋下朝停車場走去。

但他走到一半停下腳步，因為看見有人在自己的車子旁邊，而且他見過站在那邊的兩人。

他深呼吸一次之後，努力裝作若無其事邁開腳步。

「哎呀，兩位刑警。」

他開口喊了站在他車子旁邊的島崎和伶。

「還真是湊巧，沒想到會在這種地方見面。你們抓到那個教唆犯了嗎？」

「我們就是來抓人的。」

島崎這句話彷彿抵住喉頭的刀刃，讓他瞬間沉默。好幾次無意義蠕動嘴唇之後，他才終於開口。

「……這是，在開什麼玩笑嗎？」

「不是在開玩笑。」

伶拋出這句話，他的眼中燃燒著對罪人的怒火。

「雨嶋先生，我們得請你和我們到警局一趟才行。」

喉嚨深處發出「唔」一聲之後，雨嶋康稔粗暴揮動他粗壯的手臂。

「所以我問你們是在開什麼玩笑啊！」

「啊，我需要訂正一件事。」

島崎彷彿沒聽見雨嶋說任何話，平淡地告知。

「你的罪名不是幫助自殺也並非教唆。——而是謀殺罪。」

＊＊＊

「如果我的假設正確——這案件並非宮尾自殺，而是真實無偽的殺人案件。」

光彌昨晚說出這段話時，就連怜也懷疑自己聽錯了。甚至以為光彌該不會把他說的話全當耳邊風吧。

「殺、殺人案件——？這怎麼可能，因為事實上我們有拍下宮尾自殺瞬間的影片耶。你該不會要說就跟聽到槍聲的女性所說的一樣，影片經過加工處理吧？」

「不，我並不這麼認為。那個影片是偶然的產物，只是剛好拍下宮尾拿槍射擊自己頭部的場面，也就是他被殺害的場面而已。」

「『也就是』的前後文無法連結耶，如果他朝自己的頭部開槍，那就叫做自殺。」

「如果他知道那把槍——抵在自己頭上的槍開槍後『會有怎樣的結果』，那就是自殺。」

怜仍舊無法抓到重點。光彌說話方式依然充滿謎團，他並非吊人胃口，怜只能怨恨自己的理解能力太薄弱。

「那種事連小孩子也懂吧，當然會死啊。」

「說的也是，『如果那是一把真槍』。」

光彌邊微笑邊說出這段話，怜至此終於理解他想表達什麼了。

「話說回來，怜大哥——請問事件關係人中，有沒有人在收集模型槍呢？據我推論，我想宮尾的舅父應該符合這個條件才對。」

「……正如你所說，那個人蒐集很多模型槍和空氣槍，擺設在房間裡。你認為他就是凶手？」

「是的，我是如此認為。」

光彌斬釘截鐵地說。

「從我聽你所述，關係人當中可以最為自然、流暢犯下這個案子的就是那個人。」

「……不是宮尾的前女友？」

「不是，因為她不是插畫家。」

光彌又開始出謎題了。

「凶手拜託宮尾『希望你把這把槍抵在頭上並扣下扳機』，說那把槍只是會冒煙的玩具槍。」

「被害者真的會答應這種胡來的請託嗎？」

「只要有讓他接受的理由，他應該會幫忙吧。——而身為插畫家的凶手，也準備好理由了，那就是要作畫用的資料。」

「資料？啊啊……宮尾的女友也說了，說他最近在舅父那邊『開始幫忙做資料之類的』……但這兩者間有什麼關係？」

「你不知道嗎?畫插畫的人，會把要拿來當作模特兒的風景、服裝、人物的照片稱作『資料』，因為我是門外漢，也不知道這是不是正確的用詞……總之，在畫插畫時需要用到當作材料的照片。」

「嗯，我想也是。——我、我懂了!原來是這麼一回事!」

「是的。」

光彌用力點頭。

「宮尾最近會去幫他舅父製作工作資料，昨天應該也是製作資料的一環，答應了他舅父的委託吧。也就是說，實際上發生的事情是這樣。凶手拜託宮尾『你站在那個位置，然後扣下手槍扳機』，他自己拿著相機站在橋下——宮尾照凶手的指示露出痛苦表情，之所以會指定表情，大概是為了防止他會帶著笑容死去吧。但為了蒙騙警方而指示他做出的表情，卻剛好被拍成影片，更加強化了他是自殺的劇本……這對凶手來說相當幸運吧。」

「原來如此，宮尾也是話劇社的成員，或許演技很棒。」

「是的，接著進一步探究，讓你們傷透腦筋的宮尾死前最後一句話——『這樣就，可以了嗎?』的意思也完全可以理解了。」

反覆在腦中響起的那句話——

怜終於找到讓他可以接受的答案了。那是徵求站在橋下的雨嶋「演技指導」的聲音。

「除此之外，另外一個大問題也有了解答。『消失的一發子彈』——不，應該要說『兩聲槍響』更為正確。在此要注意的是『兩聲槍響』並沒有解決『消失的子彈』這個問題這一點。因為案發現場只發現一個彈痕。」

「嗯，我開始理解你的想法了。也就是說『被射擊出的實彈只有一發』對吧。」

「正是如此。八點零一分聽到的槍響，只是火藥發出的玩具槍擊發的聲音。開槍的大概是凶手，至於他為什麼要這麼做？是因為——」

「為了讓宮尾放心，對吧？」

怜腦海中也逐漸描繪出事件的大綱了。

「因為真槍相當沉重，拿過手的瞬間當然會感到不太對勁，可能懷疑『這該不會是真槍吧』。」

「加上才發生槍枝遭竊案件。」

「是啊，再怎麼說，那件事都發生在宮尾居住的音野市裡。雖說有一個月的時間空白，但如果宮尾把手上的槍與事件連結起來，一切都完蛋了。」

「是的，等了一個月或許也是在等待宮尾淡忘這個事件。但話說回來，他對槍械完全沒有興趣，就算手槍是警方愛用的轉輪手槍，他回想起竊盜案件的可能性也極低。」

光彌說著「總之」又接續推論。

「為了讓宮尾放心，凶手開了一槍給他看。他或許就是拿一把和真正凶器極為相似的玩具手槍朝自己開槍，接著假裝指導宮尾站位之類的，趁他轉過身時掉包，換成會發射實彈的真槍。」

「也就是說，『消失的一發子彈』『一開始就已從彈匣取出』，轉輪手槍可以看見彈匣裡全部的子彈，如果五發子彈全都在，他會覺得奇怪……所以為了符合『剛剛已射出一槍』的數量，一開始已經取出了。」

「然後，宮尾誤以為那只是會有火藥爆炸的玩具槍，或許對這個『玩具槍』莫名沉重多少感到不對勁，但也乖乖照指示演戲，飾演一個『自殺的男人』。」

怜想起雨嶋自稱他作品的賣點是「硬派且頹廢的世界觀」，那麼，宮尾也能接受他「我需要畫出這樣的畫」的說詞吧。

這麼說來，提起這個話題時，雨嶋突然沉默轉換話題。或許他當時認為——要是提太多自己工作的事，會讓刑警發現真相吧。

「從身邊人口中聽到的宮尾個性，感覺也是佐證這個推論合理的證據。他女友說他『沒辦法認真思考事物，個性跟孩子一樣』對吧？其他也有『容易隨波逐流』、『很危險』等證詞。」

雨嶋自己也如此評價宮尾。但如果宮尾平常在周遭眼中就是這樣的人，雨嶋也無法說謊。

「接著，宮尾就射穿自己的頭死掉了啊，根本沒想到那是真槍，大概連發生了什麼事情也無法理解吧——嗯，所有謎團都得到說明了。但光彌，可以說明和事實是兩回事耶，有沒有什麼證據……啊，我問到這種程度也太厚臉皮了。」

怜搔搔頭，光彌微微露出笑容。

「我認為開車的母子和在對岸的男子提出的證詞可以成為佐證，反過來說，我就是因為聽到這個證詞，才得到『第一槍並非實彈』的結論——那對母子聽到第一聲槍響時車窗開著，而聽到第二槍時不僅已離橋數十公尺，車窗還是關上的，但他們還是清楚聽到槍聲。而對岸的男子雖然因為第一聲槍響驚醒，也不太有自信是不是真的聽到槍聲……但之後聽到第二聲槍響時，他毫不懷疑那是槍聲。」

「原來如此，仔細思考這些證詞後，就可以找出第二聲槍響遠比第一聲清晰的事實啊……只是火藥爆裂的玩具槍和真槍發出的音量完全不同。」

就這樣，能說明凶手是雨嶋的有效「假設」擺到怜面前了。

說完推論的光彌聳聳肩總結。

「我能想到的大概是這樣。……我不清楚事件的實情，所以真的就只是『一個可能性』，我無法判斷這個想法是否能幫上忙。」

「沒問題，這點就交給我們警方來判斷。——總之，謝謝你。」

＊＊＊

在怜說完光彌的推理前，雨嶋一語不發。

翩翩飛舞的櫻花花瓣落在雨嶋綁著頭巾的頭上，但他沒有發現，只是直直瞪著怜。

「——以上就是我們警方的推論。」

因為今天早上也對土門和島崎說了相同一段話，所以怜說明起來相當流暢。怜在光彌要求下隱瞞他的名字，當成自己突發奇想的感覺說明，所以有點不太自在。

「……你想說的就只有這些嗎，小伙子。」

雨嶋終於開口，那是低沉帶有壓迫感的聲音。

「你光靠這種假設就要把人當殺人犯嗎？連個物證也沒有耶，真希望無能的你只是特例，要不然，日本警察要是真墮落成這樣也太恐怖了。」

「你這臺車真不錯呢。」

島崎彷彿自言自語說，她不停打量雨嶋的愛車。

「其實我的車也是德國車，最棒的就是堅固這點。但因為太堅固了，車門太重算個小缺點吧。也因為這樣很抱歉，我偶爾搭別人的國產車時都會不小心太用力關門。用對待愛車的感覺就會過度用力。」

「因為我不想屈服於冤罪，你們就要閒話家常模糊焦點嗎？」

「我想要說的是，凶手的車或許就是這類堅固的車型。拍攝影片的目擊者表示『聽到關車門的聲音』這點讓我有點在意。就凶手心理思考，就算沒發現周遭有其他人，也會盡可能不發出聲響離開現場。但凶手關車門的聲音大到連在橋的另一側的目擊者都能聽到，讓我感到很不可思議。但如果凶手的車是得大聲關車門的車型，那就得以解釋了。」

「所以你要逮捕所有開德國車的人嗎？拘留所的房間數量夠嗎？」

「『我已經仁至義盡了』這句話對外甥說也太過分了吧。」

雨嶋表情僵硬，他放開緊握的拳頭，嚇得張開嘴巴。

「請問『你可別怪我』又是什麼意思呢？你對宮尾先生做了什麼得對他道歉的事情嗎？還請你說明。」

島崎連珠炮式的提問讓雨嶋臉色越來越蒼白。

「你們偷聽我說話啊。」

「自從盯上你之後，我們就開始跟監你，想著有沒有辦法找到證據。接著就見你朝恩海橋方向前進，而且中途還到花店買花。我們明白你的目的地之後，先行一步到宮尾先生死亡的地點設置無線麥克風。」

島崎突然放鬆肩膀力量吐了一口氣。

「凶手在被害者死亡的地點吐露悔悟之意——出現這種戲劇化發展的機率相當低吧。但是，我們認為這個事件的凶手很有可能這樣做。如果是寫出『失戀的年輕人在櫻吹雪中舉槍自殺』這一往情深劇本的凶手就可能這樣做。」

「……我還是希望兩位只是警界的特例啊。」

雨嶋嘴邊露出不自在笑容，這也是他敗北的象徵。

「竊聽可是違法搜查呢，兩位刑警不知道嗎？這可是不能讓檢方得知的事情吧，如果我告密又會如何呢？」

「我們不得不出險招。再怎麼說，這個事件除去被目擊的風險以外，將近完美犯罪。被害者自己扣下扳機，入射角、持槍方法以及槍擊殘留物反應——連他衣物的凌亂與周邊的足跡也再再說明他是『自殺』。如果不是宮尾先生在槍械遭竊那天有不在場證明，應該不可能找出真相吧。因為你完美湮滅所有證據。」

「真是的，別想要吹捧我來模糊焦點。……算了，反正警方為了可以逮捕凶手，每次都會使出這點『壞事』吧。」

雨嶋邊笑邊口吐惡言，接著伸出雙手。島崎靜靜搖頭。

「我們沒有逮捕令狀，無法上銬。先請你自願協助我們調查。」

「哈哈，什麼自願啊。」

「你為什麼要殺了宮尾先生？」

雨嶋對怜的提問皺起眉頭，接著他拿下太陽眼鏡，從眼鏡後現身的雙眼超乎怜想像的老態橫陳。

「動機啊，我替你們保守違法調查的祕密，我可以捏造一個讓我接受審判時更有利的動機嗎？」

「很可惜，不能這樣。」

「這樣啊……算了，反正遲早會被發現，現在就讓我行使緘默權吧。滔滔不絕談論殺人的理由可一點也不硬派啊。」

雨嶋靈巧地用手指將太陽眼鏡彈飛丟進河川，島崎冷淡回答。

「請你放心，會因為自己的利益殺人的人，從一開始就不是個硬派了。」

11

「雨嶋就因為這點小事殺了宮尾嗎？」

聽完怜的話之後，光彌相當驚訝地回問。

將雨嶋送交檢方三天後，今天終於塵埃落定，怜也回自己家休息。接著在晚餐時把整個事情始末告訴光彌。當然為了不違反守密義務，只說出往後會出現在新聞報導上的部分。

「是啊，根據他本人所述。」

「會只為了要隱瞞這種事情，而去奪取另外一個人的性命嗎……」

「實際上他在坦承殺人之後也試圖對我們繼續隱瞞這件事，但在去他家搜索時找出『那個』之後，他也不得不放棄抵抗了。」

光彌邊把盤子擺上餐桌，稍微歪頭。

「雖然殺人這種行為本身早已脫離常軌，但聽到他的理由之後，更讓我無法理解。非法藥物這種東西，看見新聞報導哪個藝人持有早已是家常便飯了。」

「反過來說，這件事就是如此讓雨嶋畏懼吧。被揭穿這類犯罪的藝人都會受到嚴重抨擊，雖然也有人若無其事地回歸工作，但曾經犯下的罪會跟著當事者一輩子。自尊心極高的雨嶋大概很害怕這件事吧。」

住家搜索的結果，在雨嶋的房內找到數款非法藥物。將他的檢體送交藥物檢查後也出現陽性反應，他也承認自己是吸食者。

他表示自己不是向藥頭，而是偶爾透過暗網購買。實際上找到的藥物量也很少，只不過對雨嶋來說，如此少量的藥物也是致命傷。不管是對身體的傷害，還是社會意義上的傷害。

「宮尾最近開始幫雨嶋工作，文書工作或是那個『資料用模特兒』之類的。某天晚上工作結束後兩人小酌一番而雨嶋睡著了，宮尾就把他帶回寢室裡。他就在那時發現了——那個非法藥物。」

接著，宮尾不是報警，也不是把這件事藏在心裡，而是拿出來向雨嶋確認。

「隔天早上，宮尾拿出非法藥物給才剛睡醒的雨嶋看，接著大聲說。」

——舅舅，你怎麼可以買這種東西，這可是犯罪耶。

——但我很喜歡舅舅，所以我不會說出去。反正這也沒有造成其他人困擾啊，對吧？你的工作總是很辛苦啊，也是有想要依賴這種藥物的時候吧。

——才不是！我不是要威脅你。如果你被逮捕了我也會很傷心。你問我為什麼要說出來……因為我希望你別過度用藥啊。再怎麼說這都是因為很危險而被法律禁止的東西啊，你要多小心喔。

「宮尾的女友說他是個『孩子』，這個形容太精妙了。宮尾是對人溫柔，會對重視的人受傷感到悲傷的個性。……只不過，未免也太不成熟了。他沒辦法認真思考事情，也沒辦法區分善惡。」

擺好餐具後怜也就坐，光彌脫下圍裙在他對面坐下。

「他大概也沒自覺自己抓住別人的弱點吧。如果他有自覺，當這個人對他說『扮演舉槍自殺的人』時，他大概不會老實答應。」

「沒錯，雨嶋說他當下相信宮尾，也沒想要殺了他。但很不幸，此時在他面前出現了一把裝有實彈的手槍。」

音野市槍枝竊盜案件，就發生在宮尾發現非法藥物的正好一週之後。

雨嶋等待槍枝遭竊的新聞從媒體上消失，宮尾對這件事的記憶也轉淡的時機，接著在那正好一個月後，決定痛下殺手。

「雨嶋似乎相當害怕。他擔心沒去找工作的宮尾，將來有天會為了錢而開始威脅他。雖然從宮尾的個性思考，雨嶋也明白宮尾不會做出這樣的事……已經犯過罪的人，要進一步犯案也不會再有躊躇，他因此決定要趁早排除潛藏的危機。」

光彌苦悶地搖搖頭之後用力合掌。

「那麼，我們來用餐吧，今晚可是慶祝會呢。」

「這麼說來，確實很豐盛耶。」

散壽司加上帶骨烤雞，還有一大盤海鮮沙拉等等，總覺得餐桌已經變成派對會有的模樣了。

「啊，我差點忘了。得把今天買菜的錢給你才行，你有拿收據嗎？」

「不，今天食材的費用由我來支付，因為是慶祝啊。」

「但這件事幾乎都是你解決的，費用讓我來出吧。」

「……不，這不只是慶祝案件解決。」

光彌清清喉嚨。

「也是『慶生會』。」

「——啊。」

都忘了。

前陣子剛過的四月八日，是怜的生日。

「你還記得啊，我記得我只說過一次耶……應該是去年發生連續縱火案那時說的。」

「但怜大哥也記得我的生日啊，我上次來訪的時候，你不是送了我這個嗎？」

他伸出纖細的左手，上面戴著一塊耐用的黑色電子錶。怜怕送太時髦的款式反而讓他惶恐，所以就送了隨時隨地都能使用的防水款式。

「哎呀，因為你的生日讓人難忘啊……」

三月二十八日，這數字的諧音和「光彌」的發音相同。
怜不禁想像，到底是誰替他取了這個充滿幽默感的名字啊。
「……怜大哥，你在笑嗎？」
「哎呀，對不起，我也知道不能笑。」
「算了，無所謂。只能替你準備餐點真的很不好意思，我現在經濟上還有點窘迫。」
「別這樣說！沒什麼禮物比這更好了。」
「是這樣嗎？那就太好了。……祝你二十八歲生日快樂。」
十九歲的三上光彌說著，往前伸出裝滿茶水的馬克杯。怜邊笑邊拿起自己的杯子碰杯。

1

「那麼，怜大哥……這一個月來承蒙你照顧了。」

光彌深深一鞠躬，他束在後腦杓的黑髮隨之擺動。怜感到不捨地看著他的頭。

五月中的晴朗日子，光彌和怜站在連城家大門面對面。

「沒有沒有，我把每天的家務都交給你，該說謝謝的人是我才對。」

光彌抬起頭，遮羞似地把頭髮往耳後勾。

「不，你沒收我房租就讓我寄住在這裡，家務這點小事……」

「你說這什麼話，幫我大忙了耶，甚至是再住久一點也沒問題。」

「……我離開之後，還請你別過不健康的生活，怜大哥偶爾會讓人很擔心。」

讓年紀小了將近一輪的人擔心了。

「我順利找到新住處了。」

——就在上週，光彌如此說道。那天是怜休假的日子，兩人一起在這個庭院曬衣物。

聽到這句話時，怜差點當場弄掉手上的床單。

「哎呀，你不用這麼急著搬出去也沒關係啊。」

雖然試著挽留他，但光彌表示自己已經簽好租賃合約了。

「真的幫了我很大的忙，緊急收留我，又這樣匆匆忙忙搬出去，真的很不好意思。」

光彌邊撫平毛巾上的皺褶，很不好意思地說道。

春末的微風，帶著些微洗衣精的氣味。

邊聞著這個氣味，怜感到些許寂寞。

（……這樣啊，在光彌心中真的「只是暫住」而已啊。）

看著手腳俐落晾曬衣物的家政夫，怜突然對自己感到相當害臊。

因為在同居生活中，他不知不覺間感覺光彌就跟家人一樣了——

這件事情過後，轉眼就過了一週。

時間真的過得很快——就在怜沉浸於感慨時，有個青年從道路那頭往這頭走近。

「光彌，這些是全部行李了？」

那是光彌的朋友良知蘭馬，淺棕色頭髮在陽光照耀下閃耀動人。他身上穿著的寬鬆衣物也很時髦，整體看起來很亮眼。和總是身穿白襯衫、黑長褲的光彌很不同。但他們兩人是從國中到現在的摯友，真令人驚訝啊。

「嗯，只剩下把這個搬過去而已……蘭馬謝謝你，幫我大忙了。」

光彌推著行李箱，朝停在庭院前的廂型車走去。因為光彌沒有駕照，今天也拜託蘭馬來幫他搬家。

「那麼，連城先生打擾你了。謝謝你這一個月照顧光彌……啊，我也不是他的監護人就是了啦。」

蘭馬害臊地搔搔臉頰，聽見他的話，讓怜胸中梗了一根刺。為了光彌道謝的是對方而不是自己，這讓他感到相當違背本意。

（哎呀，我跟光彌的朋友較勁是要幹嘛啊……我又不是他的雙親。）

這麼說來——怜開口問蘭馬很在意的事情。

「那個，良知同學，你知道光彌的母親現在怎麼了嗎？我聽說他雙親離婚之後，他就沒有和父親聯絡了。」

「啊……你沒有聽光彌說嗎？」

蘭馬意外地眨眨眼睛，他沒惡意的話刺痛怜。雖然已經認同彼此是朋友，但自己對光彌還沒多少了解——

「光彌他媽在他上大學時就出國了，我也見過幾次面，她從以前就在做翻譯工作，聽說決定要把據點擺到英語圈去。」

蘭馬邊說邊偷偷看後面，光彌試圖要將行李箱塞進已經擺滿紙箱的後座而奮戰中。

「我記得應該是英國吧，我也不太清楚詳情……只不過，光彌從以前就很想早點獨立，從他弟弟出事那時開始。啊，你知道那件事嗎？」

「嗯，我也是當事者之一。」

奪走光彌弟弟性命的恩海市連環殺童案。怜的父親，連城忍作警部補在這個事件中殉職，他認識光彌後得知這件事時，彼此都相當驚訝。

但蘭馬似乎不知道這件事，開朗地說「說的也是啦」，他似乎把「當事者」解釋成「因為是恩海警局的警察」了。

「欸蘭馬，過來一下。」

光彌很客氣地喊蘭馬，他似乎沒辦法把行李箱塞進車裡。蘭馬「喔！」地回應之後朝怜一鞠躬。

「那麼，我就在這邊先告辭了。」

蘭馬跑過去幫光彌，不一會兒就把行李箱塞進車裡，兩人也坐上車。光彌坐在副駕駛座上再次朝怜低頭致意，怜揮揮手回應他。接著，車子開動遠去。

直到看不見車影後，怜才走回家中。接下來得立刻做準備去恩海警局上班才行。

待了一個月的光彌離開後，感覺自家似乎有點冷清。

光彌的氣息、他的氣味還留在家中，更加深這種感覺。怜不禁感到驚訝，只剩一個人的家竟然如此空曠啊。

呆站在走廊，突然冒出一個想法。

（……我也該離開了吧，離開這個家。）

這是設計成能讓兩代共居的雙層日本房屋，單身男子住起來太過寬敞。怜的雙親早已過世，也沒特別親近的親戚。這片土地遼闊，也需要繳交不少的稅金。

怜留住這個家的最大理由，是因為父親遇害的案件尚未解決。雖然沒有直接的因果關係，但他想要把這個家留下來，直到父親的遺憾得以解決為止——他心中一直有著這樣的想法。

（但那也已經解決了。）

去年九月，和光彌一起打掃閣樓時發現了父親的記事本，膠著六年的案情出現進展，終於逮捕殺了父親與光彌弟弟的凶手，父親的遺憾終於解決了。

（總不能一直這樣下去啊，對吧。）

自己上個月已經滿二十八歲了，明明不久前才剛當上警察而已啊，時間毫不留情地流逝。

「把這房子賣掉吧。」

彷彿想要推自己一把，開口說出聲來。

＊＊＊

「你媽現在人在英國對吧？」

蘭馬邊開車邊輕鬆提問，光彌側眼看了他一下。

「似乎是，我記得她好像說在倫敦的康登區，……但你幹嘛問這個？」

「我只是覺得，你生活這麼辛苦依賴你媽不就得了。像我不只還住在家裡，連學費都是父母替我出的耶……」

「那是你家啊，我只是用我自己的做法活下去而已。」

光彌手撐下巴，從車窗朝外看。蘭馬在他身邊短聲吐氣。

「光彌這點很帥氣，我也很喜歡……但是我希望你別獨自背負起一切啊，這可能算是我的自私吧，但我希望你能幸福，希望看到你笑。」

「呃，你幹嘛突然說這個……連續劇還什麼的臺詞？」

「不是，是我的真心話。你還記得我們第一次見面時的事嗎？」

蘭馬手指叩叩敲著方向盤。

「剛上國中時，我還滿怕生的……光彌以前是個有話直說的人，也自願要當班長。」

「那個時代還很不成熟，充滿理想嘛。」

「你別說的像現在是老人一樣啦。總之啊，剛入學那時我沒辦法好好融入男生的圈子裡啊。我那時候很喜歡帥氣的男偶像，所以都和可以討論這些事情的女生很要好……然後就莫名受到男生們的反感，開始找我麻煩。那時候，你不是替我發怒了嗎。」

邊看著流逝的景色，光彌也回溯著記憶，這麼說來，也曾發生過這種事呢。

「那讓我好高興喔。我現在可以斷言，和別人一起分享喜歡的事情根本沒必要受到攻擊。但年紀還小時，被這麼多人否定就會覺得對方才是正確的。光彌替我認真斥責那些男生時，真的救了我。」

總覺得相當害臊，光彌輕輕瞪了蘭馬一眼。

「別說那麼久以前的事了……你也幫了我很多啊，像我弟被殺那時。」

自己說出「被殺」這句話，光彌感覺身體深處一陣刺痛。不管經過幾年，不管傷痛變淡多少，痛苦的記憶都不可能變為燦爛回憶。

「弟弟死掉讓我好傷心……不停責怪沒看好弟弟的自己。每天，不對，是每秒都好痛苦。國一快結束時幾乎沒去上學，但你很常來找我，還讓我去住你家，因為那時我的雙親也很常吵架。現在想起來，我明明滿嘴詛咒著世界、詛咒著自己，還真虧你願意陪我耶。我很感謝你。」

「我當時想著要對你報恩就只有現在了。……啊，別說了別說了，講這種話題也太害躁了。」

蘭馬搔搔頭換了個話題。

「話說回來，光彌你接下來要搬進去住的是怎樣的公寓啊？你預算設定得相當低，我有點不安耶。」

「真的是很棒的房子喔，因為我常常去找房仲，他就說了『這類房子你會考慮嗎？』然後拿出來給我看的。」

「我聽起來越來越不安了耶，怎樣的房子？超級小之類的？」

「四坪一房應該不算小，浴廁也不是共用的，而是有系統式衛浴。然後，有簡易廚房也讓人很感激耶，因為我想要自炊。」

「喔喔，聽起來很棒耶，那最好奇的租金是？」

「不含水電，一個月一萬九千日圓，不需要押金、禮金。」

蘭馬嚇得大喊。

「什麼?!不對，不管再怎麼說這也太便宜了吧！那個房間有屋頂嗎？」

「當然有。哎呀，與其說那房子缺了什麼，倒不如說多了不必要的東西比較正確啦。」

原本覺得沒必要說，但被追問到這個地步也沒辦法了。光彌怕蘭馬嚇到出車禍，所以等到停紅綠燈時才告訴他。

「我接下來要住的房間是心理瑕疵房——也就是所謂的凶宅。」

2

大約五分鐘後，蘭馬開的車抵達目的地。

這棟公寓是名為〈恩海公館〉的木造雙層建築，屋齡二十年偏舊，但最近才重新粉刷，外觀給人潔白的印象。

「那蘭馬，我去找管理員打聲招呼，你等我一下。」

「喔。」

蘭馬心不在焉回答，自從聽到光彌搬進「凶宅」之後，他就嚇得沉默不語。光彌心想，他真的太操心了。

拉開發出「嘎啦嘎啦」巨大聲響的拉門走入屋內。

建築物的走廊是木地板，居民都要在玄關拖鞋。光彌將鞋子放在石頭花紋的混凝土上，換上擺在牆邊的拖鞋。

從玄關往內看的左手邊，有個擺著沙發和電視的小小大廳。光彌來參觀時，管理員說這是可以讓居民自由休息的「交誼廳」。這棟建築以前專門租給學生，聽說是當時留下來的東西。

走廊右前方是通往二樓的樓梯，光彌往樓梯後方的走廊深處探頭進去，從玄關看過去剛好是死角，看不見走廊深處。

右手邊的牆壁有三道門，從前方開始分別是一號房、二號房、三號房。光彌預定要住三號房。

他站在一號房門前按下門鈴。

「來了。」

邊回應邊現身的是將一頭幾乎全白的頭髮剪成鮑伯頭的初老女性。是來參觀房子時也曾見過的公寓管理員。

「啊，三上先生，你早啊。今天是你入住的日子呢。」

新保月惠笑皺了眼角，她這溫和有禮的態度也是光彌信賴這棟公寓的理由之一。

「今天開始要勞煩妳關照了，待會搬行李可能會有點吵鬧……」

「那沒有關係，不管是誰要搬來時都是這樣啊，我現在就去拿三號房的鑰匙來。」

一會兒過後，新保拿著鑰匙走回來，有點擔心地看著光彌。

「有什麼我可以幫忙的嗎？」

「沒關係，這就不勞煩妳了。但如果我有什麼不清楚的，可能會過來詢問妳。」

「好的，隨時歡迎。」

管理員很乾脆就把房間交給他了，光彌放鬆肩膀力量走出公寓。

（今天是平日，明天再去向其他住戶打招呼吧。）

邊思考這種事情邊走回車子旁，蘭馬相當專注地滑手機，光彌「叩叩」敲車窗後，他嚇得抬起頭來。

「讓你久等了，我拿到鑰匙了，想快點把東西搬進去。」

「喔、喔，這當然。」

蘭馬嘟嘟囔囔地說著走下車，光彌很在意他的舉動，盯著他看。

「怎麼了？你有什麼事瞞著我嗎？」

「也不是這樣啦，只是……就還是很擔心你啊。」

這句話讓光彌理解蘭馬在幹嘛了。

「如果是這裡發生的事件，我也查過了。但在知道之後也覺得沒有關係才決定入住。」

「但是啊，有人死在房間裡耶。我剛剛查了恩海市裡的凶宅資訊，但沒有找到。光彌啊，這裡是發生了什麼事件啊？」

瞞著不說也只是讓他無意義多操心而已啊——

光彌如此領悟後，決定詳加說明。

「我知道的，只有參觀房子時管理員告訴我的。事情發生在去年三月，所以大概已經過了一年又兩個月了。過世的是住在那個房間裡的女大生，聽說是在系統衛浴裡溺死的。只不過似乎不是突然病逝或跌倒意外，解剖的結果，得知她喝了很多酒，警方似乎認為將近是自殺。嗯，如果是自然死亡也不會變成『凶宅』就是了。」

「你幹嘛講得事不關己啊，雖然我不相信有鬼，但心理上還是不想住在有人死掉的房間裡啊。」

「心理上不想，所以才被稱為『心理性瑕疵』啊，因此才會很便宜。」

看著仍舊相當不放心的蘭馬，光彌開始覺得很對不起他。

「……我是不是該先找你商量才對啊。」

「哎呀，如果你覺得好就好了。話說回來找我商量也沒用吧，你跟本業的人住在一起耶。」

光彌過了一段時間才想到「本業」指的是怜。

「連城先生說了什麼啊？關於這間凶宅。」

「沒有，沒說什麼，因為我沒告訴他我要搬進凶宅。」

蘭馬嚇得睜大眼後，用力拍了光彌的手臂。

「真是的，光彌你啊，也要學會多依賴別人一點吧。不只是我，連城先生肯定也一直很擔心你耶。」

「你們兩個都太愛操心了啦。」

「是你做事太危險了啦。……哎呀，算了。都已經搬過來了，快點把東西搬進去吧。」

兩個人立刻各抱起一個紙箱，搬進公寓的三號房。光彌打開門，裡面飄散著才剛打掃完的清爽氣味。房間採光很好，不開燈也很明亮。

進門後右手邊有瓦斯爐和小小的調理檯，左手邊就是通往出事浴室的門。兩人直接經過，朝打開的拉門另一側走進去。那邊就是主要生活空間的四坪房間。

「嗯——沒有什麼特別不吉利的感覺。」

「對吧。」

光彌苦笑回應蘭馬不著邊際的嘀咕，兩人總之先把紙箱擺在地板上。

「好，繼續把剩下的行李搬進來吧。」

蘭馬如此說著邁開腳步，但突然停下來看著浴室的門。

「你可以看啊，如果很在意的話。」

得到光彌許可後，蘭馬立刻打開門。邊打開電燈，光彌也從背後探頭看。

在暖色系燈光照射下，裡面是極為普通的系統式衛浴。有盥洗檯、有馬桶、有浴缸。隔開廁所和浴室的塑膠布簾被收在邊邊。

「他們說浴簾已經換過，而且也做過特殊清潔了。」

「特殊清潔……真虧你能若無其事說出這種真實感十足的詞彙，是你要住耶。」

蘭馬傻眼說道。光彌說著「好了啦，下一個」推他的背催促。

接下來的數十分鐘，兩人沒什麼對話，只是專心搬運行李。

蘭馬把車停在公寓的前院，那邊相當寬敞，只停著另外一臺車。這是高及腳踝的雜草叢生的腹地，似乎也並非停車場。在他們搬到一半時，不知從哪來的流浪貓跑來曬太陽。蘭馬拿起手機拍照。

「你不經允許就拍牠，牠也太可憐了。」

「貓咪會在意那種事嗎？」

「如果是我，睡午覺時被拍照會覺得很丟臉。」

「光彌明明是現實主義者，卻會在很奇怪的地方代入感情耶……」

兩人邊聊邊走回公寓，新保正巧從一號房走出來。

「哎呀，你是三上先生的朋友嗎？」

「對，我來幫他搬家的。」

在光彌介紹下，蘭馬鞠躬彎腰致意，新保皺起眼角笑著說。

「真棒呢，有這樣可以來幫忙的人。」

她說著這句話時，樓梯傳來地板嘎吱聲，聲音朝一樓走下來。走下樓梯的來者沒有朝大門走去，而是朝走廊探頭進來。

「幸島先生，你早啊。」

新保喚作幸島的人是個眼神銳利的男人，年紀大約三十五上下吧。穿著一身無懈可擊的黑色西裝，手拿薄薄的公事包。就是一副「今天晚班現在才要去上班」——的模樣。

「啊，新保女士妳好，今天還真是吵吵鬧鬧的耶。」

他翹高鼻子一哼，瞥了光彌兩人一眼。

「三上先生，這位是住五號房的幸島先生，這位是今天搬進三號房的——」

「啊啊，搬進那間房間啊，這樣啊，還請多指教。」

在光彌回應「我也要請你多指教」時，幸島早已背過身去。接著立刻傳來嘎啦嘎啦聲，告訴大家他已經走出公寓大門。

「呃……好恐怖的人喔。」

蘭馬語氣尖銳，新保連忙說著「對不起喔」道歉。

「他人不壞，只是有點難相處。大概是年輕住戶一直增加，感覺不太自在吧。排除管理員的我之後，他是年紀最長的人。」

「已經快下午兩點了耶，他現在才要出門啊，他是在哪上班呢？」

感到有點好奇的光彌提問後，新保指著交誼廳裡的電視說。

「聽說是那個電視製造商的總公司。」

貼在電視機邊邊的，是國內最大型電機製造商的標誌。

「什麼！那家公司？總覺得……」

蘭馬欲言又止，新保摀嘴笑著說。

「是啊，他會住在這種跟學生宿舍沒兩樣的公寓裡有點不可思議呢。但幸島先生本人表示——『自己是個守財奴啊』。」

也就是考量房租才選擇這裡啊，光彌也能理解他的心情。

「嗯——讓我也想要在這邊租房子了耶，我想要自己搬出來住看看，也喜歡這裡的氣氛。」

蘭馬這句話讓新保露出很抱歉的表情。

「哎呀，真是對不起。現在六個房間全住滿了。……啊，對了，我要出門。那麼兩位改天見囉。」

新保說完後就走出大門，蘭馬邊吐氣邊說。

「嗯……先把搬家搞定吧。」

在那三十分鐘之後——

搬家工作全部結束後，光彌在庭院目送蘭馬。

「真的很謝謝你幫我這麼多大小事，甚至還幫我擺好家電。」

「沒有沒有，說家電頂多也只有一臺小冰箱啊。」

「你幫了我這麼多，不讓我回報什麼不行啊，起碼得讓我出油錢。」

「真的不用啦，這輛車是我爸的……而且我今天沒課很閒，可以幫上你的忙我也很滿足。那，下次在學校餐廳裡請我一道菜吧，然後晚一點再教我德語課的功課。」

光彌在拜託蘭馬幫忙搬家時就說了「我會支付酬勞」，但蘭馬不願意收下。

「我想和蘭馬平等以對耶⋯⋯」

「嗯——光彌真的很講究這些禮節耶，但我也是因為想和你平等以對才這樣做喔。」

蘭馬上車發動引擎後搖下車窗。

「你對自己過小評價這點真的不好，我可是平常就從你身上得到很多東西呢。你要好好發覺這點啊，我想連城先生也有相同想法。」

蘭馬留下一句「那改天見囉」就離開了。

（為什麼會提到怜大哥的名字啊？）

光彌很不可思議地歪過頭，流浪貓在他腳邊喵喵叫。

3

接著，光彌到附近散散步。

雖然是自己出生長大的恩海市內，但他從沒來過沒有重點設施的這個住宅區附近。光彌相當新鮮地看著道路兩旁的住宅。

走了三十分鐘左右，便到附近的超市買東西。在那邊買了大部分的水果和蔬菜。

（借住時，高麗菜可以買整顆的呢。）

光彌邊將四分之一顆高麗菜擺進購物籃中，想著這種事情。只有一個人住時買東西就不能太大膽，因為食材用不完只會壞掉。

（自己住雖然很自由，但——太不方便了。）

光彌提著購物袋回到〈恩海公館〉時已經將近下午五點。

（今天沒吃午餐，雖然時間有點早，現在來吃晚餐吧。）

他邊想邊換上拖鞋朝走廊深處走去時——

「喔呀。」

二號房的房門正好打開，有人從裡面探頭出來。

「咦！你該不會是住三號房的人吧？」

聲音的主人是位頭髮染成淺灰色的嬌小人物，年齡看起來和光彌差不多。他——大概是他——是個有著渾圓大眼，臉蛋相當可愛的青年。

「啊，對不起，突然出聲喊你！」

他邊高聲道歉邊走過來，他和光彌一樣後腦杓綁著馬尾，髮束隨著他的腳步輕快晃動。

「那個，你是住三號房的人對吧？」

「是的，我是今天剛搬來的三上。」

「太棒了，我猜對了！我是住二號房的今別府律，請多指教！那個，你應該是大學生吧？幾年級……」

「二年級，今年十九歲。」

光彌心想他大概想掌握距離感也把年齡說出來，只見律眼睛閃閃發亮。

「太棒了，我們同年！我也是十九歲！寧路藝術大學二年級！好開心喔，有同年的鄰居。欸，三上同學是哪間大學啊？」
「創櫻大學的社會學系。」
「哇喔，創櫻啊，還真厲害耶。話說回來，別用敬語沒關係啦，我們同年嘛。」
在光彌對他這相當喧騰的氛圍不知所措時，他身體貼近光彌，彷彿要說祕密般。
「那個啊，話說回來，你要搬進三號房時，有沒有聽說『什麼』啊？也就是說……」
「我知道裡面有人過世喔。」
明明是自己問出口的，律相當不好意思地搔搔臉頰。
「這、這樣啊。我要入住的時候，從採光來看絕對是三號房比較好，但他們說房間裡有人過世所以不能租給我。原來現在已經可以住人了啊。但因為二號房就在隔壁，房租也給了我一點折扣。但話說回來，三三你知情還搬進來住真有勇氣耶。」
「三三？」
突然被取綽號了，光彌復誦後，律很不好意思地垂下眉角。
「哎呀對不起，你不喜歡嗎？」
「也不是不喜歡。」
「那我就叫你三三，——啊，你還沒有自己的拖鞋啊。這裡室內要脫鞋，你可以擺一雙在鞋櫃裡喔。」
他雖然態度有點強勢，但似乎很親切。光彌回答「我會這樣做」。
「那個啊，雖然很突然，你今晚有事嗎？難得認識了，如果你方便的話要不要找個地方一起吃飯呢。」

雖然這邀約很突然，但和鄰居建立良好關係也不賴，在光彌這麼想的同時，想起手上購物袋的重量。

「對不起，我今天已經買好晚餐了。」

「這樣啊，說的也是……那下次有機會吧。啊，沒關係，你不用在意。我只是剛好要去超商買晚餐而已。」

雖然用著很胡來的氣勢縮短距離，但被拒絕之後立刻退讓的個性讓人討厭不起來。當光彌發現時，他已經開口提議。

「如果你不介意要不要一起吃？我還滿喜歡做菜的。」

「什麼，可以嗎？哇啊，三三我真的好開心，真開心搬到隔壁的人是你。」

看見律天真無邪的笑容，光彌突然湧起一股懷念的心情。

（啊啊，這樣說來，以前……那孩子也都會這樣笑啊。）

約莫一小時後——

光彌借用律房間的調理檯做好晚餐，因為光彌還沒拆行李把料理用具拿出來，所以也算幫他大忙了。

「哇哇哇，好厲害好厲害！三三，你該不會在餐廳之類的地方打工吧？」

看見擺上桌的各道菜餚，律的眼睛更加閃閃發亮了。

青椒鑲肉、韭菜炒蛋、香茗味噌湯等等，其實也不是什麼特別料理。硬要說的話，大概就是特別重視滋養強壯的菜單吧。

「你太誇張了，但也相去不遠了，我在做家事服務的打工。」

「啊——是那個對吧，去幫忙做菜或是打掃之類的……好厲害喔，你什麼都會做啊。」

「也不是什麼都會做。」

兩人隔著桌子面對面坐下，立刻開始用餐。

律的房間色彩豐富，水藍色窗簾、粉紅色書櫃等等，整體給人幻想空間的印象。大概對身邊用品有個人堅持，坐在面前的律本人也穿著螢光色連帽T搭配寬褲這相當有個性的打扮。

光彌突然很想問他剛剛想到的事。

「那個，今別府同學——」

「什麼——」

律突然皺起臉來，光彌不知道哪裡惹他不開心便閉上嘴巴。

「對不起，我不喜歡別人叫我的姓，輕鬆點喊我律啦。啊，如果三三也覺得那樣比較好，我也可以用名字喊你……這麼說來我還沒有問過你的名字耶。」

「沒關係，我沒特別討厭自己的姓，順帶一提我叫光彌。」

「這樣啊，那就繼續叫三三。然後咧，你剛剛想要說什麼？」

「你該不會有哥哥或姐姐吧？」

韭菜炒蛋從律的筷子上掉落，他眨了好幾次眼睛後。

「呃……你為什麼會知道？」

「沒有啦，就是一種感覺。」

因為你的笑容和我死去的弟弟很像——光彌當然不可能說出這種話。

「哇，三三你好厲害，完全猜對了，我們明明才剛認識耶。嗯，我九州的老家還有哥哥。……但話說回來，真虧你猜得出來耶，跟偵探一樣。『家政夫是名偵探』——感覺真像連續劇的劇名！」

「那什麼啦，而且我也不是『家政夫』……」

在那之後，兩人也連綿不絕地邊閒聊邊用餐。

「這棟公寓除了你之外還住著怎樣的人啊？」

「嗯，這個嘛，這點讓人很好奇吧。ＯＫ，就讓我依序介紹吧。首先，一號房住的是管理員新保女士……這你應該也知道了吧。如果遇到問題，什麼都可以找她，她是個很親切的好人。」

律依序豎起手指繼續說。

「這間二號房住的是我，三號房是你對吧。二樓……和一樓一樣有三間房間，分別都住一個人。四號房住的是念研究所的惠比壽小姐，她是除了新保女士以外唯一的女性。很沉默不太愛說話，感覺很正經八百。」

「住五號房的人是幸島先生對吧。」

「喔，已經見到了？」

「白天搬家時見到了，被他說了『今天還真是吵吵鬧鬧的耶』。」

光彌說完後，律雙手環胸點頭。

「沒錯！那個人就是會那樣。我也是，只要音樂稍微大聲一點，他就會從上面用力敲地板。但說到被幸島先生罵這一點，六號房的鬼頭先生就更可憐了。」
律喝了一口味噌湯後繼續說。
「因為五號房就在六號房隔壁，鬼頭先生基本上靠打工過活，但似乎也有靠上傳影片賺錢。他用『De～mon』這個帳號發布遊戲實況的影片，還挺有名的耶……你聽過嗎？」
「我不看那個。」
「這樣啊，還挺有趣的，我是他的粉絲呢。哎呀，總之啦，那類影片得發出頗大的聲音才行啊，這公寓的牆壁很薄，隔壁房間會聽得很清楚。鬼頭先生很懂禮儀，所以都是趁大家不在的時候錄影片或是直播，但偶爾要是遇到幸島先生剛好回來就糟了，因為幸島先生會闖進六號房大喊『吵死人了』。」
也就是說，最需要注意的人物就是幸島先生啊，光彌下了這個結論。
理解公寓現狀後，接下來好奇起過去的事情——也就是三號房變成「凶宅」的理由。
「……你知道三號房發生了怎樣的事件嗎？」
「不，完全不知道。因為我也是在那個事件之後才搬來的。我聽說那件事發生在去年三月——我去年年底才剛搬過來。哎呀，我也算是好奇心很強的人，所以和公寓裡其他人說話時也會不經意問一下，但覺得問太深也很失禮。啊，我不是在說你失禮喔！你有知情的權利，所以去跟大家打招呼時希望你儘管問！然後可以的話再告訴我詳情。」
聽律得意忘形說著，光彌不禁苦笑，但同時也想他是鄰居真是太好了。
「欸，要不要一起去澡堂？」
吃完飯後，律邊洗碗盤邊問。

「走個五分鐘有個很新很漂亮的澡堂，我一週都會去一次，我覺得讓你知道一下比較好。」

光彌回想起自己房間浴缸曾經死過人的事情。

「說的也是——那我們一起去吧。」

4

邊閒聊邊慢慢用完餐後，時間已經超過晚間七點。

雖然白天時間逐漸變長，但再怎樣，窗外都已經開始染上微微夜色了。

光彌把換洗衣物和毛巾塞進包包裡走出房間，上鎖後朝玄關走去。

當他彎腰穿鞋時，傳來大門拉開的巨大聲響。光彌抬起頭，前面站著一位首次見到的人物。

「……三號房的人？」

來者是身穿襯衫搭配牛仔褲的女性，光彌立刻察覺應該是住四號房的惠比壽。

「是的，我是入住三號房的三上。我打算明天要上樓打招呼。」

「不，不必了，我們現在已經見到面了。」

她把運動鞋收進鞋櫃後套上室內拖鞋。

「我是住四號房的惠比壽梢。我們倆房間離很遠應該不會吵到彼此，但如果有什麼問題歡迎隨時跟我說。」

她隨意將短髮往耳後勾走上樓梯，在此，匆忙將什麼東西塞進鼓脹手提包中的律走了過來。

「讓你久等了！」

「沒有，完全沒什麼等。」

「那麼我們出發吧，前往我們的祕湯。」

這個「祕湯」距離公寓徒步五分鐘的路程。雖然律說這是澡堂，但更類似附設咖啡廳的SPA設施。建築物很新很乾淨，玄關大廳籠罩在暖色燈光中。

「三三泡澡會泡很久嗎？」

律站在櫃檯前如此問，費用似乎隨著入浴時間長短而不同。

「我反而是容易泡昏頭的人。」

「這樣啊，但三十分鐘太短了，買一個小時吧。」

十分鐘後，兩人並排坐在鏡子前面清洗身體。

「咦？三三是不帶洗髮精的人啊？」

律如此問道，他頭上用來搓出泡泡的是放在化妝包中自備的洗髮精。光彌彎腰邊沖頭髮邊回答。

「每間公眾澡堂都有洗髮精吧。」

「嗯，每個人講究的東西都不同嘛。你和我一樣留長髮，我還以為你有特別堅持呢。」

「……我不是因為追求時尚才留長的，比較像是『魔法』之類的吧。」

律沒有特別追問光彌這段話。

室內的浴池裡有兩組父子，所以人口密度頗高。兩人不約而同地往露天浴池的方向走去。

泡在熱水中，兩人沉默了一會兒。光彌看著寫有功效的告示牌，但很快就膩了仰頭看天，星星非常漂亮。

（——怜大哥現在在做什麼呢？）

不知為何想起這種事情。

光彌和律洗完澡之後，又在大廳稍微休息一下才步上歸途。

「是不是很漂亮又很寬敞？」

「嗯，費用也很合理。」

兩人有一句沒一句聊著，抵達〈恩海公館〉前。一走進腹地內，發現有個人走在他們前面。

「啊，是鬼頭先生！你好。」

律一喊對方，那位男性轉過頭來。是一位金髮戴圓眼鏡，眼睛細長的青年。

「喔，是小今，你好。」

鬼頭舉起手親切地打招呼，律雖然討厭別人用姓氏喊他，但似乎可以接受綽號。

「鬼頭先生剛打完工嗎？」

「沒，我今天休息。只是有事去了一下超商，這位是你的朋友嗎？」

「朋友是朋友啦，但不是我帶來的朋友，這位是新入住三號房的三三。」

「啊啊，這麼說來新保女士有提過，有新住戶入住……我是六號房的鬼頭，鬼頭勝人。

順帶一提，我有用『De～mon』這個帳號發布實況之類的影片，如果你有興趣就訂閱我的頻道吧。」

光彌聽不懂「訂閱頻道」是什麼意思，但還是應好。

三人一起走進公寓，房間在二樓的鬼頭留下「那晚安啦，小今、小三」後走上樓梯。

「小三……」

又被取了個奇怪的綽號了。

「呵呵，很可愛啊，小三。」

「不用可愛沒有關係。……真是的，都是因為律用『三三』這個綽號介紹我啦。」

「欸，我喜歡可愛的東西嘛。但三三與其說可愛，更應該說是『漂亮』的感覺。」

兩人邊這樣說著邊朝走廊裡面走去。

「啊，真開心，那明天起也多指教囉，三三。」

「嗯，晚安。」

在二號房前互道晚安後，光彌朝著三號房門走去——接著停下腳步。

「喔？三三，怎麼了嗎？」

打開自己房門門鎖的律伸長脖子順著光彌的視線看過去，接著他「咿」地驚聲尖叫。

三號房的門很明顯有異狀。

「子莉——？不對，是莉子啊。」

「為、為什麼三三這麼冷靜啊?!這是什麼，太恐怖了吧。」

整片房門被大量紅色文字埋沒。

寫在上面的全是同一個單字——「莉子」。

光彌靠近一看，可知那是用水彩筆拿水彩顏料寫上去的。從房門上端到下端，總計大約五十個吧。直的、橫的、斜的，從各個不同角度書寫。伸出指尖一碰，顏料早已乾涸。

「這什麼啊？太莫名其妙了……三三出房門時還沒有這種東西吧。」

「當然。——這是有人在我們離開時寫的。」

「要、要不要報警？」

「……警方會行動嗎？」

光彌腦海中想到怜，但他立刻搖搖頭，他不想讓怜知道搬家第一天新房間就被惡作劇塗鴉，這只是讓怜擔心而已。

「哎呀，也不是值得騷動的事情。總之先拿手機拍照存證就擦掉吧，好險似乎只是水彩。」

「但是，到底是誰做這種事……」

「誰知道呢，而且『為什麼』。……『莉子』到底有什麼意義呢。」

「總之我去拿可以擦的東西來！」

律說完就跑走了。光彌在這段時間內拿手機拍下門，又再次觀察門的狀況。文字集中在門中央——就是周圍稍微有點凹下去，中間成高臺形狀隆起的部分。

（門扇邊緣和門把完全沒沾到顏料，也就是說，寫下這些文字的人相當冷靜。）

就在觀察時，光彌腦海中閃過一個想法。「莉子」是人名嗎？而寫在三號房門上，難不成——

「讓你久等了。」

律拿著裝水的水桶和抹布回來，光彌中斷思考。兩人接著迅速把顏料擦掉，光彌負責上面，律負責下面。

「……身為家政夫的三三，知道什麼有效率擦掉顏料的好方法嗎？」

「幾乎沒有擦拭顏料的機會啊。如果是普通髒汙會分別使用各種清潔劑。廚房油汙要用鹼性清潔劑，水垢及尿垢要用酸性的……之類的。但水彩顏料用水就夠了吧，要是連門也掉色就糟了。」

在意外的地方展現自己的家務知識了——不對，知識在此刻根本沒派上用場啊。

「律才是，你是美術大學的應該比較清楚吧。」

「我專攻工藝啦。」

大概因為他們吵吵鬧鬧的，新保從一號房探頭出來。她大概已經準備要就寢了，身上穿著睡衣。

「怎麼了嗎？」

「啊，新保女士，妳聽我說，三號房的門被人用顏料惡作劇塗鴉耶。」

「哎呀！」

新保摀住嘴睜大眼睛。

「啊，以防萬一我先說，絕對不是三三做的！他是無辜的。他和我一起去澡堂，回來後就已經變成這樣了。所以絕對不可能是三三做的。」

「是的，因為三上同學是被害者啊。但話說回來，是誰做的啊？可以讓我看一下嗎。」

新保朝三號房走近，接著看見還留有紅色文字的房門後，倒抽一口氣往後退。

「怎、怎麼了嗎？新保女士。」

律一問，新保顫抖著手摀住嘴巴別過臉，她的臉色瞬間轉白。

「這個『莉子』該不會是……」

剛剛閃過腦海的想法在看見新保的反應之後轉為確定。

「是不是『在我之前的房客』的名字呢？」

「是、是的——就是這樣。到底是誰做這種……太過分了，那件事都已經過一年以上了耶……」

新保深呼吸之後才開口斷斷續續說。

「去年三月，在三號房裡過世的——是一位叫做藤谷莉子的人。」

三號房的房門，現在就寫滿這個名字。

就在光彌搬進來住的第一天。

「……新保女士，請問妳知道現在公寓裡有誰在嗎？」

「呃，這個嘛。」

新保認真思考光彌的提問，看來她稍微恢復冷靜了。

「首先，惠比壽小姐已經回來了，我住的一號房可以清楚聽見玄關的聲音。你們兩人剛好和她錯身離開，在那之後不久幸島先生也回來了，我有稍微聊了一下。」

「在哪裡？」

「玄關，我在你們兩人出去之後去了交誼廳，因為我想看電視的氣象預報。接著聽到開門聲就到玄關一看，看見幸島先生回來了。我說『你今天晚班還真早回來呢』之後，他回答『因為今天是休假加班』。」

「妳在交誼廳啊，那有看見三號房的房門嗎？」

新保傷腦筋地皺起眉頭搖搖頭。

「對不起，從交誼廳看不見三號房的房門，因為那邊是死角。」

各房間的門確實位於走廊上再往內縮的位置，除非特地探頭看，要不然從靠近玄關的交誼廳也看不見房門。更別說是玄關了，完全位於死角。

「那之後呢？」

「我回自己房間看了一小時以上的書。對了對了，我洗澡之前有聽到哪個人從二樓走下來後到外面去了。」

「啊，那大概是鬼頭先生。他似乎去了一趟超商，正巧和我們一起回來。」

「這樣啊。……然後我就去洗澡，剛剛才洗好而已。所以肯定是在我去洗澡之後吧，有人從外面跑進來惡作劇塗鴉。」

「咦？為什麼知道？」

律嚇了一跳，接著歪頭。

「今別府同學應該也知道吧。玄關的門開關聲音很大，所以有人出入就會知道，即使人在房裡。」

「啊，聽妳這麼一說的確是。也就是說，凶手是在新保女士去洗澡之後才塗鴉的囉……？那是幾分鐘前啊，我和三三大概在九點左右發現塗鴉對吧？新保女士什麼時候去洗澡的啊？」

「八點五十分左右。」

光彌和律大約七點半離開公寓，入浴時間一小時，加上往返時間及在大廳的休息時間，回到公寓時是九點。可以推論凶手是在這段時間內犯案的，但如果要在不讓新保發現的情況下進出公寓，那就是——

「三三！如果新保女士是在八點五十分去洗澡，那凶手就是在到九點的這十分鐘之內犯案的。那、那我們幾乎和凶手是前腳進後腳出耶？」

光彌在心中說「這絕不可能」，但他沒在新保面前說出口。

「……新保女士，驚動妳了。我會把這個髒汙清理掉，妳就請先休息吧。」

「是嗎？那今晚就先鎖門窗了吧，太恐怖了……啊，三上同學，我忘記告訴你了，平常是晚上十一點鎖門窗。」

「好的，我會記在心上。」

新保走到玄關鎖上大門後回自己房間，光彌才開口。

「律。」

「嗯？幹嘛。」

律邊擰乾變紅的抹布邊歪頭。

「這個塗鴉不是八點五十分之後畫的，至少在那三十分鐘前就畫了。」

「喔，又發動名偵探模式了？有什麼根據？」

「我在發現後摸了文字，顏料已經完全乾了。雖然水彩顏料乾很快，但再怎樣都不可能在十分鐘內乾到這種程度。」

「……也就是說，是什麼意思？」

「兇手，『不是從大門進來的』。」

律眨了好幾次眼睛後，偷偷看了背後一眼。

「從窗戶？交誼廳裡有窗戶……但平常都會上鎖喔。」

「不，說到底，我對『有人從外面闖入』這個前提抱有很大的疑問。從窗戶闖進來的外人，不是竊取財物而是用水彩塗鴉之後逃跑？總覺得難以想像。」

「那麼，該不會是。」

律吞了口口水，光彌點點頭。

「這大概是內部住戶做的好事。」

5

光彌向幫忙清理顏料的律道謝之後走進房間。

雖然門上被塗鴉，但光彌有鎖上門，室內沒有異狀。

把手提袋放在榻榻米上，思考著該什麼時候去洗衣服。自從獨居後就沒有買洗衣機，所以只能去自助洗衣店。對喜歡曬衣物的光彌來說，這並不是令人喜悅的生活環境，但他現在可沒本錢說這些。

拆開擺在房間角落的寢具組，決定先把被褥鋪好。獨居的房內靜得嚇人，光彌突然感覺無法平靜。如果住隔壁的律能發出一點生活噪音就好了——他還思考起這種沒完沒了的事情。

用力倒在鋪好的被褥上瞪著日光燈。

回想起來，和怜同居的那一個月相當開心。因為做兩人份的料理，也能做些花功夫的菜色，還能曬很多衣物。那邊房間多，打掃起來也很有成就感——

（但是，不只是這樣。）

當刑警的怜每天都很忙碌，輪到他放假時反而是光彌要去上課或是要去打工，兩人的生活時間很難有交集。即使如此，晚上在起居室裡聊幾句話，也有些微交流。

自己肯定是太習慣家裡有其他人的氣息了。

（不久之前的我，還不是這樣的啊……）

弟弟過世、雙親離婚之後，光彌就不再與人深交。平常只要有蘭馬在身邊，他就感到滿足了。就連對蘭馬，他都已經做好隨時分離的覺悟。仔細想想，感覺是為了自我防衛而選擇孤獨。

有了重視的人，或許就會失去。如同他失去打從心底深愛，視如珍寶的弟弟那時一樣。同樣的，原本重視的人漸漸變得不再重視也會伴隨著疼痛。慢性互相傷害會殺了彼此的心。

（就如同我和父親，逐漸變得無法原諒彼此一樣——）

家人這種東西，反正遲早都會崩壞。但為什麼人類無法阻止自己組織家庭呢？與他人一起活下去，比起自己獨活還要更加不自然不是嗎——至少光彌這樣想。

（但為什麼，現在的我……會對「一個人」感到如此不安呢？）

閉上眼睛，等待烙印在眼瞼上的圓形燈光消失。

——此時，光彌的耳朵聽到手機震動的聲音。

用力坐起身，拿起摺疊桌上的手機。有人來電，一看到來電者的名字，他立刻接聽。

「怜大哥？」

『喔、喔。怎麼感覺你很積極耶。——嗯，是我啦。這麼晚打電話給你真不好意思。』

光彌不禁在被褥上正襟危坐。

「不會，反正我沒特別在做什麼。」

『這樣啊，我現在才剛到家。想說你不知道順利搬好家沒，所以才打電話給你。』

「是的，很順利搬好了。」

光彌知道自己聽到怜的聲音之後放鬆身體力量，那是強而有力堅定的聲音，怜有讓人在他身邊就能感到安心的特質。

『嗯，聽你過得很好就好了，偶爾也來我家玩啊。』

「好。」

『如果有什麼困擾，隨時可以找我商量。』

困擾——

光彌看了一眼剛剛還在清理塗鴉的門。

「怜大哥在恩海警局工作幾年了啊？」

『喔、喔？這問題還真唐突呢……從前年春天開始。』

「……那你知道去年三月市內發生的事件嗎？有個女大生在浴室裡溺死的……」

『我當然記得。』

怜的聲音頓時變得嚴肅起來，讓光彌更加端正姿勢。

『我雖然沒到現場，但我負責四處打探消息。你為什麼問這件事？』

時到此刻，已經沒有隱瞞的理由了。

光彌老實說出所有事情。自己搬進的就是發生意外的房間，以及今天晚上發生了塗鴉事件——

『……你也真是了不起，知道那間房間有問題還搬進去。』

「從房租來看，我不能放過這個好機會。」

『繼續住在我家也無所謂啊。……不管怎麼說，惡作劇塗鴉可是不折不扣的犯罪行為，雖然你說清掉了，但只要報警，理所當然會進行調查。』

「不，我覺得不需要做到那樣。從使用水彩顏料這點也可以感覺出並沒有憎恨搬來住的我，或是想讓我困擾的強烈惡意。只是再怎樣都讓人在意，所以我想要了解過去發生什麼事件。」

『原來如此，那總之我就把對外發表的案件概要告訴你吧。』

怜像在搜尋記憶，沉默了一會兒之後才開口。

『死者是藤谷莉子小姐——明智大學四年級學生。遺體是在三月六日被發現，再過不久就要畢業的時期。她是在浴室裡溺死的，司法解剖後得知她喝下大量酒精。』

「這不是單純的意外嗎？」

『聽說她原本就不是很會喝酒的人，如果沒有參加特別聚會，不可能毫無節制地喝酒。

和藤谷同大學的朋友也住在那間公寓，是那個人說的。』

「……該不會是叫惠比壽的人吧？」

光彌想到隨口一問，怜回答。

『沒錯沒錯！就是這個名字。聽說她們感情很好，她說不相信藤谷會喝那麼多酒，也不相信她會喝完酒就直接洗澡。她相當激動地對我們說，所以我們也相信她的證詞進行調查。』

「……那麼，調查的結論呢？」

『自殺，或者是極為接近自殺的意外。從現場狀況來看，似乎沒有其他可能性了。因為完全找不到自殺動機，警方也十分煩惱——但三月和四月是自殺者急速增加的時期，因為也是生活環境劇變的時期。』

怜沉默了一會兒之後，有點客氣地繼續說。

『如果你希望，我試著替你稍微詳細調查一下吧？去找資料或是去問其他搜查人員之類的。』

「如果方便的話，我很想要拜託你……但真的可以嗎？」

『當然可以，雖然不能把案件關係人的隱私告訴你，但你也算是當事者之一，而且也現在進行式發生不太妙的事情對吧？我沒辦法置之不理。』

「……怜大哥，謝謝你。只要聽了事件的詳細背景，或許能知道些什麼。」

『嗯，如果是你或許能解開——不對，總之今晚先休息比較好。你才剛搬過去第一天。要是感覺很危險，隨時都可以回來。』

「謝謝你。——晚安。」

『晚安。』

結束通話後，光彌倒在被褥上。

房間的寧靜滲入耳中，但剛剛的那股不安已然消失。

6

隔天早晨——

光彌七點多起床，盥洗後換好衣服。

他住在連城家時每天都會做早餐，但今天沒特別感覺肚子餓，所以什麼也沒吃看書看了一會兒。

大約過一小時，光彌想起該做什麼事了，自己是這棟公寓的新住戶。

把四份致意用的毛巾裝進紙袋裡，走出三號房。早晨的〈恩海公館〉相當安靜，走廊上沒有其他人的氣息。光彌踩響階梯走上二樓。

二樓的隔間和一樓幾乎一樣，但一樓交誼廳的部分變成了空蕩蕩毫無意義的空間。或許在這棟建築物還是學生宿舍的時代有被善加活用吧。

走廊右側，和一樓相同，房號從前方依序往後變大。四號房、五號房、六號房——

光彌有點想法，決定從六號房開始打擾起。

按下門鈴，房內傳來有人活動的聲響。

「喔，是三號房的小三啊……怎麼啦，一大早就來。」
鬼頭勝人身穿運動休閒服，頭髮四處亂翹，看起來才剛睡醒。
「不好意思吵醒你了，這個，我是來打招呼的……」
「哎呀，不需要這麼重形式啦，但如果是這樣，就讓我感謝地收下了。」
因為也沒話好說，光彌遞出毛巾之後就告辭，移往隔壁房間。
五號房的幸島是個難相處的人，所以做好可能會遇到不善對待的覺悟上前。但是，按下門鈴後立刻現身的幸島，看見光彌遞上毛巾後立刻展露笑容。
「啊啊，這真是謝謝你了。最近年輕人少見像你這樣有禮貌的耶，你叫……我還沒向你自我介紹，我給你張名片，嗯，今後也請多指教。」
電機製造商的員工心情極佳地關上門。光彌感到很不可思議地看著幸島的名片，他名叫旦次。
（這麼說來，我記得他是自他公認的「守財奴」對吧。）
大概是會很感激收下免費東西的那類人吧。不管怎樣，光彌很感謝沒發生衝突順利打完招呼。
（那麼——）
光彌先深呼吸一次之後才按下四號房的門鈴。十秒左右的沉默後，房門打開了，但沒有拿掉門鍊。身穿家居服的惠比壽梢從隙縫中露臉。
「早安，我是搬進三號房的三上。」
「我以為你昨天已經打完招呼了耶。」

惠比壽自言自語似地說著，光彌不理她，繼續遞出毛巾。

「這是一點小小心意——」

「不用了，收禮就會伴隨回禮的義務。」

「《贈與論》啊。」

門關上了。光彌還以為自己遭到拒絕，但門又立刻打開，原來是她把門鍊解開。

「我是明智大學的研究生，你呢？我想應該是大學生吧。」

「創櫻大的社會學系，因為才大二，還沒學到太專業的東西。」

「但看你馬上聯想到馬塞爾・莫斯，你應該對文化人類學很有興趣吧。」

「也不是這樣，我從入學之前就對犯罪心理學很有興趣，研討課也選修了比較多這類的課程。」

惠比壽立刻瞇起眼睛，用指尖玩弄自己的短髮髮尾「唔嗯」應了一聲。

「那我和你的專業或許有部分重疊。我大學時曾經很認真研讀了酷兒理論，但念研究所之後幾乎專門在分析關於自殺的社會學理論的部分。」

聽到她說出自殺這個單字，光彌用力握緊毛巾。

「酷兒理論就是和性別、性取向相關的學問對吧。從這裡轉往自殺研究還真驚人耶。雖然聽過性少數族群的自殺率較高的說法，也不算毫無關係吧……請問有什麼讓妳轉變興趣的原因嗎？」

「你住的三號房發生的事件，就是起因。」

「這麼說是……」

「你可以替我壓著門嗎？」

惠比壽打開放在鞋櫃上面的小型冰箱。

「你有食物過敏嗎？」

「沒有。」

「那麼，這個就可以了吧。」

惠比壽從冰箱中拿出獨立包裝的泡芙給光彌。

「如果是交換就不會產生回禮的義務了。」

她接過光彌的毛巾後關上門。

（這對手太難纏了。）

嘆氣聲從光彌口中流瀉。

走下樓梯後，光彌朝二號房前進。

因為律太過急速拉近兩人距離，昨天完全忘了要把毛巾給他了。

「喔，三三早安，怎麼了嗎？」

按下電鈴後來應門的律，身穿條紋家居服。

「我昨天沒有正式打招呼，如果你願意還請收下這個。」

從紙袋中拿出毛巾來，律看了毛巾又看了光彌的臉之後噴笑出聲。

「哎呀，對不起我笑出來了。謝謝你，請讓我收下。……但是啊，你不用這麼認真沒關係啊。啊，我真喜歡三三。」

律呵呵笑著，把毛巾摀在自己臉上。

「……有這麼好笑嗎？」

「對不起啦，但我覺得三三這點很棒喔。——話說回來，你也去把這個發給樓上的人了嗎？」

光彌回答「對啊」之後，律湊上前如此輕聲詢問。

「昨天那件事，他們三人說了什麼？」

他在說塗鴉事件吧。

「我沒提那件事。」

「什麼，為什麼啊？因為根據三三的推理，凶手就在那三個人之中吧。試探他們的反應比較好吧。」

「就算說要看反應。凶手當然知道那件事，所以不管我說什麼應該都能做出不差的演技吧。」

「啊，對耶。但只要一直談那個事件或許會露出什麼破綻喔，啊，對了，我想到了！我們今晚來開派對吧。」

這太過唐突的提議讓光彌瞬間不知該如何回答。

「三三的歡迎派對，在派對上加深和居民們的交流吧，當然也包含新保女士在內。只要在席間提到那個事件，肯定可以看出是誰做的。」

「不，別這樣……我不想要才剛搬進來住就引起騷動。」

「引起騷動的人是凶手吧，雖然我不知道是誰！別擔心，不會把矛頭指向三三的，我來當你的盾牌。好，既然決定了，我立刻來跟新保女士說一聲！」

在光彌守護下，律跑出二號房後立刻按下一號房的門鈴。

（……他這一點我真的學不來。）

光彌帶著半傻眼半欣羨的心情看著律。

7

派對在當晚八點開始，地點是一樓的交誼廳。

出乎光彌的預料之外，公寓居民竟然全數到齊，姑且不論友善的鬼頭，他原本以為惠比壽和幸島不會現身。

惠比壽一走下樓梯，彷彿看穿光彌的疑問如此說。

「謝謝你的邀約，與他者的交流對我的研究也有很大的刺激。」

另一方面，關於幸島為什麼會第一個出現在交誼廳裡，律回答光彌這個疑問。

「我說了我們有準備很多酒，幸島先生對『免費』沒有抵抗力。」

在律悄聲如此說時，最後的鬼頭也走下樓，小小派對就此展開。

「那麼，讓我們慶祝三上同學入住，乾杯。」

由新保女士領頭舉杯，居民們分別喝下各自的飲料。

準備的小點心是光彌和律白天去買回來的，他們兩人都尚未成年，所以罐裝啤酒是新保提供的。

「我在抽獎活動上抽到啤酒券，但我已經戒酒了，請大家別客氣儘管喝。」

聽到新保這樣說，幸島和鬼頭真的毫不客氣地開罐來喝。實際上除了他們以外也沒其他人喝，新保很訝異地看坐在身邊的惠比壽。

「咦，惠比壽小姐不喝嗎？」

「我也戒酒了。」

惠比壽邊喝碳酸飲料邊回答。鬼頭拿起金黃色酒罐問：「妳叫惠比壽[2]卻不喝？」但被沉默以對，光彌聽不懂這句話的意思。

「話說回來，小三啊，你有在打什麼工嗎？」

鬼頭像要模糊焦點如此提問。

「我在做家事服務。前往客戶家裡叨擾，代替客戶做菜或洗衣。」

「喔——很像女僕那種？那麼，會去超級有錢的人家吧。」

光彌在內心嘆氣「有著天壤之別的認知差距耶」。

「這個嘛，也會前往這類家庭。但大部分的委託都是來自一般家庭，因為育兒而家事忙不過來的人。」

「真假？哦，最近大家變奢侈了耶。一般來說會覺得打掃或做飯這類的自己來做就好了啊。……啊，我不是瞧不起你的工作喔。」

「我認為你這個認知有點偏差。」

惠比壽小聲說道，鬼頭嚇得端正姿勢。

2　「惠比壽啤酒」是知名啤酒大廠「札幌啤酒」生產販售的一款高檔啤酒。

「我認為可以用金錢買到這樣的服務是件非常棒的事情。當然，什麼都能在市場上買賣的近代資本主義本身也有許多問題，但因為雇傭勞動被吹捧，導致主要由女性負擔的家事勞動受到輕視這點也是個問題。我認為這是對於人類活動的侮辱。」

「這是伊萬・伊里奇提出的影子工作的概念呢。」

光彌代替坐立難安且沉默不語的鬼頭回答惠比壽。

「實際上透過這份工作，我也相當清楚家事勞動有多麼被輕視。雖然是自賣自誇，但我認為家事服務的出現是個很好的現象。正如惠比壽小姐所說，雖然也需要批評市場原理主義，但建立起該對無償勞動支付相符代價這個觀念來看也是——」

「等等等等！別沉浸在你們兩個的世界中啦！也說得能讓笨蛋的我聽懂啦。」

律從旁拉起光彌的手搖晃。

「對了，三三，你得和大家說那件事才行！得提醒大家，避免其他人的房間也被寫上那種惡作劇塗鴉。」

律相當巧妙地把話題帶往昨天的塗鴉上面。

「惡作劇塗鴉？是有哪來的不良少年在外牆上塗鴉了嗎？」

幸島憤慨地大吼，他的酒意大概開始發酵了，臉相當紅。

「不是，才不是那樣。昨天，就畫在才剛搬進來住的三三的三號房門上！」

「房門？所以是跑進房子裡來了嗎？」

鬼頭嚇得驚呼。

「那是昨天什麼時候發生的事情？」

光彌只簡短用「晚上」回答惠比壽的提問。

「這樣啊……塗鴉已經順利清除了嗎？」

「因為是用水彩顏料畫的。」

「哦，還真是有良心耶，那是被寫了什麼的惡作劇塗鴉？」

鬼頭一問，光彌猶豫著該不該回答，但律立刻開口。

「上面寫著『莉子』，而且還是幾十個！」

當場悄然無聲。

新保用力低頭，鬼頭無意義地調整眼鏡位置，惠比壽則是盯著律的臉看，簡直要射穿他的臉了。

「這玩笑太過火了。」

幸島一說，仰頭喝下啤酒，接著再度重複「這玩笑太過火了」。

律依照他所宣示地仔細觀察其他住戶的表情，光彌也仿效他，但沒有人舉止怪異。鬼頭、幸島和早已知道塗鴉的新保都露出不安神色，但聽到自己居住的公寓發生暗示過去事件的惡作劇，理所當然會有這種反應，更別說管理員的新保了。

惠比壽沒有表露情緒，陷入深思。光彌突然很想知道她在想些什麼。

「啊，那個，對不起，我把氣氛弄僵了！真的是很糟糕的惡作劇耶，太過分了。雖然是我提的，但就此打住這個話題吧！」

律開朗大聲說，想重新炒熱氣氛。在幸島輕聲說「說的也是」之後，氣氛也逐漸有了轉變。

接著回到原本和睦的氣氛，大家開心閒聊了三十分鐘左右。

「喔，你是創櫻大學的學生啊。」

在律和光彌聊著彼此大學的事情時，幸島跑來插話，看來他已經相當有醉意了。

「如果是這樣，即使是文組，在求職時也能期待有好結果呢，你有想做哪類工作嗎？」

「我還沒有具體決定。」

「哎呀哎呀！現代的小孩也太悠哉了吧。得抱著一年級就要去實習的意識才行啊。」

「我朋友四年級才開始求職，但也拿到你們公司的工作機會了喔。」

惠比壽一說完，幸島氣勢有點退縮。

「那是因為妳朋友很優秀，但那也要有命……」

說到這裡，他突然閉上嘴。接著仰頭喝啤酒彷彿硬要把異物吞下肚。

「咦、咦？也就是說。」

律嚇得看看幸島又看看惠比壽，但兩人都沒有回答律。

「真是的，搞得好像什麼禁忌關鍵字也太失禮了吧，對藤谷妹妹。」

鬼頭無奈地搖搖頭，手拿下酒菜的魷魚絲指向律。

「正如你所想的，求職超級成功的那個女生就是藤谷妹妹。她拿到很多企業的工作機會，最後決定要去幸島先生的公司上班。」

「這、這樣啊……鬼頭先生還真清楚耶。你和藤谷小姐很要好嗎？」

律一問，鬼頭有點不自在地搔搔頭，惠比壽稍微偷瞄他的側臉。鬼頭和她對上眼之後聳聳肩。

「哎呀，這間公寓這麼小，根本沒什麼祕密，與其被別人說出來倒不如自己說。其實我對藤谷妹妹告白之後被她甩了，所以她死掉時我真的大受打擊。」

「什麼，騙人的吧！我都不知道……」

「因為那是你搬進來住之前的事啊，也不會特地提。」

「欸、欸，鬼頭先生，那是發生在事件多久之前啊？」

「喂、喂，你別用這種好像藤谷妹妹自殺是我的錯的問法啦。那是事件發生前一個月的事情，我想應該沒關係。」

光彌側眼看著兩人對話，迅速在腦海中整理。

藤谷莉子的朋友惠比壽。在藤谷預計要就職的企業上班的幸島。以及想要和藤谷交往的鬼頭——

（每個人都和她有著什麼交集，也就是說……？）

下一個瞬間，視線突然染上一片黑。

「咿！」

律小聲驚叫，光彌感覺有人在黑暗中抓住他的手臂。

「停電嗎？」

幸島大聲問，聽見空罐掉在地上的聲音。伸手不見五指中閃過一道光線，光彌瞇起眼睛一看，只見惠比壽拿著打開手電筒的手機。

「我記得總電源應該在鞋櫃上面吧？」

「對……」

惠比壽聽到新保回答後立刻起身，但鬼頭伸手制止她，他手上也拿著手機。

「我去看。」

鬼頭坐在最接近玄關的位置，所以惠比壽也老實坐下。

「律，你冷靜點。」

光彌解開律抓住自己手臂的手，在那之後，房間電燈就點亮了。

「總開關跳掉了。」

鬼頭回來後如此說，新保很擔心地站起身。

「怎麼會呢？雖然這棟建築物的電力供給是共同的，會因為用電量太大跳電……但剛剛都沒有人碰電器用品吧。」

「有人去動電盤把總電源關掉了……之類的？」

律一說完，幸島立刻大喊「就是這個！」他酒醉泛紅的臉變得更加紅潤，快步走出交誼廳。

「只有這種可能性了！又沒下雷雨，總電源不可能自己跳掉。是那個塗鴉凶手做的好事，絕對沒錯！」

光彌追上去，幸島穿著室內拖鞋走下水泥地，拉開玄關大門。在那之後，他大聲驚呼「哇啊」。

「這是……」

光彌從他背後探頭看門前屋簷下，那裡散落大量紙張，稍微看一下就知道起碼超過二十張，幸島拿起一張大叫。

「這太沒品了吧！」

接著把紙張撕得爛碎。光彌也走出屋外拿起一張，那是列印出新聞報導的A4紙。

「恩海市的大學生　陳屍於浴室」

那是報導藤谷莉子死亡的新聞，撿起好幾張來看，上面全部列印著同一則報導。光彌立刻抬起頭環視周遭，但昏暗的腹地內沒其他人影。

「三三，那是什麼？」

律戒慎恐懼地探出頭來，光彌遞給他一張，其他人也從後面探頭看。

新保女士用力倒抽一口氣，鬼頭「唔」了一聲，惠比壽也稍微瞪大眼睛。

「為什麼——這種，為什麼——」

「真的是惡劣透頂的惡作劇。」

「再怎麼說這都太難容忍了。」

「真令人太不舒服了！」

三人分別這樣說，律不知所措地依序看了每個人的臉。

幸島走回屋內，踩著粗魯腳步聲走上樓梯。

「哎呀，這真的讓人心情不好耶，也不想要再繼續喝，今天就先解散吧。」

沒有人反對鬼頭的提議。

在那之後，大家一起收拾交誼廳。光彌發現新保的臉色非常差。

「新保女士，妳還好嗎？」

「還好——沒事，我沒事。」

「請妳去休息吧，剩下的交給我們就好了。」

「……那麼就麻煩你們了，垃圾我會統一處理，只要把垃圾袋擺在牆邊就好了。」

新保虛弱地低頭致意後回自己房間。

「……這個，你們都是不喝的人，那我就心懷感激收下這個囉。那晚安啦。」

鬼頭精打細算地回收剩下的啤酒後上二樓，只剩下光彌、律和惠比壽留在這邊。

「玄關也整理一下吧。」

惠比壽一說，三人一起回到玄關。分頭收拾不知何者亂丟的紙張，包含幸島撕破的在內，總共三十張。

「惠比壽小姐和那位藤谷小姐是朋友啊，我都不知道耶。」

律邊綁垃圾袋邊說，惠比壽邊脫鞋只回了一句「因為我沒說啊」。

「那個人自殺的理由，惠比壽小姐知道嗎？」

「你這個問法不太恰當，因為莉子並沒有被完全證實是自殺。另外，就算有辦法推測她自殺的動機，但應該沒辦法『知道』吧，除了本人以外。」

「那妳有什麼推論呢？」

光彌代替驚慌失措的律提問，惠比壽靠在樓梯扶手上，直盯著光彌的眼睛瞧。

「就社會常識來看，這是相當失禮的問題。但是算了，無所謂。——從結論來說，我不清楚，連假設都假設不出來。」

惠比壽垂下視線，光彌從她眼中看見些微悲傷神色。

「警方也感到很不可思議，確定找到工作也有了新戀人的她，完全沒有自殺的動機，所以最後才會以無法判斷為自殺或意外的形式結束調查，我是完全無法接受啦。」

「我還是第一次聽說她有新戀人耶。」

聽光彌這樣說，惠比壽輕輕挑眉。

「聽你這樣說，你似乎稍微調查了莉子的死亡案件啊。大概是『前住戶的死亡事件沒有解決讓人不舒服』的心情吧。——那個新戀人是莉子預計要就職的公司的員工。順帶一提是男性。我聽她說是在就職活動中認識的。找工作的學生和預定就職的公司的員工戀愛，會讓人誤會有什麼權力掛勾，我也勸過她這樣不好，但莉子是個很熱情的人——」

「動機是和那位男性有糾紛——有沒有這種可能性呢？」

「這個可能性很小，因為他們兩人關係良好。我在莉子過世前一週，才聽她提過下次和男友約會的預定行程。而且他們才剛交往不久，難以想像會因為關係破裂而如此絕望。」

一口氣說完後，惠比壽突然放鬆肩膀力量。

「但是，人心中會發生什麼改變沒人知道。……我好像說太多了，那我要去睡了。」

惠比壽舉手回應光彌和律的「晚安」之後，朝二樓離開。

「……三三，我們聽到超級新的消息耶。」

律用無比認真的表情瞪著樓梯，一副燃起鬥志的感覺。

「雖然不知道到底是誰做出散布新聞報導這種惡作劇，但只要解決去年的事件，應該也能解開這個謎團吧。」

「不知道耶，很難說。」

「但是啊，三三昨天說是公寓內的人做的……這個可能性又下降了耶，對吧？因為跳電那時大家都在交誼廳裡啊。」

「律，你這是在說什麼啊。」

光彌嚇了一大跳回看律，接著斬釘截鐵說。

「這樣一來就完全清楚了，惡作劇的就是公寓內的某個人。」

「什麼！為什麼？」

「和昨天的事件完全相同道理。也就是『玄關的拉門』，因為電箱就在大門內側，如果是外人，就得打開那個很吵的大門才有辦法走進來，但我們完全沒有聽到聲音。」

「確、確實是如此……那，凶手是鬼頭先生嗎？」

這次輪到光彌反問：「為什麼？」

「因為當時是他去打開開關啊。他在當時趁機回收設下的機關，不是常在推理小說看見用重物和冰塊設下機關之類的。」

「就算不用設計那種機關，每個住戶都有辦法讓總電源跳電。只要在自己的房間裡，設置定時器讓電器用品在決定好的時間啟動就好了。先前該不會也發生過相同事情吧？」

「啊……這樣說來，鬼頭先生為了拍影片用的補光燈插在插座開太久，然後總電源就跳掉了。上個月才發生的，幸島先生還跑去找新保女士抗議，問有沒有辦法調高安培數。」

「就是利用了這個方法，那些紙早在派對開始前已經丟在那邊了。」

兩人邊說邊走回自己房間前，律依依不捨地看著光彌的眼睛。

「三三，那個啊……如果你有辦法推理成這樣，就把事情全部解決掉啦。不管是這個莫名其妙的惡作劇凶手，還是去年的事件。」

彷彿敵不過他的認真，光彌不小心說「嗯」應允，接著立刻加上一句。

「我盡我所能。」

8

光彌迎接搬來這棟公寓之後第二個早晨。

拉開窗簾，天空已經泛白。時刻為早晨六點，摺好棉被洗臉後走出房間。他想要到公寓附近散散步。

換上鞋子走出外面，當他想要確認信箱時，發現旁邊有什麼東西蠢動的氣息。放在信箱旁的木箱似乎就是氣息的來源，光彌探頭一看，有隻貓睡在裡面。

「原來你住在這邊啊。」

是搬家那時看到的貓，牠在毛毯上縮成一團，表情平靜地發出鼾聲。光彌從第一天就很好奇這木箱的用途，原來是牠的家啊。

直盯著貓咪的睡臉看之時，發現有人從背後靠近，這次是呼吸急促的人靠近的氣息，光彌迅速轉過頭。

「……幹嘛，你那什麼反應。」

來者是幸島，身穿慢跑運動服的他，邊調整氣息邊靠近。

「不好意思，早安。」

「……早。」

幸島停下腳步操作手錶，看了螢幕之後稍微咋舌。

「比昨天慢了一分鐘，大概是酒意未退吧。」

「你有慢跑的習慣啊。」

「是跑步。」

訂正細枝末節後，幸島稍微側眼看了光彌。

「今天早上應該沒再出現做出那種奇怪惡作劇的傢伙吧。」

幸島主動開口搭話讓光彌感到有點意外，這位男性，交談之後或許也不是那麼糟糕的人物。

「是的，今天早上還沒發生什麼事。」

「你也真衰，……或許是因為你這個新入住者來了，所以她的關係人故意找你麻煩。因為不希望你玷汙了她過世地點的這個聖地。」

幸島邊收操邊說了這種話。

「那個事件調查結束時，來公寓的刑警也說了『家屬中有人說沒有辦法接受』……哎呀，可能是我想太多啦。」

「藤谷小姐的男友呢？他應該和幸島先生在同一家公司工作吧。」

幸島停下前彎的動作。

「你消息還真靈通耶。」

「身為那間房間的住戶，我很在意這件事。」

「說的也是，但你那個想法完全錯了！倉木——就是她的男友——那傢伙在事件發生的下一個月，就調到京都的總公司上班了。現在還在那邊工作，不可能和這次的惡作劇有關係。」

幸島深呼吸之後又繼續說。

「……而且她自殺時，他們兩人才剛開始交往還不到一個月。雖然這種說法有點過分，但倉木應該對她還沒有那麼執著吧。」

「你認識那位叫倉木的先生啊。」

「他之前是我的下屬。……和進公司前的女生交往絕對會有問題，所以我也勸他別這樣做，但他根本不聽。真是的，就是個笨蛋。」

幸島拋下這句話後，拉開吵人的大門走進公寓裡。

光彌在附近散步了一會兒。

住宅區裡雖然沒有特別新鮮的景色，但這份和平相當舒適。他選擇前天沒走過的道路，走了三十分鐘左右。除了特別受到老年人牽著的貴賓狗喜愛，被聞個不停之外，散步中沒發生什麼異常的事情。

回到公寓時，聽到機械運轉的低鳴聲。

「三上同學早安，你剛才出門去了啊。」

新保正拿著吸塵器打掃一樓走廊，光彌打招呼回應後，發現她不太有精神，感覺有點心不在焉。

「新保女士，妳還好吧，感覺好像很累。」

「哎呀，是這樣嗎。」

新保露出虛弱的微笑，但她眼下掛著黑眼圈，看起來相當疲憊。

「接連發生那種惡作劇，會讓人很不安呢。」

「咦——是啊，說的也是。」

她朝同一個地方吸了好幾次，很明顯平靜不下來，光彌忍不住開口。

「那個，讓我來吸吧。」

「不，這是管理員的工作之一。」

「因為打工工作，我姑且算是熟練，還請妳稍微休息一下。」

光彌手擺在吸塵器管線上說完後，新保就把吸塵器交給他了，她道謝之後在交誼廳裡的沙發上坐下。

「妳在這邊當管理員很久了嗎？」

「沒有，才三年左右而已。」

新保入眠似地閉上眼睛，慢慢開口說。

「這公寓的所有人，是我以前公司的同事。他來問我說有這類管理員的工作有沒有興趣。我的丈夫已經過世，兒子和女兒獨立之後一直獨居，所以——我就想著既然如此，就接下這個工作了。」

她的孩子們現在在哪裡做些什麼呢？不和她一起住嗎？腦海浮現出各種問題，但光彌全部吞下肚。家家有本難念的經。

「……過世的藤谷小姐，在新保女士眼中是一位怎樣的人呢？」

這樣一問，新保用力握住裙子。

「她是位年輕又聰穎的小女孩。……不，她已經成年，叫小女孩或許太失禮了吧。讀的是知名大學，求職結果似乎也相當有成就，真的是很優秀……啊啊，不對，比起那種事情，沒錯，她是相當溫柔的人。」

長長一口嘆息從她口中傾瀉而出。

「就跟你現在一樣，常常幫忙我打掃。每次去旅行，連我也會收到她的伴手禮，她是個很注意細節的人。」

她用幾乎要被吸塵器聲音掩蓋的微弱聲音說。

「真的是，為什麼會變成那樣呢……」

打掃完後，光彌回自己房間。

有種還打掃不夠的感覺，光彌開始檢視房間各個角落。但才剛入住的房間沒有需要打掃的地方，他決定打掃瓦斯爐安撫自己的心。因為上面留有焦痕，他便用熱水泡小蘇打粉之後塗在上面放一會兒，晚一點拿牙刷刷應該就能清除乾淨了。

（竟然如此堅持找可以打掃的地方……連我都覺得自己很奇怪了。）

就在此時門鈴響了，光彌停下手。

「哈囉哈囉，三三在嗎？」

律大聲喊他。雖然有門鈴但沒有對講機這種方便的東西，光彌隔著門板回「來了」打開門。

「三三早安。」

今天的律一身素色T恤搭配長項鍊的簡單打扮，但他褲子膝蓋處的破損讓光彌很在意。

「早安，如果你不介意，我幫你補褲子膝蓋的破損吧。」

「咦？討厭啦三三，這是流行啦！討厭討厭，你都活十九年了，沒聽說過刷破牛仔褲嗎？」

律邊笑邊拍打光彌的手臂。

「哎呀，原來是流行啊，對不起。」

光彌點頭道歉，這麼說來，蘭馬有時也會穿。對褲子有點破損就會坐立不安，根本沒辦法穿這類褲子的光彌來說，這是難以理解的文化。但對他人的裝扮說三道四也不是成熟的行為。

「那麼，請問有什麼事嗎？」

「沒有啦，我想說難得週日啊，如果你沒有預定行程，我想要稍微帶你參觀這附近。」

「謝謝，但我有在附近散步過，這邊是住宅區，應該沒什麼可以參觀的地方吧。而且我之前也是住在恩海市內。」

這麼說完，律不開心地嘟起臉頰。

「你真的不懂嗎，我只是在約你一起出門而已啦。」

「啊啊，是這樣啊……那我們一起去吃中餐吧。」

不知不覺就會被這個活潑的鄰居牽著走，但光彌不可思議地感到很舒適。

午餐到附近律常去的簡餐店吃，是家便宜氣氛好的傳統簡餐店，這裡的味噌鯖魚套餐很合口味，光彌決定要常來這家店吃飯。

兩人走出簡餐店後，光彌手機收到簡訊。這是來自光彌登錄為員工的家事服務公司〈MELODY〉的通知。

「嗯？三三怎麼了嗎？」

「工作的通知，問我待會三點之後有沒有辦法上班。」

「你要接嗎？」

「嗯，才剛搬家，得多賺點錢才行。」

雖然還想和律多玩一會兒，但沒有委託時可能會碰到一整週空白的狀況，所以光彌盡可能不想拒絕。

「這樣啊，三三還真是認真耶。我也多打點工好了。」

「你在哪裡打工？」

光彌邊回簡訊邊好奇地問。

「車站裡的服飾店，恩海站裡的……對了對了，惠比壽小姐也在同一棟大樓的一樓打工喔，你覺得是什麼店？」

光彌試著回想恩海車站大樓一樓有什麼店家，花店、蛋糕店、百元商店、通訊行、漢堡店……

突然想起前幾天她給光彌的泡芙。

「蛋糕店。」

「咦咦，超強！為什麼？三三為什麼會知道，哇，根本是真正的名偵探啊。」

律反應誇張地驚訝，因為太有趣了，光彌決定不說理由。

「那第二題，你覺得鬼頭先生在哪裡打工？」

光彌回完訊息邁開腳步後，和他並肩的律如此問。

「不知道耶，再怎樣也沒辦法……」

「正確答案是洗衣店。」

說出答案的人不是律，兩人一轉頭，鬼頭本人就站在面前。

「咿，嚇我一大跳。」

「哎呀，我去買中餐回來，就看到你們兩個。」

他舉起超商塑膠袋給兩人看。

「不小心聽到小三是名偵探之類的對話，是這樣嗎？」

「就是這樣。」

不知為何是律回答。

「喔，那還真是可靠呢。那也希望你可以找出那個塗鴉和停電騷動的凶手耶。」

「目前正在調查中。」

鬼頭似乎把光彌的回答當作開玩笑，呵呵一笑。

「只不過，比這更令人在意的是去年的事件。這次的騷動，不容置疑就是起源於那個事件。或許得先解決那件事才行。」

鬼頭停下笑之後，緊盯著光彌看。

「警方似乎認為藤谷妹妹是自殺……或者是接近自殺的意外死亡。你該不會說那是殺人事件吧？」

「不，我在意的是完全找不到她自殺理由的這點。我想或許有什麼不為外人所知的動機吧，……鬼頭先生，你有頭緒嗎？」

「那種事情，只是恰巧住同一間公寓的我怎麼可能知道。而且她和我也只是萍水相逢。」

「在她過世前的一、兩週內，有沒有發生什麼不一樣的事情？公寓裡發生的事，就算感覺和她的死沒有直接關係的事情也可以。」

鬼頭「嗯——」地皺起眉頭。

「印象最深刻的應該是她和惠比壽妹妹氣氛怪怪的吧，不是什麼太嚴重的事，就感覺她們彼此有距離。我還想是不是吵架了。」

跑出一個還頗重大的證詞耶。光彌故作平靜繼續問：「其他呢？」

「其他？我也記不太得了……對了對了，新保女士當時不在公寓，好像是住遠方的親戚住院之類的。但我想她事發那天已經回來了。還有就是難得看見幸島先生和惠比壽妹妹在交誼廳裡講話，雖然我不知道他們講了什麼。」

「原來如此，那鬼頭先生你自己呢？」

「我？我過著和現在幾乎一樣的平凡日常喔。硬要說的話頂多就是被藤谷妹妹甩了吧。」

鬼頭一句「可以了吧」打斷這個話題。

不一會兒，三人抵達公寓。貓咪又待在腹地裡曬太陽了。

「喔，是小虎耶，哈囉。」

律一喊，貓咪喵喵叫著過來磨蹭他。

「咦，這是律養的貓嗎？」

「也不是那樣啦，我只是會照顧牠而已，那個也是我做的。」

律指著信箱旁邊的木箱說。光彌還想著那做得真不錯，看來似乎是律特地為小貓量身製作的。

「這麼說來，這隻貓從以前就常在這附近亂晃，牠也很親近藤谷妹妹呢。」

「……我都不知道耶，第一次聽到。」

鬼頭一提及故人之名，律悲傷地皺眉，接著摸摸「小虎」的頭。

光彌也很想要玩貓，但很不湊巧他得準備去打工，所以先行兩人一步回公寓去。站在三號房門前，摸索包包裡的鑰匙。

——突然在此時，光彌抬起視線。

（咦？那是什麼啊。）

門有一部分變成半透明的反射光線，就在比光彌視線稍高的位置。正好是房門臺型凹陷那部分的邊緣——

用指尖摸過去，立刻知道是什麼了。

（膠水……但為什麼會出現在這裡。）

此時，光彌腦海中閃過「某人」的臉。

（那麼，在這扇門上塗鴉的凶手該不會是——）

光彌難以置信地當場傻住了。

＊＊＊

結束打工回到公寓時，已經過晚上七點。

律似乎不在，二號房感覺沒人。光彌進房後，開始準備一人份的晚餐。

正好在他用完餐時手機響了，是怜來電。

「喂。」

『喔，光彌，現在可以講電話嗎？』

「可以，我自己一個人在房內。」

『那之後怎樣，有沒有碰到其他不愉快的事？』

原本想說出昨晚停電的事，但總覺得有點躊躇。

「沒什麼特別的。」

『那太好了。那麼，關於我打電話找你的事。你拜託我調查去年的事件，我查到很多事情喔。似乎有到最後都沒有解決的疑點。』

光彌緊握手機。

『當然，無庸置疑是藤谷自己喝酒後泡澡。現場也沒有發現可疑的指紋或毛髮。酒瓶上也只有她的指紋。』

「是的，我知道，因為他殺的可能性完全消除了，所以才會終止調查吧。——那麼，疑點是什麼？」

『首先是找不到自殺動機，嗯，這個之前也確認過了。只不過還有另一個更大的未解決事項，雖然有點長，但你就聽我說吧。』

怜喘口氣後繼續說，大概是在看筆記吧，聽見他翻動紙張的聲音。

『最大的問題在於和藤谷念同一間大學的朋友的證詞，不是住公寓的惠比壽，是名叫輕邊的女性，念文學系。藤谷念社會學系，她們是社團的朋友。她們似乎非常要好，調閱通聯記錄之後發現，藤谷除了家人之外，最密集聯絡的就是她。』

「……她說了怎樣的證詞？」

『藤谷的遺體是在三月六日被發現，推測實際死亡的時間應該是五號晚上。然後啊，輕邊說她五號晚上七點左右有和藤谷講電話。』

光彌屏息靜靜聽怜說話。

『藤谷那時和平常同樣開朗，完全不像有什麼煩惱的感覺。然後，最大的問題就發生在掛斷電話之前。根據記錄，輕邊和藤谷講電話時有人來訪，而且似乎是「同一棟公寓的某位住戶」。』

「理由是？」

『這不清楚耶，搜查資料上只寫著「來訪者似乎是同一棟公寓的住戶」，……不管怎麼說，當時的調查人員問過所有住戶，但每個人都說當天沒有去找藤谷。』

「也就是說，裡面有人在說謊。」

『嗯……大概是這樣吧，光靠這份記錄沒辦法知道那麼詳細。』

光彌稍微沉默了一下後開口問。

「上面有寫當時的住戶嗎？」

『有，這我知道。首先，一號房是管理員新保，二號房當時是空房，四號房是惠比壽、五號房幸島、六號房鬼頭……住戶有不同嗎？』

「只有二號房搬來新的住戶而已。……那麼，他們當晚的行動呢？」

『這有大略記錄。新保從傍晚起一直待在房裡，惠比壽和幸島表示，他們各自分別在六點和七點回來。反而是鬼頭白天一直待在房裡，晚上十點過後出門，當天晚上外宿。』

「所以當晚七點多所有人都在公寓裡。有沒有人看見誰接近藤谷的房間呢？」

『沒，好像沒人看見。同樓層的新保和正上方房間的鬼頭都說沒聽見藤谷房內傳來說話聲或其他聲響。……啊，上面寫著鬼頭戴耳機打電玩，所以這應該不太可靠。』

光彌仔細在腦海中整理怜告訴他的資訊。

——感覺有什麼不太對勁。

「……我想要更詳細了解，我可以去見那位輕邊小姐嗎？」

『嗯，我有把聯絡方法抄下來，也不是沒辦法。』

「我務必想要和她聊聊，不行嗎？」

『嗯……但你也已經是關係人了，如果無論如何都需要，好吧，我們一起去吧。』

最後決定明天中午要一起到輕邊工作的地方拜訪她。

兩人互道晚安後結束通話。

光彌倒在榻榻米上，束起的頭髮有點煩，他躺著拉掉髮圈。

總覺得，突然無可壓抑地好想見怜。

9

隔天早上十點。

怜在看報紙時門鈴響了。

「光彌，早安……怎麼了嗎？」

開門迎接光彌，總覺得他好像很沒精神。雖然平常就沉默寡言，但今天整體氛圍特別陰沉。光是聽到他搬進有心理瑕疵的房間就讓怜感到不安。

「怜大哥早安，今天要麻煩你了。」

「不會不會，你別這樣低頭。我總是受你照顧啊……總之先出發吧？我想要早點到。」

光彌默默點頭，兩人立刻坐上怜停在院子裡的汽車。

目的地是位於東京千代田區的商辦大樓，輕邊任職於大樓內的教育類出版社。和怜兩人約好在一樓的咖啡廳見面。

「新公寓住得還習慣嗎？」

怜主動開口問，光彌隔了一會兒才回答。

「還好，雖然發生了一點奇怪的事情，但大家都很親切。」

「那真是太好了。」

「……那個，怜大哥，我有件事情想說，我昨天沒說出口。」

光彌用沉重的語氣說道。

他接著說出口的，就是前天——週日晚間有人刻意讓公寓停電，並把印有事件新聞報導的紙張撒在門前的事情。

「原來如此，發生了兩件暗示藤谷事件的事情啊，到底是誰做出這樣的事啊。」

「其實我已經隱約察覺引發這些騷動的人是誰了。」

怜嚇得側眼看光彌。

「是誰啊？」

「是〈恩海公館〉的其中一個住戶，我也大概猜到動機了。只不過還沒有確切證據。」

「這樣啊……但現在讓你煩心的應該是那個塗鴉事件——還有停電騷動吧？為什麼你會這麼在意過去的事件？」

「這個嘛……這是因為，想要徹底解決現在的事件，就得將過去的事件畫下句點才行。」

光彌坐在副駕駛座上看著窗外瞇起眼睛，感覺他的表情相當沉痛。

「塗鴉和停電騷動的凶手，完全不認為去年的事件已經結束了。而這大概就是動機。」

藤谷莉子的朋友，準時在約好的十二點半現身咖啡廳。她找到怜之後有禮地鞠躬自報

「我是輕邊。」是個很適合穿黑色套裝，氣質沉著的人。

輕邊一落坐，相當不可思議地看著光彌。似乎因為束起長髮年紀很輕的光彌，怎麼看

都不像刑警。

「這位三上先生是犯罪心理學的專家，是我們查案時的顧問。」

「喔，是這樣啊，原來也會有這樣的人參與搜查啊。」

她像是接受了怜的說詞點點頭。

輕邊點了三明治當午餐後，態度慎重地開口說。

「沒想到莉子的事件還在調查，嚇我一跳。」

「我們最近重啟調查，還請妳多加協助。」

「為了莉子，這是當然的。……啊，但希望盡可能在三十分鐘內結束，午休時間要結束了。」

「是的，我們想問的事情不多。可能和其他調查人員去年問妳的問題重複，這點還請見諒。」

怜先說明之後才開始提問。

「首先，請讓我確認妳和藤谷小姐之間的關係。妳們兩人同為明智大學的學生，對吧。」

「對，雖然科系不同，但我們參加兩個相同社團。四年級快結束時幾乎都沒去學校了，但我們一週會一起出去玩一次。……其實我們三月底也預定要一起去畢業旅行的。」

輕邊輕輕垂下視線。

「為什麼會變成那樣呢……我完全沒頭緒。我到現在還是不知道理由。」

「我想要請教的就是關於這點，想請問藤谷小姐在過世之前有沒有哪裡不太一樣？」

「不太一樣……這個嘛，應該就是交了新男友吧。似乎是年紀大她很多的人，但真的才剛開始交往，而且好像也很順利，我很難想像對方會是她自殺的理由。」

她有點躊躇之後才繼續說。

「還有就是和同系很要好的小梢吵架吧，但我不知道理由。莉子過世五天前我和她見面時，她有抱怨『我和小梢稍微吵架了』。」

「啊啊，是住同一棟公寓的惠比壽梢吧。妳有稍微了解可能是怎樣的理由嗎？」

「聽莉子說，好像是小梢為了她給建議，她卻置之不理之類的吧，莉子很後悔。……嗯，她過世前不太一樣的事情大概就這些了。」

怜用視線問光彌「你想要問什麼？」光彌點點頭，接下詢問的工作。

「我聽說藤谷小姐不太能喝酒，實際上是這樣嗎？」

輕邊不停點頭。

「就連社團聚會喝酒她也幾乎沒喝，一杯啤酒就能讓她臉紅。我覺得她絕對不可能自己買酒，更別說是威士忌了。」

威士忌？光彌用眼神問怜。怜這才想到他沒有提到酒的詳細資訊。

「啊啊，那個酒啊，我記得是同棟公寓的居民送給藤谷小姐的，對吧。」

向輕邊確認的同時，也告訴光彌這件事。

「我不知道對方名字，好像是預定就職的公司員工剛好住同一棟公寓，莉子有說對方送她酒。但因為她不喝，已經乾擺在櫃子裡兩個月了。」

輕邊輕咬她塗上粉紅唇彩的唇。

「送酒給她的人沒有錯。但我也不知道莉子為什麼會突然想喝酒……但我覺得當時她身邊有威士忌真的是最大的不幸。因為莉子只喝過跟果汁沒兩樣的雞尾酒和啤酒啊。她肯定也沒想過威士忌要稀釋後再喝，而是直接喝吧。」

正如她所言，根據司法解剖的結果，得知藤谷莉子喝了酒精濃度四十度的波本威士忌。從濃度來看，無須懷疑她就是沒稀釋直接喝。不勝酒力的她，肯定沒三分鐘就意識模糊了吧。

「那麼，請說說妳和藤谷小姐最後通電話時的事情。」

在輕邊吃完送上桌的三明治時，光彌切入主題。

「……好的。」

輕邊深呼吸之後一鼓作氣開口說。

「那天是我打電話給她，因為我想跟她確認畢業旅行的事情。結束之後就開始閒話家常……大概講了三十分鐘左右，莉子那頭傳來門鈴聲，然後我聽到誰的聲音。」

「那個誰，說了些什麼呢？」

「我沒有聽清楚，但我想大概是說『藤谷小姐』喊了莉子的名字吧。連是男性還是女性也不清楚……」

「然後，藤谷小姐怎樣回應那個聲音？」

「她回『來了』，然後就對我說『好像是公寓的人來找我，對不起，明天再繼續聊吧』後就掛電話了。——那就是我最後一次聽到莉子的聲音。」

公寓的人來找我——

怜仔細地在腦海中反芻這句話。搜查資料上「有其他住戶來訪」的記錄就是來自這句證詞啊。

「嗯，如果是小梢的話她應該會說名字，所以確定不是她。只不過，真的很不好意思，我也不認識其他人，所以真的不知道那是誰的聲音。」

輕邊相當抱歉地低著頭。

「現在這段話，也是因為反覆跟警方還有莉子的家屬敘述的關係，已經固定在記憶中的感覺——當時的事情，真的讓我悲傷到想全部忘記。」

「家屬？妳曾和藤谷小姐的家屬見面嗎？」

光彌突然很激動地詢問，怜感到困惑心想是怎麼了。

「對，莉子過世之後四個月還五個月左右時，就在這家咖啡廳見面的，和莉子的弟弟。莉子生前很常提到她弟弟，非常疼愛他。所以我也跟他說了很多，但我稍微反省了一下，把最後那通電話的事情告訴他是不是不太好。」

「他聽到這件事時有什麼反應？」

「他重複跟我確認『所以最後那晚，公寓裡的某個住戶來我姐的房間找她對吧？』我雖然也說了『也可能是我聽錯』，但看他那個反應，或許有去見公寓的住戶，他看起來完全沒有辦法接受姐姐死掉。」

「這麼說來，根據當時參與調查的刑警表示，藤谷小姐的弟弟到最後都對姐姐的死抱有很大的疑問。」

怜這句話讓輕邊悲傷地點頭。

「這也難怪，她弟弟看起來真的很喜歡姐姐……他是自我介紹叫什麼了啊？他跟莉子不同姓，但名字和莉子很像，我記得好像叫里央之類的。」

「律。」

光彌輕聲一說，怜和輕邊同時轉過來看他。

「是不是叫做律？姓氏是今別府。」

「對對，他是這樣說的，今別府律。」

「咦？光彌你認識他？」

怜驚訝地看著光彌。

光彌點點頭，他的表情更加陰沉了。

回程的車子中，光彌一直沉默不語深思著什麼。

怜開車朝恩海市前進，好幾次側眼偷看光彌。

「怜大哥。」

光彌突然開口。

「我突然搞不太清楚了，不知道什麼才是正確的。」

「什麼意思？」

「我到目前為止參與的案件全都是殺人這類重大犯罪，所以就算結果會傷到誰，我都能毫無迷惘揭穿真相。但這一次我不知道該怎麼辦，藤谷已經殞命了，但那肯定不是殺人事件。就算我揭穿真相，到底能有什麼救贖。」

光彌拋出的疑問重壓怜的心胸。

怜不清楚現在發生於光彌公寓裡的事件的全貌，但他知道光彌因此懷抱強烈糾葛。

但怜的答案只有一個。

「我認為，該揭穿真相，即使那是再不堪的真相。當然，把別人不想公開的祕密攤在陽光下是暴力，我也無法認同媒體過度將事件關係人的隱私寫出來的行為。……但是，我認為應該要有人把真相揭穿。要不要對社會公開就要看狀況了。」

「為什麼你能斷言應該要揭穿呢？」

「大概是為了，往前邁進吧。」

怜回想起他至今參與過的事件，以及在這之中認識的人。

「很悲傷的是常見發生在親屬間的命案。舉例來說，得知殺害父母的是自己兄弟的人，會因為這件事情感到肝腸寸斷，或許甚至會覺得不想要活了。……但是，要是一直都不知道真相，我覺得那個人也無法得救。重要的人過世的記憶，會一直伴隨著『為什麼？是誰？』這些沒有答案的問題，這太悲傷了。所以不管是多悲慘的真相，我認為都得要揭穿。或許知道真相之後也不會有救贖，但得救的可能性很高。如果不知情就沒辦法開始、沒辦法選擇。」

怜握著方向盤，滔滔不絕地說出自己的想法。

「……怜大哥真厲害，竟然有辦法這樣想。」

「不，這也是你告訴我的事情啊。」

「我嗎？」

光彌很驚訝地看著怜。

「嗯，去年年底不是發生事件嗎？我的朋友……知久的事件。我當時也感到肝腸寸斷，但你推了我一把，讓我可以不背對真相。我打從心底認為，我當時能那樣做真是太好了。」

聽完這段話，光彌點了兩次、三次頭。

「說的、也是，怜大哥，謝謝你。我終於有辦法接受了。」

他眼中出現強烈決心的神色。

「或許有點暴力，或許那不是他所期望的——但是我要推動那些人時間的指針。」

10

「在我房門塗鴉的人，是律對吧。」

光彌造訪二號房，在榻榻米上和律面對面坐著，立刻開口直說。

律睜大眼，大到眼珠幾乎都要掉出來了。

時間剛過下午六點，開始西斜的太陽射出的光芒彷彿在兩人之間劃出界線。

「是律做的對吧。」

光彌又重複一次，律很不自在地揚起嘴角，努力扯出笑容。

「咦、等等……？幹嘛突然這樣說。我才剛從學校回來你就說『有話要說』我還以為是什麼咧，幹嘛開那種玩笑……」

「我去見了你姐姐的朋友輕邊小姐了，也從她口中聽到你的事。只是這樣說就夠了吧？」

光彌一說完，律「啊」的一聲低下頭，直盯著自己的膝蓋看。

「……真難以置信，三三你的動作也太迅速了。」

「我有很值得信賴的朋友，他替我聯繫的。」

「那你可以照這樣，也找出殺死我姐姐的人嗎？」

「這個……」

「啊，糟透了！」

律搶先大喊，接著用力把頭敲上矮桌，重複兩、三次相同動作。光彌繞到矮桌另一頭，抓住律的肩膀。

「你在幹嘛。」

「我糟透了對吧？沒錯，在三三房門上塗鴉，關掉總開關和撒紙的人都是我。啊啊，沒想到會這麼快被揭穿，好想死。」

「你為什麼能這麼簡單說出『好想死』啊，你姐姐……」

「我什麼都沒能替姐姐做！什麼忙也沒幫上！所以我想著至少要找出凶手讓他接受社會制裁的……但就連這點也做不到，欺騙三三做出很過分的事情，我是糟透的混帳傢伙對吧。啊啊真是的，丟臉到我真的好想死！」

律用力抓自己的臉，他柔軟的臉頰已經滲出紅色血絲。

「噢，律別這樣，我叫你住手！笨蛋！」

光彌壓住律的雙手，把他壓在榻榻米上。律反抗揮開光彌的手，但已停下自殘行為，用雙手摀住臉。

「……如果你打算說謊逃避，我可能會生氣，但我現在氣不起來。因為你好不容易都準備不在場證明了，卻放棄了啊。」

「身分都被揭穿了也沒意義了啊。」

律邊哭，喉嚨深處發出笑聲。

「沒錯，三號房被塗鴉時，你有和我去澡堂這個完美的不在場證明。所以我一開始完全沒有懷疑過你，直到我昨天發現門邊殘留的膠水痕跡。」

「咦……三三明明是家政夫卻沒有擦乾淨嗎？我可是擦得乾乾淨淨耶。」

「囉嗦，如果讓我找藉口，就是我用溼布擦了之後，乾掉的膠水變溼被我抹開了。我當時只想著清除顏料，所以沒有發現。但那是律貼上紙張留下來的痕跡對吧。」

「沒錯，那是用我在藝術大學學到的技術所做的，使出我渾身解數的詭計。很巧妙對吧。」

律放開手抬頭看光彌的臉，蓄滿淚水的眼睛充滿極為悲傷的神色。

「……是啊，我都沒有發現啊，沒想到『門上會貼上一張畫著門板花紋的紙』。」

光彌的推理如下。

首先，律在光彌搬家的那天，一直在自己房裡伺機而動。因為新保已經事前公告，他肯定知道光彌哪天搬家。因為不知道光彌何時會外出，那天有辦法執行計畫或許可說是偶然。他大概是在光彌外出散步後塗鴉，當時新保也正好外出，就算是白天也能不在意他人目光執行計畫。

「只要仔細聽走廊的聲音，就知道我和新保女士都外出了。而且不管我們什麼時候回來你都很安全，從玄關無法看清一樓走廊，聽到拉門的聲音就知道有人回來，——你可以立刻逃回自己房間。」

等到文字乾了之後，律在上面貼上印有門板照片的紙張。不需要蓋住整扇門，只需要蓋住中央那一塊，周圍往下凹的臺型部分就好，因為字只寫在那邊。反過來說，門邊和門把附近什麼也沒有寫，是因為從詭計的觀點上來看「沒辦法寫」。

「這個詭計最棒的一點，就是即使發現門上貼了紙找到塗鴉，也不知道凶手是誰。頂多留下『為什麼要用這種東西遮掩塗鴉呢？』的疑問。也就是說沒有事前被發現的風險。」

「嗯，正確答案。但如果讓我訂正一點，我貼的不是紙是靜電貼，不是有那種可以貼在牆上類似白板的東西嗎？就是那種。但還是有點不安，所以在四角沾上膠水。」

接著律和光彌親近，製造一起外出的機會。約他一起去澡堂，從聲音察覺光彌先到大門那邊去之後，律迅速走出自己房間撕掉三號門上的靜電貼。他現身在玄關時把什麼東西塞進手提包的舉動，應該就是靜電貼。

「從玄關看不見三號房的房門。……就這樣，律準備好自己的不在場證明了，律可以犯案的時間只有我和惠比壽小姐講話的那幾秒，根本不可能寫那些塗鴉。」

「沒錯，其實也可以在整面門板寫上大大一個『莉子』，但那樣一來用撕掉靜電貼的時間也能勉強寫上去啊。所以我特地花時間，寫了非常多小字。」

「你就這樣確保自己的不在場證明，想要取得我的信任。」

「嗯，但得到的信任沒撐過三天完全在我預料外，虛假的信賴果然十分脆弱。」

律抬頭看著懸在自己上方的光彌的臉瞇起眼睛。

「三三知道我是藤谷莉子的弟弟之後，就毫不躊躇地懷疑我了啊，這表示我完全沒有獲得你的信賴。」

「不是那樣，在我發現詭計的痕跡後，我第一個就懷疑你了——很遺憾。因為需要這種可以欺瞞塗鴉時間的詭計，也就表示『凶手就是那個時段有確切不在場證明的人』，就只有你一個了啊。」

「啊……聰明反被聰明誤了。」

「我也不想相信啊。」

光彌從律身上移開，看著虛弱起身的律繼續說明。

「律非常在意住二樓的那三人對塗鴉有什麼反應，而你塗鴉的目的，正是為了知道這點——對吧？所以當我說了『我還沒提到塗鴉的事』時，你立刻提議辦派對。在席間告訴三人塗鴉的事情後，藉著停電和新聞報導加倍煽動他們的恐懼。——說出停電或許是外人所為的也是你，那句話讓幸島先生飛奔出門，然後找到新聞報導。」

「……嗯，我想如果是對我姐的死有頭緒的人，肯定會對事件被舊事重提出現明顯反應。但正如你所知，結果大失敗了。每個人都相當驚訝，但沒有人嚇到軟腳之類的。……果然沒辦法跟電影一樣順利啊。」

律在榻榻米上盤腿，稍微歪頭看著光彌。

「我可以說自己的事嗎？三三或許不想聽就是了。」

「我希望你能說給我聽。」

律在十二歲時，從「藤谷律」變成了「今別府律」。

雙親失和離婚後，律跟著母親，莉子跟著父親生活。父親帶走女兒，母親帶走兒子，是因為有莉子想要考東京的大學這個地理位置與經濟方面的考量。

「三三說中我有兄姐時嚇了我一大跳，……所以我才會說謊我有哥哥。其實我只有一個姐姐。」

母親老家──九州的今別府家對律來說不是個舒適的地方。律完全沒辦法適應同住的外祖父母的價值觀。

舉例來說，律從小就喜歡可愛的東西，喜歡穿色彩鮮豔的衣服。但身邊沒有一個人可以理解律的內心想法，唯一理解他的人是遠在東京的姐姐。兩人頻繁透過電話和訊息聯絡，一年也會瞞著雙親見面一次。

「……所以啊，我不喜歡別人用姓喊我，因為我現在也還覺得自己是『藤谷律』。」

努力熬過六年青春期的律，在去年二月考上寧路藝術大學。

就在他向姐姐報告考上大學的一週之後，姐姐莉子突然過世。

來到東京的律，有段時間過得跟行屍走肉一樣。幸好在事件發生前已經找好房子，沒有找房子的必要，但他什麼都不想做，除了姐姐的喪禮外根本沒有外出。父親接下收拾莉子房間的工作，律完全不願接近〈恩海公館〉。

在莉子的死被當成「十分接近自殺的意外死亡」處理時，牽動了律的心。當他從父親口中得知這件事後，還跑到警局抗議「不可能」，他並非懷疑他殺，但姐姐會那樣結束生命，肯定有什麼確切的理由。但警方完全沒找到可說是自殺的動機。

唯一點亮空蕩心靈的，是無處可去的憤怒。

律花費接下來幾個月時間，只為了尋找姐姐死亡的理由。

「……雖然這樣說，我根本沒做到什麼。跑去姐姐決定就職的公司，去見姐姐大學時的朋友。就在此時，我從輕邊小姐口中聽到那件事，開始懷疑起〈恩海公館〉的住戶，所以才搬來這裡住。」

「你在那之前完全沒接近過這棟公寓啊？住戶們都不知道你的身分，也是因為這樣吧。」

「嗯，我想他們應該被警方繁瑣調查過，而且感覺知道我是在公寓裡自殺的人的家屬只會讓他們敬而遠之……連我都傻眼自己這等覺悟也太馬虎，但就結果來說，讓我更加容易融入了。」

律自嘲一笑。

「但我左等右等，都不知道誰是在我姐死前和她接觸的人。就在我無為浪費時間之時，得知有人要搬進三號房住……我決定趁這個機會引起騷動，看大家的反應，就可以找出對我姐的死有愧疚的人——我是這樣想的。」

「這不是個太好的方法耶。」

「我知道，造成你的困擾真的很不好意思。三三——你也不想再聽我用這種綽號叫你了吧。三上同學，我不會再和你有所牽扯了。但我希望你相信……我不是演的，是真的對你搬到隔壁感到非常開心。」

律露出很是疲憊、已然放棄的笑容。

「懷疑所有同住一個屋簷下的人……但大家都是好人，讓我搞不懂為什麼要懷疑了。即使如此還是持續懷疑……就在我已經想要放棄時，你來了。寫了那種塗鴉後你可能不願意相信我……但和姐姐的事件無關，讓我可以單純相處的你搬來隔壁，我……」

「我明白。」

光彌輕輕擦拭律臉頰劃傷處滲出的血絲，接著雙手捧住律的臉頰。他相當驚訝地抬頭看光彌。

「不知為何，我沒辦法憎恨也沒辦法輕蔑你，大概因為你和不久之前的我很像吧。」

「咦……」

「我一開始見到你時，還覺得你和我弟弟很像呢，我已經過世的弟弟。」

光彌這句話讓律張大嘴呆住了。

「恩海市連環殺童案——你應該知道吧？發生在七年前，去年秋天解決的案件。我弟就在那個事件中遇害，我不停、不停、不停憎恨著那個沒見過也不知名的凶手。但在一年後，我也對憎恨感到疲憊，心靈變得空蕩。但事件尚未解決，一段時間後如同木炭再燃般，我的心又被憎惡填滿。這份憎惡裡面也包含對無能為力的自己的厭惡。」

光彌對著無言以對的律微笑。

「我的朋友說當時的我跟刺蝟一樣，不管是誰靠近都不願意敞開心胸，殺氣騰騰地趕走大家。但我覺得現在的我已經好很多了。這都多虧有不害怕一直待在我身邊的那個朋友和——解開我身上詛咒的刑警。」

光彌輕輕撫摸律的臉頰，想起以前也曾對弟弟這樣做。

「所以我會原諒你，連你無法原諒自己的份一起原諒。因為我也覺得……你是我的鄰居真是太好了。」

律的眼睛又泛出淚光，他激動地嗚噎，彷彿無以忍受地把臉埋進光彌懷中。光彌頓時將律與弟弟創也重疊。

弟弟常常喊著「我被爸爸罵了」然後撲進光彌懷中，光彌打從心底深愛這樣的弟弟。不管發生什麼事情都要保護他，要一直珍惜他。但創也的性命就在某天，被粗暴地剝奪了。

遭人剝奪的傷痛可以輕易毀壞一個人的心靈，但時間仍殘酷前進，社會冰冷無情。遭棄之不理的心靈不可能癒合。

但只要有人幾乎違背常識地持續釋出直率善意，心靈就能重拾陽光。光彌也是因為這份善意重生的人。

（我是否稍微更接近你一點了呢……伶大哥。）

邊摸孩童般嚎啕大哭的律的頭，光彌如此想著。

11

律大哭一場後，說要打工慢慢起身。接著一個勁地往背包收拾東西。

「……我大概有頭緒你姐姐在死前最後見到的人是誰了。」

光彌這句話讓律停下手用力轉過頭。

「騙人，是誰？」

「還不能說。」

「為什麼！」

「我不認為那個人有意要讓你姐姐死掉，所以我想要好好和那個人聊過之後確認。我會請認識的刑警過來同席，如果有刑警同席，對方應該也沒辦法繼續隱瞞吧。」

「……也可以讓我同席嗎？」

「我能體會你想要當面對他說些什麼的心情，但面對死者家屬在場的壓力，可能會讓對方閉口不談。……等那個人坦白之後，我會安排讓你和他說話。」

律不甘願地點點頭。

「好吧，我知道了。……但是，起碼可以告訴我名字嗎？」

「晚一點。」

律還不願意放棄，光彌在他臉頰貼上ＯＫ繃。律邊說「絕對會被顧客用異樣眼光看待」邊摸。

兩人一起走出房間，光彌送律到門口。

「……你知道理由嗎？」

律仍不死心提問。

「讓姐姐想要死……不對，就算她沒有想要自殺的意思，會讓她自暴自棄喝不習慣的酒到爛醉的理由。」

「這我還不知道，完全想像不出來。……我反而想要問你，就算不知道理由，你姐姐是個碰到什麼事情會特別容易痛心的人呢？」

「這問題好難回答……但是，這個嘛。」

律邊綁運動鞋鞋帶邊一句一句說。

「大概是傷害別人的時候吧。以前似乎曾發生過，姐姐在國中當上學生會長時，輸給姐姐的男生大概是自尊心受創吧，開始拒絕上學……我當時還是小學生，之後才聽說的。我姐當時非常沮喪，似乎每天都在哭。」

「……她沒辦法忍受有人因為自己受傷，是很敏感的人啊。」

「對，所以我跑來這間公寓之前，還以為跟謠傳被她甩了的年輕男子有關係。但鬼頭先生正如你所見，是個個性開朗的人啊。」

拉開門出去前，律輕聲說了一句。

「姐姐……傷害了誰嗎？」

光彌在那之後回到自己房間。

（就快要七點了啊。）

拿起手機確認時間後傳簡訊給怜，接著不到五分鐘就收到回訊。

『關於希望我可以去〈恩海公館〉一趟的事情，我了解了。今天預定九點下班，我直接過去，等我一下。』

律說他打工十一點結束，似乎能在那之前解決。

光彌接著做晚飯，想到怜可能也會用餐，就多煮了一點。

一個人用完餐之後，看書度過一段時間。時間過九點後，光彌走出房間，在交誼廳的沙發上坐下繼續看書。從公寓的構造上來看，如果不到門口迎接伶，他應該會很不知所措。

公寓內相當安靜。隱約可從一旁新保的房間聽到她在浴室裡放洗澡水的聲音。一段時間後，玄關傳來開門的聲音。光彌走過去一看，是正在脫鞋的惠比壽。

「有什麼事嗎？」

「沒有……我在等訪客。」

光彌突發奇想向她提議。

「如果妳方便，可以占用妳一點時間嗎？就在那邊的交誼廳。」

惠比壽盯著光彌的臉一段時間後，冷淡地點頭。

兩人面對面坐在沙發上。

「那麼，有什麼事呢？」

「關於藤谷莉子自殺的事情。」

「在你心中，似乎已經確定莉子是自殺了。」

惠比壽微微皺眉。

「我不知道你為什麼會對那個事件如此執著，如果你覺得睡不好，我可以和你換房間。」

「謝謝妳的體貼。……我之所以想要找出她自殺的真相，是為了她的家屬，是藤谷小姐的弟弟拜託我的。」

「原來如此，今別府向你表明身分了啊。」

光彌驚訝地回看她。

「妳早就知道了嗎？知道律是她的弟弟。」

「我沒對本人說我知道。但莉子生前曾讓我看過他的照片，莉子真的很疼愛她弟弟。……所以他搬到這裡來時，我一眼就認出來了。」

「妳為什麼沒有告訴律呢？」

惠比壽聳聳肩。

「我原本想說，但他本人明顯裝傻想隱瞞身分，所以我也就不特別追問了。話說回來，他向你表明身分了，也就表示他向你坦承塗鴉和停電的事情了嗎？」

「是的，律已經承認是他做的了……如果妳懷疑他，就告訴我也無妨吧。」

「我認為因為身分而懷疑他不公平。……這種說法像在欺瞞吧。老實說，或許我心裡某處支持著他。支持為了找出莉子死亡真相而使出強硬手段的他。」

光彌看著她的臉，接著慢慢開口。

「聽說藤谷小姐過世前不久和妳吵架了，到底發生什麼事了呢？」

惠比壽沒有馬上回答，只是直盯著光彌的臉看。

「你知道這個想幹嘛？」

「我只是想，說不定可以知道她的自殺動機。」

「……我認為應該不相關。」

惠比壽突然垂下視線，她的眼中表露出至今未曾見過的悲傷神色。

「起因是我太雞婆，我真的很後悔自己做了多餘的事情。」

「雞婆嗎？」

「我對你說過，莉子開始交往的男友，是她預定就職公司的男性對吧。因為我想知道對方的人品，就跑去問幸島先生——關於那位倉木先生的事情。」

這麼說來，鬼頭說曾經看到她和幸島在這個交誼廳聊天。

「趁莉子不在公寓時開了幸島先生會喜歡的酒，從他口中聽到很多消息。這也是禮物的效果呢。然後我知道了那個倉木直到幾週前都還和另外一位女性交往。」

光彌回想起幸島提及倉木這位下屬時的事情。

他的語氣帶有苦澀或許跟這件事情有關吧。

「聽說那位女性從大學時代就和倉木交往……倉木為了要和莉子交往而和對方分手。幸島先生評論倉木『我是沒打算對別人的事情說三道四，但那個男人太不老實了』。」

「所以妳就把這件事……」

「嗯，我對莉子說了。真是的，真是愚蠢的雞婆行為。『之前跟誰交往有什麼關係嗎？』『至少和小梢沒有關係吧』等等——莉子回了我這些話。真是的，我毫無反駁餘地。」

像她這樣冷靜的人，為什麼會做出這種類似打小報告的行為呢？光彌難以理解。

「然後妳和藤谷小姐就稍微疏遠了？」

「沒錯，雖然莉子立刻原諒我，還說『我說過頭了』，但我無法原諒自己，我覺得好羞愧，做出那種孩子氣的打小報告。嫉妒還真是個可能破壞人際關係的危險變數呢。」

嫉妒——

聽到這句話後光彌的疑問立刻解開，同時也從中感受到無法言喻的難以忍受。

「不好意思，我還很不成熟……所以從不曾對誰有如此強烈的心意。」

「你是對什麼道歉？你無法理解我並不是什麼罪惡吧，實際上，我也不太理解我自己，是很有趣的研究對象。」

長嘆一口氣之後，她慢慢搖頭。

「明明理智上明白就算我貶低莉子所愛的男人也沒意義，因為莉子和我相反，是個只能愛異性的人啊……」

光彌不知該對起身離開交誼廳的惠比壽說什麼，雖然一度起身，最後還是坐回椅子上。呆呆看著天花板的螢光燈，靜悄悄的公寓，只聽見從新保房間傳出的水聲……

（水聲？）

光彌彈跳起身，站在新保房門前按電鈴，但沒人回應，他又按了第二次、第三次。

「新保女士，妳在嗎？我是三上，新保女士。」

光彌拍門，不停拍門，即使如此還是沒有回應。

此時傳來大門拉開的聲音，光彌跑過去一看怜就站在玄關前的水泥地上。

「唷，光彌，讓你久等了。」

「怜大哥，緊急狀況，快點跟我來。」

看見光彌慌張的樣子，怜也繃起表情。他脫掉鞋子進屋。

「這間房間住的是管理員新保女士，但不管我怎麼喊都沒有人回應。」

「是不是在洗澡啊？我有聽見水聲。」

「問題就出在那個水聲，已經持續三十分鐘了。就算泡澡泡再久也不可能放著水一直流吧。」

「該不會忘了關水龍頭就出門了吧。」

「不是，我知道不是。」

怜雖然很困惑，還是握拳敲門。

「新保女士！我是警察，請問妳在嗎？新保女士！」

仍然沒有回應。怜手轉門把，但門有上鎖。

「我們破門吧。」

光彌果斷一說，怜也做好覺悟點點頭。

「光彌，你讓開一點。」

怜用力踹門，木製門扉發出脆裂聲，整棟公寓跟著晃動。踢第二下時，門框劇烈作響，怜接著壓低身體用肩膀撞上去，一瞬間出現金屬聲，蝴蝶絞鍊壞掉了。

怜把門扉往房間內側推倒，兩人走在上面進入室內。怜毫不猶豫打開左斜前方的浴室門，看見室內的樣子，光彌忍不住大叫。

「果然沒錯！」

新保身穿白色浴袍，手浸在染成鮮紅的熱水當中。身體無力地癱在浴缸外，靠在浴缸邊緣的臉完全失去血色。

「光彌，叫救護車！我做緊急處置！」

怜的叫聲在浴室裡大聲迴響，光彌點頭拿出手機來。

光彌根據電話那頭的指示請救護車前來後，低頭看著躺在浴室裡的新保。怜拿現場的毛巾止血，新保手腕上有無數的傷口。

「你去拿毛毯或什麼來，她的體溫開始下降了。」

光彌聽從怜的指示拿來毛毯，他走進新保的寢室時，看見矮桌上擺著白色信封，上面寫著「遺書」。

做好緊急處置後，光彌問怜。

「她能得救嗎？」

「一半一半，發現得早還有呼吸，但她已經大量失血，就看她的體力了。」

沉默了一會兒後，換怜開口問光彌。

「光彌，你剛剛說的『果然沒錯』是什麼意思？你已經預料到會發生這種事情了嗎？」

「我該預料到的，我明明知道她很自責的啊。」

「自責？對什麼自責？」

光彌垂下視線，無比疲憊地回答。

「自責讓藤谷莉子死掉這件事，寢室裡有她的遺書，上面大概寫著所有真相吧。」

12

我完全沒有頭緒遺書這種東西到底該寫些什麼，但我怎樣都沒辦法不留下什麼就走，所以提筆寫下這個。

這個文章，是我對自己犯下的罪惡的告白。

我在去年三月，將自己擔任管理員的公寓裡的住戶藤谷莉子小姐逼上死路。剝奪了前途光明的她的未來，我不認為我能用這條所剩無幾的性命來贖罪。即使如此，也請容許我坦白我這份罪惡。

首先，我得要說的是，藤谷小姐是一位非常善良的人，我身為管理員，她從來沒有讓我煩心過。我是在三年前當上管理員，與當時早已入住此處的她相處了大約兩年的時光。她是非常有禮貌、體貼，且很優秀的人。而我之所以逼她走上絕路，完全只是因為我無法壓抑自己不講理的情緒。

我在去年二月底之前，對藤谷小姐完全沒有任何怨恨。不僅如此，我自己也沒什麼特別的煩惱，過著相當安穩的生活。但來自東京都內醫院的一通電話，打碎了這份和平。我的女兒自殺未遂。

我立刻飛奔到東京去，對公寓的住戶們說我的親戚病危。因為我很害怕，不敢向大家坦言自己的女兒自殺未遂。此時替我保管大門鑰匙的人就是藤谷小姐，我相當信任她。

女兒讓房間充滿瓦斯試圖自殺時，被發現異味的鄰居通報。幸好沒有生命危險，但女兒竟然會想不開讓我大受打擊。我不停責怪自己，為什麼沒有發現，為什麼沒有更頻繁和女兒聯絡。

抵達東京那晚，我立刻和躺在醫院病床上的女兒說上話了。我還沒開口問，她已經先滔滔不絕說起自己想死的理由。

在東京都內公司上班的女兒，有個從大學時代起開始交往的男友。那是一位任職於大型電機製造商，相當優秀的男性。我以前曾從女兒口中聽過。但女兒和他在那幾週前分手了。理由是——男方有了其他喜歡的女性。

在女兒逼問他之後，得知他喜歡上的人，是接下來預定要進他們公司工作的大四學生，而且他們已經開始交往了。我聽到之後突然驚覺，因為我知道一位預定於春天進入這家公司工作的女性。當然就是藤谷小姐。在我們閒話家常時，她曾告訴我決定要到那家公司工作。

女兒只是因為和那個男性分手而悲傷地想斷送自己生命。不管我說多少次「不需要執著於那種不誠懇的男性」，女兒都聽不進去。她非常憎恨那位未曾相識，前男友的新女友。我陪在女兒身邊兩天，但總不能一直不回公寓。因為兒子夫妻說可以換他們陪女兒，我就先回恩海市了。

而就在回來的那天，我害死了藤谷小姐。

我傍晚時回到公寓，沒見到任何人獨自關在房裡。不知名的黑暗情緒在腦海中轉個不停，我一邊祈禱著那個人不是藤谷小姐，另一方面也確信應該就是她沒錯。因為她那一陣子的言行舉止，再再告訴我她有了新的交往對象。

在完全天黑之後，我想起我非得去找她不可，因為我把大門鑰匙寄放在她那邊。按下房間的門鈴後，藤谷小姐過一會兒出來了。她見到是我，露出相當關心的表情。

「妳的親戚身體狀況怎樣呢？」

她邊把大門鑰匙遞給我邊這樣問，大概是我臉色非常糟糕吧，她也察覺發生了不太好的事情。

那時，我心中的惡魔探出頭來。

我走進門內關上門，和她面對面。

「我女兒死了。」

如此告訴她。藤谷小姐一動也不動凝視著我，而我更進一步逼近她。

「妳知道她為什麼會死嗎？妳下個月要開始工作的公司裡，有位名叫倉木的男性對吧。我女兒已經和那位先生交往好幾年，但最近突然分手了。」

藤谷小姐的表情僵住了，看到這一幕，我的黑暗情緒不僅沒被滿足，還更加失控。

「妳這個表情——果然是妳搶走他對吧？從我女兒手中。沒錯，我女兒因為這樣自殺了。房間裡充滿瓦斯，肯定很痛苦吧——但是，我女兒已經不會回來了，絕對不會。」

我女兒當然沒有死，這是個過分殘酷的謊言。

之所以會產生如此恐怖的衝動，現在回想起來，或許是因為藤谷小姐是位太過優秀的女性了。她就讀的明智大學，是我女兒考大學時視為第一志願但落榜的學校。而女兒在找工作時，也和男友應徵了同一家電機製造商，但也沒有應徵上。

當時的我，覺得藤谷小姐是從女兒手中奪走所有幸福的惡魔，這是完全不講理的被害妄想，但當時的我認真如此認為。

聽到女兒死亡的謊言，藤谷小姐當場跪地，雙手平貼地面不停對我說「對不起、對不起」，明明有錯的不是她，而是那個叫倉木的男性啊。她真的是位很溫柔的人。但就連這份溫柔，對心靈扭曲的我來說根本無可忍受。

「已經太遲了。」

我抛下這句話後走出房間。

回到自己房間後，我對自己扯出的謊言有多恐怖而發抖。接著感到無比後悔，我怎麼會做出這種事情。結果那晚我徹夜未眠。

隔天早晨起床時，她已經陳屍在浴室裡了。

喝了平常不喝的酒而在意識矇矓中洗澡，大概是對於自己讓我女兒尋死的罪惡感吧。我的謊言殺了她。

我至今沒對任何人坦白自己的罪惡活到今日，我完全不知道我該向誰告白這驚人的罪惡才好，也不知道該如何贖罪才好。

半年前，女兒和新交往的男性結婚，閃電結婚後現在在加拿大生活。但就連珍視的女兒，我都沒辦法打從心底真心祝福她幸福。因為被我毀壞的藤谷小姐的未來，在我腦中揮之不去。

接著，最近發生在這棟公寓的塗鴉事件與停電事件。雖然不知道是誰所為，但我感覺被清楚我罪惡的人威脅，這三天來，我幾乎無法成眠。大概是天網恢恢疏而不漏吧。我已經沒辦法再懷抱著這份罪惡繼續活下去了。

留下這個文章，或許會破壞女兒好不容易得到的幸福，雖然很在意這件事，但我怎樣都沒辦法一句話不說就走。

藤谷小姐，我真的很抱歉。各位遺屬，有錯的真的、真的只有我一個人。

新保月惠

＊＊＊

「……留下這種遺書，結果還是活下來了啊。」

律小聲說著，光彌和怜靜靜交換視線。

新保自殺未遂的隔天傍晚。

怜以「遺屬有知的權利」為由，允許律看新保遺書的副本。地點就在〈恩海公館〉的交誼廳，一旁就是房門被打壞的新保房間。

「那麼，那個人現在怎樣了？」

律尖聲提問，怜邊搔額側邊回答。

「新保女士現在在醫院靜養，等她身體狀況恢復後就會進行偵訊。」

「……結果，只有我姐死了。」

律小聲說著，光彌掌心貼在他的手上。

「試圖自殺的女性有三人，新保女士的女兒、我姐，以及新保女士。然後只有我姐死了。罪魁禍首叫倉木的男人，現在也一無所知在哪裡悠哉過活。到底是在哪裡走岔路了？我姐做了什麼過分的事情，得遭受如此過分的對待嗎？」

「律，你不可以這樣想。……你想恨救了新保女士的我也是無可奈何。」

「三三，我不恨你。我反而很感謝你，因為會感到痛苦的只有活著的人。要是讓真正憎恨的人死了才真的傷腦筋。」

現在律的心，似乎暴戾地讓人束手無策。光彌很痛心地加重掌心的力量。

「但是三三，為什麼呢？你為什麼會知道最後來我姐房間找她的人是新保女士？」

「根據輕邊小姐所說，你姐姐說了『好像是公寓的人來找我』之後掛斷電話。這個說法讓我覺得有點怪，如果是鬼頭先生或幸島先生來訪，她應該會說『同公寓的住戶』之類的吧。」

「也就是說『公寓的人』這個說法其實是指公寓的『管理員』。」

怜理解地點點頭，但律仍感到疑問。

「但是輕邊小姐對細節的記憶似乎很模糊……你真的靠這點說法的線索就確定了嗎？」

「我是在從怜大哥口中聽到當時關係人的不在場證明後才開始懷疑她，新保女士說她從當天傍晚起一直待在自己房間。如果是這樣，她說沒聽到任何人的聲音就太奇怪了。」

「為什麼？」

「這間公寓每間房間都有門鈴，但沒有對講機。所以要喊房內的人時，就得發出很大的音量。」

聽到光彌的解說，律很不甘心地彈手指。

「對啊！同一樓的新保女士沒聽到那個聲音太不自然了。實際上前幾天塗鴉那天，她就很清楚聽見房間外的聲音啊。」

「嗯，是也有可能剛好在洗澡，作為根據可能還太薄弱。……但就算不強詞奪理，只要仔細觀察大家的樣子，就可以發現新保女士最可疑。難道不是嗎？門上的塗鴉，和停電後發現的新聞報導。最害怕這些東西的人就是新保女士，律的實驗真的成功了。」

「……說的也是，只要仔細觀察就能知道。」

律垂頭喪氣，開始玩起帽T上的繩子。

「我真是個笨蛋……無意識把新保女士排除在嫌犯之外。因為我姐常說管理員是個很好的人。在聽我姐朋友說的話之後，知道她和惠比壽小姐吵架，那個酒是幸島先生送的，她拒絕了鬼頭先生的告白……這些多餘的資訊，讓我幾乎死心眼認定肯定是二樓的哪個人殺了我姐！」

律的表情瞬間陰沉，他用力搓揉自己的臉。

「話說回來，我真的糟透了。就因為我引發了那些騷動，才會把新保女士逼上絕路讓她尋死。我做出那人將我姐逼上死路相同的舉動。」

「但是，律，她還活著。」

光彌斬釘截鐵說，律抬起頭來。

「新保女士沒死，而且更重要的是律也活著。活著有時遠比死了還更痛苦，但是——至少在還活著時，有時間可以思考好好運用這個生命的方法。」

「……人生好漫長耶。」

律打從心底嘆了一口氣。

「但我不認為那個人會回來當管理員，這間公寓應該也到此結束了吧。不管怎樣，我都不好繼續待下去了。」

律今天早上聚集所有人到交誼廳向大家坦白，自己是藤谷莉子的弟弟，以及最近一連串在公寓裡發生的事情是自己所為。

鬼頭驚訝地啞口無言，惠比壽一句「我早就知道了」輕輕帶過，而光彌最驚訝的是幸島這段話。

「對不起，是我不該送她那種禮物。我不知道她不喝酒，不管怎麼後悔都後悔不完。」

幸島或許將莉子視為將來有天可能會成為自己下屬的女性，相當看好她，所以才會奢侈送她高級洋酒。

每個關係人都抱著「如果自己那樣做」、「如果沒有那樣做」的後悔，但事情已經發生了。

光彌輕嘆一口氣後抬起頭。

「——如果已經不能住這棟公寓了，那我也得找新的住處才行。」

「那你再來我家住不就得了。」

怜開口邀約，光彌湧起焦躁感。他確實有「如果可以的話想回去住」的心情，但真的聽到怜這樣說，他又沒辦法老實依賴。

「咦，三三和刑警先生之前同居嗎？」

「嗯——說我寄宿比較恰當吧。」

「你們兩人感情還真好呢。」

律輕輕低頭，雙腳腳趾互碰。

「那個，三三，如果你不介意，我可以和你保持聯絡嗎？」

「當然可以，我下次介紹朋友給你認識。……比起這個，我有點擔心你自己一個人住耶。」

「我不是一個人喔。」

他清清喉嚨後起身回自己房間，不一會兒，帶著貓咪出來，那是他很疼愛的流浪貓。

「我要和阿虎一起活下去，這間公寓禁止養寵物，但現在沒管理員，應該沒關係吧。

不管怎樣，我接下來會找可以和牠一起住的房間。」

阿虎相當開心地「喵」叫一聲，臉頰磨蹭律的胸口。

光彌抬頭看怜，怜「嗯？」地歪頭回看他。

「那很好，我覺得律和這孩子肯定都需要彼此。」

而且，和誰一起活下去也不是件太糟糕的事情。

1

怜從掛在恩海警局刑事課的月曆上撕下「七月」。

（已經八月了啊，時間過真快。）

歲月如梭。

去年七月認識光彌，九月解決了父親殉職的案件，接著在十二月發生了朋友被捲入其中的痛心事件。

接著進入今年，四月開始和光彌同住。五月時他一度搬離，接著在月底又回到怜的家。

（不知道還可以這樣多久。）

就在怜思考時聽見「早安！」的聲音，不破刑警就站在辦公室門口。

「喔，早安。」

「不好意思！最資淺的我應該要先到才對。」

「沒有沒有，我也才剛到不久。」

時間為七點前，恩海警局的早晨才剛拉開序幕，警局內人還不多。

不破立刻從掃地用品櫃中拿出拖把開始打掃，新人得第一個抵達打掃辦公室是警局的慣例。在怜整理桌子時，不破邊哼歌邊拖地。

「……不破，你今天心情還真好呢，發生什麼好事了嗎？」

「哎呀，看得出來嗎？被看出來了嗎？」

不破不慌不忙地調整眼鏡位置，快步走到伶身邊。

「其實啊，我……要結婚了。」

以刑警的習性來說，伶腦海中閃過相同發音的「血痕」，但他立刻明白是在說「結婚」。

「是、是這樣嗎？哎呀，那還真是……得對你說恭喜才行呢。」

「哎呀，謝謝你，我晚一點也會向土門係長他們報告。」

「順帶一提，對象是？」

不破吊人胃口地「咳咳」清清喉嚨。

「是任職音野市國中的老師，我們在相親活動中認識的。」

「學校老師啊，彼此都是公務員，很多事情都能安心呢。」

伶其實也搞不太清楚「許多事情」是指什麼還是這樣說了。但話說回來，他還是第一次聽到不破去參加相親活動呢。

「……不破，你今年幾歲了啊？」

「要滿二十六了。」

雖然現在有未婚與晚婚趨勢，但想結婚的人還是會早早結婚。伶事不關己地感到佩服之後才反省自己。

（——我是不是也該考慮這種事情才行了啊？）

伶突然感覺心靈表面泛起漣漪。

「怜大哥，怎麼了嗎？」

隔天早餐席間，光彌相當擔心地問道。

昨天沒有和光彌好好說上話，洗完澡立刻睡了。接著隔天早晨起床時，光彌已經做好早餐。怜邊深切感謝邊開始用餐，但有一口沒一口。

「……抱歉，也不是太大不了的事情。」

怜捏起眉間揉了揉，抬頭看面前的光彌。

「只是在想，我也差不多該認真思考了。」

「認真思考？」

「思考未來，結婚之類的。」

自然脫口而出後，光彌睜大眼睛。

「你要結婚了嗎？」

「沒有，我沒這個計畫，也沒對象啊。」

「……感覺有點不可思議。」

光彌稍微歪頭，喝了一口味噌湯。

「我覺得這種事情，應該是要先有『想要結婚的對象』吧……我身邊也有常把『想交女朋友』掛在嘴上的人，但我沒辦法好好抓到那種感覺。我覺得應該要先有對象吧。應該是先喜歡上一個人，接著思考想和對方成為怎樣的關係才是正常的順序。」

怜啞口無言，感覺光彌的道理沒有任何錯誤。

不管是情侶還是夫妻，先希望有個「關係」才去找對象，這感覺像是反客為主了。

「唔嗯，說的、也是。……只不過，這個社會上還是有必經過程這類的東西。和誰建立起這種關係就是一個。」

也就是某種義務感。或者是想被視為頂天立地之人的想法。人會想要建立家庭的理由中，有幾成就包含這種想法吧。

「總覺得這讓人有點感傷。」

光彌脫口而出這種感想。

兩人在那之後沉默用餐一段時間，伶心不在焉地看著電視。

「話說回來，光彌──」

就在他開口這時。

『下一則新聞。去年九月逮捕凶嫌的恩海市連環殺童案於昨天開庭──』

伶嚇得繃起背脊注視電視，但畫面立刻消失了。一轉頭看光彌，他低著頭緊握遙控器。

「……對不起。」

「不，沒有關係。」

一陣沉默後，光彌才慢慢開口。

「我一直不讓自己看，不看跟弟弟事件有關的新聞。」

伶靜靜點頭。他自己也花了很長一段時間才有辦法看父親遭殺害的那個案件的報導。

「六年前……不對，已經七年前了啊。事件剛發生後不久，我每天都被媒體追著跑，根本沒有什麼好記憶。然後就變得不太能看電視，最近已經好很多了，但碰到那個事件就……」

「嗯，別勉強自己比較好。……我在父親的事件發生後，有段時間也很痛苦。」

怜這才想到，便開口問。

「最近怎麼樣？電視臺之類的採訪。只要事件有新發展，電視臺就會想拍『遺屬的現在狀況』之類的畫面啊。」

「啊啊，那不用擔心。……我們搬過好幾次家，大概已經找不到我們了。九月逮捕凶嫌之後也沒有媒體找上門，雙親離婚後改姓應該也是很大的原因之一。」

光彌原本姓「空谷」。

「那太好了，我就有點慘，地址也被人知道了。還有查到我現在當上刑警，想製作『為了調查父親的案件而成為刑警的兒子』這類紀實節目的人跑出來。雖然我以會妨礙刑警工作為由拒絕了。」

光彌繃起臉說「那還真是傷腦筋耶」。

「但光彌，那個，以遺屬身分……旁聽審理之類的呢？」

「那交給我父親——，不，是交給我原本的父親負責。」

他用著吐露苦澀的語調說道。

「嗯，他已經是外人了。我不想見到那個人……這也是我不愛看電視的理由之一。」

光彌由於事件受到父親過分指責，心理因而重創，怜又再次用力點頭。

「嗯，就該採取讓自己的心不會痛苦的做法。」

天氣相當晴朗，兩人便把家中的東西全部拿出來洗滌。

純白床單吊掛在院子裡的曬衣桿上，微風吹來，床單隨之擺動。

「怜大哥下午也不用上班嗎？」

「嗯，沒錯，光彌呢？大學已經開始放假了吧。」

「對，目前也沒有打工預定行程。只不過從家事服務的工作性質上來看，比較常見當天緊急委託。」

「就跟刑警一樣。」

光彌揚起嘴角微笑。

「只不過，明天已經排定工作了，預定要去派對幫忙服務。」

「咦……那是〈MELODY〉的工作？」

「對，類似『做好料理後送上桌』這類工作的延伸服務，我們偶爾也會承接。哎呀，我們也算是什麼工作都接啦。」

怜再度感到佩服，這個青年真的很多才。接著突然思考起，光彌在五年後、十年後會有怎樣的人生。

「你大學畢業之後也打算繼續從事家事服務的工作嗎？」

光彌有點傷腦筋地垂下視線，濃長睫毛前端微微顫抖。

「不知道耶……其實我還不太清楚。不知道將來要在哪裡怎樣活下去。」

「這樣啊，但是慢慢思考就好了吧，你才大二吧？還有時間。」

光彌含糊笑著回應怜。

突然吹來一陣強風，曬洗衣物隨風用力擺動。

2

「唔唔，好熱……」

才走出收票口，蘭馬立刻呻吟。

八月三日一大早就是大晴天，氣溫高達三十五度。

「這樣一來，還沒走到客戶家就滿身大汗了啦。」

「這也是沒有辦法的啊，蘭馬快走吧，會趕不上約好的兩點。」

「說、說的也是，我也不想第一次上班就遲到。」

今天蘭馬也預定要以〈MELODY〉的員工身分工作，他平常在補習班打工，但因為暑假想增加打工，所以透過光彌介紹。

「蘭馬很不擅長收拾，做這份打工真的好嗎？」

「當然可以！話說回來，就是因為不擅長，為了提升技能才開始的感覺？我研習時也被資深前輩大罵，雖然超恐怖的，但覺得我有變厲害。」

「……你這份樂觀真讓人羨慕。」

光彌由衷說道。

兩人走出寧路車站，在豔陽下步行。

柏油路反射的熱度相當炙熱，體力彷彿隨著一步又一步被奪走，雖然走五分鐘就抵達目的地，但蘭馬額頭已經冒出大滴汗珠。

「唉，果然流汗了……」

蘭馬邊咕噥邊拿出止汗紙巾擦汗。

「話說回來，光彌真的是不會流汗的體質耶，我比較羨慕你這個。」

光彌按下門上電鈴，立刻聽到「來了」的回應。

「我們是家事服務公司〈MELODY〉的員工。」

『我等你們很久了，請進。』

男性的聲音回答後，門慢慢打開，兩人走了進去。

「哇啊，好大的家喔。」

蘭馬感嘆。

寬廣庭院的深處，有棟雄偉的兩層樓房舍。感覺應該是鋼筋水泥建造，但白色與褐色的對比太過鮮豔，不會給人冰冷的感覺。日光室的整片窗戶，讓建築物整體看起來很開放。

光彌兩人走到門前屋簷下，門從內側往外打開。

「歡迎兩位來。——哎呀，兩位都是男性真令我意外。」

出來迎接他們的是大約五十歲上下的高大男性，露在POLO衫衣袖外的手臂很有肌肉，讓人感覺他很年輕。

「讓您久等了，我們是家事服務公司〈MELODY〉的員工。」

光彌點頭致意，蘭馬也慌慌張張仿效他。男性爽朗大笑，拉開大門。

「哎呀，進來吧，不用太拘謹。我是這家主人的大道寺元，今天就拜託你們了。」

隨之入內後，玄關大廳很涼爽卻充滿陽光。充足的陽光從位於高處的採光窗射入室內，

光彌心想，這上雜誌也不為過呢。觀葉植物與壁毯的配置也相當高雅，最重要的是房內正

中央的水晶鋼琴相當吸睛。

「哇啊，好驚人喔。」

蘭馬帶著嘆息低語，這是工作手冊上沒記載的隨興說話方法。光彌小力頂了他的側腹，幸好大道寺不在意。

「你說這臺鋼琴嗎？沒有啦，這幾乎跟擺飾沒兩樣啦。因為鋼琴可是禁止直接日照的，實際在彈的鋼琴在裡面房間。」

「請問您是鋼琴老師嗎？」

「跟那差不多，我是培養音樂家的音樂學校的理事長。」

「啊，恩海市內有家大道寺音樂學校，您該不會是……」

「沒錯，那裡就是我經營的。」

出現了意料之外的訊息。光彌佩服著，蘭馬真的很擅長打開他人心胸。

「今天的派對也是為了慶祝音樂學校創立十周年。雖然這樣說，只是邀請自家人的小派對啦。幾個從我們這裡出去，現在活躍於國際之間的年輕音樂家會來。」

「喔喔……我們會繃緊神經確實完成工作。」

「哈哈，你們不需要這麼緊張，他們都是很和善的人。……這麼說來，我還沒有問你們的名字呢。」

「我叫良知！這個是我朋友……不對，是我的同事三上。」

「……三上、同學。」

大道寺相當意外地挑眉，他的眼睛直盯著光彌的臉瞧。

「請問怎麼了嗎？」

光彌一問，大道寺彷彿想要消除什麼一般迅速搖頭。

「沒什麼，我失禮了。……那麼就馬上麻煩你們工作吧。」

在那之後，兩人同步進行會場布置以及準備料理的工作，光彌負責做菜，蘭馬負責布置會場。

雖然從兩點就開始作業，但時間一轉眼就過去，蘭馬打掃完會場並布置完畢後來到廚房時，已經超過五點了。

「唉咿，好累喔。光彌，你這邊弄完了嗎？」

「指定料理的事前處理已經全部完成了，只是加熱部分可能要到供餐前一刻才能完成。」

「這樣喔，這量還真多耶。」

擺在料理檯上的有烤牛肉、凱薩沙拉、薄切生蝦佐酪梨等等。

「幾乎是自助餐形式，所以大多為冷盤料理。再來就是出餐前烤千層麵和普切塔要用的麵包，這樣就可以了吧。」

「唷，辛苦你們了。」

大道寺從蘭馬身後現身走進廚房來。

「短短時間內還做出真多東西呢，正如我聽說過的〈MELODY〉的工作品質真高。客人應該會在六點左右來，如果你們不介意，要不要在那之前休息一下？」

光彌兩人在大道寺帶領下來到起居室，沙發擺成ㄇ字型，中間是一張桃花心木桌。牆邊還裝飾有幾把弦樂器。

「只是便宜東西很不好意思。」

大道寺說著遞給兩人瓶裝綠茶，光彌兩人異口同聲低頭說謝謝。

「哎呀，你們工作表現真的很棒，不只料理，連會場也是。」

大道寺看向連接起居室的餐廳，約莫有四十平方公尺的寬敞房間裡擺著穩重的餐桌，餐桌布等東西似乎是蘭馬剛布置好的。

「我們家常辦派對，會叫外送也會請認識的廚師到府，但這次是只有自家人的小派對，我想要換點新鮮的才會拜託外燴。」

光彌感到很新鮮地接受「外燴」這個說法，這還是第一次有人如此稱呼自己的工作內容。

接下來，大道寺開始說明派對流程。希望一開始拿出氣泡酒，以及出餐的時間點等等。

「也不是全餐料理，所以不需要那麼神經質。今晚要來的都是年輕人，且大多都是很我行我素的人。對了對了，雖然大家都會喝酒，但其中有個高中生，請拿果汁給他。」

結束說明後，大道寺開始閒聊起來。

「你們對古典音樂有興趣嗎？」

「沒有耶，一直想要聽聽看，但沒什麼機會。」

蘭馬邊搔頭邊說，大道寺揚聲大笑。

「哎呀，沒什麼，我也不認為所有人都該對這有興趣啦。三上同學呢？」

「我也不太聽，但我小時候家裡很常放。」

「喔，是你雙親的興趣嗎？」

「……對，算是。」

有點後悔提及小時候的事，因為會讓他想起父親。

任職於唱片公司的父親非常喜歡古典樂，大概因為工作上全是經手流行樂的反作用，他在家裡常常播放古典樂CD。光彌心想，父親之所以會特別疼愛弟弟創也，或許是因為他非常認真上鋼琴課吧。

「哎呀，像我這樣從事與音樂相關的工作，就會總是思考著該怎樣才能把這些藝術與社會相連結。舉例來說，我們音樂學校的樂團，前幾天舉辦了遊戲音樂的演奏會。」

「啊，就是透過網路直播現場演奏的那個。」

蘭馬相當興奮，大道寺說「沒錯沒錯」點點頭。

「我很開心可以讓平常不聽古典樂的人聽到，但藝術性與商業主義間，也有某種緊張關係。我們這的年輕人比較多藝術家個性的人，其中也有人對音樂學校最近出現在媒體上感到很不悅。我被夾在中間超辛苦的。——哎呀，不好意思，變成單純抱怨了。」

光彌和蘭馬接著陪大道寺聊古典樂聊了一段時間，結束時也過了三十分鐘左右了。

「哎呀，不好了，都過六點了。——我也得換衣服才行，先上樓去。不好意思，如果門鈴響了，可以請你們幫我開門嗎？對講機的螢幕上有開大門的開關。」

大道寺上二樓之後，蘭馬丟下一句「稍微失陪一下」跑去洗手間。

光彌無奈想著「真是的，誰叫你狂喝綠茶……」時，門鈴響了。畫面上出現兩位女性，光彌判斷是派對訪客後開門，接著立刻到玄關大廳去迎接客人。

站前面的是身穿華麗紅色禮服的女性，金色長髮相當醒目，原本身高就高還穿高跟鞋，視線比光彌還高。

「嗯，你是誰？廚師嗎？」

那位女性直盯著光彌問。

「是的，我負責今晚的料理，我叫做三上。也會負責在派對上服務大家。」

「這樣啊，人家很期待料理，可是餓著肚子來的呢。」

她露出滿臉笑容，接著把手上的陽傘推到光彌身上。

「還有這個，可以幫人家收好嗎？」

「花蓮，妳這樣太沒禮貌了啦。」

另外一位站在後頭的訪客訓誡她，這是位嬌小黑短髮的女性。她身穿給人沉穩印象的白色連身裙，和被喚作花蓮的女性完全正好相反。

「——啊啊，對啊，日本不太會做這種事嘛，對不起。」

花蓮一道歉，另一位女性跟著補充：「她在歐洲住太久了。」

「唷，妳們兩個人都來了啊！」

大道寺大聲喊著走下樓梯，他張開雙手，誇張地表現出歡迎的樣子。花蓮也用雙手碰他的手臂。

「老師，好久不見！看你都沒變。」

「哎呀，日比野才是啊。」

在光彌觀望退場時機時，大道寺轉過頭來。

「三上同學，我跟你介紹，這位是在維也納活躍中的大提琴手，日比野花蓮。以及這位是久慈圓，是國內相當知名的中提琴演奏者。」

「沒有，我還差得遠。音樂學校的年輕學子中，還有比我更加知名的人啊。」

久慈謙虛一說，日比野哼聲。

「小圓，妳說那什麼卑微的話啊，那個『更加知名』只是媒體曝光度高，所以在大眾間知名吧？無聊，妳應該很清楚，古典樂的價值不在那裡，不是嗎？妳也是實力堅強的人，快一點來維也納。」

舌鋒銳利的這段話嚇光彌一大跳，大道寺說著「冷靜冷靜」揮揮手。

「日比野，妳今天就忍耐點。實際上，現代社會沒有資本的力量就沒辦法培養藝術家啊。不管怎麼說，藝術這東西都相當花錢。」

日比野嘟起嘴，聳聳肩膀。

「算了，人家今天就看在老師的面子上乖巧點。但如果和『那個人』碰面了，感覺會忍不住多說什麼，真是太恐怖了。」

那個人是誰啊——當光彌冒出這個疑問時，大道寺拍拍他的肩膀。

「三上同學，你可以幫忙端茶給她們嗎？廚房餐具架上有紅茶罐。」

「我明白了。」

光彌回去廚房，邊想著要開始忙了替自己振奮精神。

當光彌端出紅茶到起居室給日比野與久慈時，門鈴又響了。這次輪到蘭馬去迎接客人，不久後，來客現身在起居室，是一位年齡看起來與日比野和久慈差不多的男性。

「喔喔，是西永。」

大道寺起身迎接他，來客誇張地一鞠躬。

「老師您好，這次可以在如此值得道賀的日子受到老師邀請是我的光榮。」

「你在說什麼啊，你可是音樂學校畢業生中的明星之一呢，說起小提琴手西永行雄，現在日本古典樂界可沒有人不知道呢。」

「沒有啦，論知名度我還輸給自家徒弟。」

西永露出無懈的微笑，他是位完美穿著深灰色西裝，感覺相當時尚的男子。從微捲黑髮只垂放在左臉頰上的髮型也可感受到他的講究。

「知名度、知名度，大家滿嘴都是這個！你們到底把藝術家的靈魂放哪去了啊。」

日比野傻眼地大聲說。

「哎呀，日比野小姐好久不見了。但第一句話就是這個也太讓人寂寞了吧。」

「人家說的是實話，你徒弟的新聞也傳到維也納來了。但就算他有實力也還只是十五歲的小孩，媒體太過喧鬧對本人只有壞沒有好。」

「實際上我也很擔憂這點，因為他是感受性很強的孩子。」

背對日比野與西永的對話，光彌走出起居室。前往廚房打算替西永泡紅茶，但走到一半門鈴響了。他想大道寺應該會開外面大門，所以他前去開房子的大門。

「咦，我去就好了啊。」

蘭馬也走出起居室，但光彌說著「沒關係」伸手制止他後打開門，外面已經開始被夜色包圍了。

有三個人影從大門那頭朝房子靠近，領頭的是一位高挑男子，另外兩人還在大門附近，看不見身影。

男子走到玄關屋簷下，在室內燈光照射下，看見領頭男子的臉了。

細長銳利的眼睛、薄唇，以及尖細下顎與些微鬍渣——

光彌倒抽一口氣，因為這位男性是他認識的人。

（怎麼會，竟然——為什麼——）

男子眼神停留在壓住房門的光彌身上，驚訝地瞇細眼睛之後，接著慢慢睜大。

「光彌——你為什麼會在這裡。」

光彌很想回「我才想問吧」，但他喉嚨像被掐住一般，一句話也說不出來。

「啊。」

蘭馬小聲驚呼，因為這也是他認識的人。

「光彌的，爸爸……」

蘭馬這麼一喊，空谷奏一郎扭曲了表情。

3

光彌和空谷對看了一段時間。

空谷幾乎是用瞪著他看的表情，而光彌也有自覺自己臉上失去表情。雖然很想要回瞪，但他臉部肌肉僵硬無法動彈。

「光彌……」

就在蘭馬不知所措喊光彌名字時。

「哎呀，老公——怎麼了嗎？」

空谷背後傳來沉著的女性聲音，站在玄關大廳的三人，機械式地轉過頭去看她。

看起來四十多歲的纖瘦女性，穿著寬鬆的黑色絲質禮服。

「這些人是？看他們穿著圍裙，是今晚的廚師們嗎？」

「不知道。」

空谷語調不滿的回答讓女性受傷地皺眉。

「你別這個態度啊，今晚可是值得慶賀的日子耶。」

「喔喔，我等你很久了喔，空谷！」

大道寺揚聲現身於玄關大廳，他再度張開雙臂表現誇張的歡迎。

「你照著邀請函準時七點到啊，仍舊是跟機器一樣正確的男人。哎呀哎呀，海繪小姐也歡迎妳來。……咦，咲也呢？」

「在這邊，咲也過來，快點進來。」

她招手要站在玄關外的最後一位訪客進門，那是看起來小光彌幾歲的少年。

他有一頭和海繪極為相像的豐厚褐髮，白皙臉頰光滑，五官相當立體，是會被稱為美少年的類型。但他帶著長睫毛的眼睛相當不高興地瞪著地板。

「哎呀，怎麼感覺氣氛凝重，是怎麼了嗎？」

說出這句沒特定問誰的疑問後，大道寺恍然大悟般開口。

「……原來是這樣，三上同學，我一直想著我在哪見過你的臉。聽見你的名字時也稍微閃過這個想法……你是空谷的……」

「不用多說廢話。」

空谷說完後朝大道寺走近，露出不自在的笑容。

「比起這個，你們那的年輕人都來了吧？請務必讓我問候一下啊。」

「空谷……」

不理會面露擔憂的大道寺，空谷消失在起居室裡。

「三上、同學？」

海繪喊了茫然無法動彈的光彌。

「你該不會是那個人——奏一郎——的孩子吧？」

「……是。」

終於發出聲音了，接著感到後悔，說不是就好了啊。

「果然沒錯，我以前曾經聽說他前妻舊姓三上。我是和奏一郎再婚的空谷海繪。」

「我是三上……光彌。」

從她和空谷之間的互動已經發現了，但還是不知所措，因為就連他再婚的事實都不知情。

「我今天是為了做派對上的料理——因為工作而來的。」

「是這樣啊，連大道寺先生也不知情？……還真是湊巧。」

海繪「呼」地嘆一口氣時，少年吐出粗亂語氣遮掩嘆息。

「喂，要不要快點進去啦？」

他的聲音比想像的還要低沉，「說的也是」海繪點點頭應和咲也。她對光彌稍微點頭致意後朝起居室走去，咲也連看也沒看光彌一眼。

「光、光彌……你還好嗎？臉色很差耶。」

蘭馬小心翼翼地拍拍光彌手臂，他知道光彌與父親不睦。

「三上同學，你還好嗎，要不要我跟空谷說一聲。」

「沒關係……我的私人因素造成您的困擾了。如果客人都到齊了，就請讓我開始出餐。」

大道寺似乎還想說什麼，但他閉上嘴點點頭。

時間來到七點半，派對正式開始。

光彌和蘭馬沉默地做準備，在他們擺放料理時，訪客就在起居室裡聊天，偶爾會聽見空谷的乾笑聲，他似乎努力讓自己忽視光彌的存在。

準備好後，蘭馬到起居室通知大家，光彌則去廚房取來冰涼的飲料。

「各位，今天感謝大家前來。」

回到餐廳時，大道寺正在說開場白。

「大道寺音樂學校即將迎接創校十周年，在正式典禮以外，今天特別邀請畢業生中活躍於各領域的菁英們聚集而來。」

光彌照事前預定的流程，想要打開拿來的氣泡酒瓶栓，但他手抖得沒辦法順利打開。蘭馬從旁說著「我來」接手他的工作。

在大道寺繼續致詞時，蘭馬往貴賓面前的杯子裡倒氣泡酒。在這之中，光彌倒了一杯果汁端到咲也面前。他稍微瞥了光彌一眼之後，立刻轉過頭去。

「——大家都拿到飲料了嗎？那麼，希望大道寺音樂學校鴻圖大展，以及各位能夠更加活躍，乾杯！」

接下來，貴賓們開始喝酒、取餐。

光彌兩人站在牆邊待命，看見飲料沒了立刻補上新的，看見桌上的食物減少就從廚房取來追加的份。

這段時間內，不由分說地聽見賓客們的對話。

「久慈小姐好久不見了，看妳過得很好真是太好了，我很擔心妳。」

海繪找久慈圓說話，久慈靜靜微笑。

「謝謝關心，海繪小姐也沒變……我已經沒事了。比起我，大道寺老師的立場要更加辛苦啊。」

「不，人的心痛沒有上下之分。」

大道寺用安慰的眼神看著久慈。

「失去兒子的經驗確實是相當痛心的事，但不知是幸或不幸，音樂學校理事長的立場不給我停下腳步的空間。人類這種生物，只要還活著就得持續走自己的人生啊。」

「沒錯，沒有時間沉浸在感傷中。」

說出這句話的人是空谷奏一郎。他用紅酒將烤牛肉沖下肚。

「多餘的感情得靠自己切分開來才行，這才是成熟男人的正確做法。」

「但你不認為，有時對藝術家來說，感傷也是必要的東西嗎？」

日比野花蓮語氣挑釁地插話。

「實際上看歷史之後會發現，許多藝術家都是在經歷悲劇之後才產出優秀的作品。小圓，妳要把那變成妳的食糧。」

「喂、喂，日比野小姐，妳別那樣為難人啊。」

從旁打圓場的人是西永行雄。

「鏡介逝世到現在也才三年吧？把悲傷昇華成藝術確實很了不起，但這樣催促她不好吧。」

「人家認為啊，就是因為老是這樣小心翼翼對待，本人也會很難重新振作起來吧？」

「哎呀，日比野，就別說了。」

大道寺一安撫，日比野聳聳肩轉回頭用餐。

就在光彌看著這一幕時——

「喂，可以替我倒紅酒嗎？」

空谷開口。蘭馬這時恰巧去替咲也倒果汁，光彌無奈只能自己上前。

拿著所剩不多的紅酒瓶走到空谷身邊。光彌往他沉默遞上前的酒杯裡倒酒，但手有點發抖，稍微潑灑出來。

「這很貴耶。」
空谷看著在桌巾上滲開的汙漬低語，他果然還是沒正眼看著光彌。
「……非常不好意思。」
光彌從圍裙拿出抹布，但空谷伸手揮開。
「你別拿那種不知道擦過什麼東西的布來擦。」
光彌無言拿起酒瓶後，空谷稍微抬起視線。
「……你頭髮還留得真長。」
光彌用力嚥下一口氣。包括蘭馬在內，身邊的人全故作自然地看著兩人。
「對最重視清潔感的這份工作來說不太好吧。」
光彌找不到反駁空谷的話，只能默默走回牆邊。
「欸，人家也想再要一點酒耶。」
日比野揚聲說道。蘭馬朝光彌使了個眼色，想離開這裡的光彌心懷感激點點頭。
「我現在就去拿來。」
呼吸好痛苦。說不清是不甘心還是悲傷的針刺般情緒轉個不停，他好想尖叫逃離這裡。
離開餐廳走到玄關大廳時，光彌突然一陣暈眩。頓時伸手扶在一旁的水晶鋼琴上，邊吐出深長沉重的一口氣，光彌在鋼琴前的椅子上坐下。
感覺大腦麻痺，沒辦法好好思考。
「唷，辛苦你了。」
聽到有人說話，光彌慢吞吞抬起頭。西永行雄從起居室那邊朝他走近。

「如果我沒有聽錯，聽說你是空谷先生的兒子啊。」

「不是。」

光彌用強硬口氣說完後立刻後悔「糟了」，接著馬上改口「現在不是」。遷怒第一次見面的人也太丟臉了。明明剛剛和海繪說話時還想著「要是說不是就好了」，一旦說出口又對自己的幼稚感到厭煩。

但西永不怎麼在意地微笑。

「嗯，你這立場也很為難啦……因為他已經再婚了。」

他若有所思地擺弄袖釦。

「我不清楚這對你有沒有幫助，但海繪小姐的孩子咲也似乎和空谷先生也沒有多親近。」

「……那個人，是以怎樣的立場與音樂學校的人有關係呢？」

「他的頭銜是音樂學校的顧問，會對營運提供意見。我聽說他和大道寺老師從學生時代起就是朋友。聽說老師創立音樂學校時受到空谷先生大力協助，主要在資金面上。」

原來大道寺和父親是舊友啊。光彌理解為什麼大道寺見過自己的臉了，肯定是在賀年明信片等地方看過全家合照吧。

「嗯，因為這樣他在空谷先生面前抬不起頭來。我們音樂學校的優秀人才，也對他本業的音樂製作人工作大力協助。」

西永嘲諷地聳肩。

「一般來說，願意給我們工作應該就要很感激了吧。但藝術價值這東西，也有在選擇工作後才得以維持的一面。」

開始理解音樂學校的人們是怎麼看待空谷奏一郎了。不懂藝術的商業主義者——日比野花蓮口中的「那個人」就是他吧。

「……從我聽起來，咲也似乎是相當優秀的小提琴手。」

「沒錯，那孩子就是天才。」

西永眼睛閃閃發光，那是孩童般，充滿天真熱情的眼神。

「粗糙又細膩……根本無須對他說明樂曲背景他就能立刻理解，他就是這樣的孩子。音樂之神就寄宿在那孩子身體裡……這種表現太陳腐了吧。我想要有耐心地在旁守護他，那孩子也才十五歲啊。」

「西永先生是咲也的老師嗎？」

「哈哈，沒有那麼了不起，只是身為資歷比他長的人，幫忙照顧他而已。——其實我認為他應該要盡早出國跟隨好老師比較好，弦樂世界中，師徒關係這類系譜之類的東西相當重要。」

這是與光彌距離甚遠的話題，而他對空谷與這個世界有關感到相當意外。

「空谷先生似乎想把咲也培養成藝人之類的，最近還用『天才美少年小提琴家』這種光聽就覺得羞恥的稱號，讓他去上綜藝節目。」

「實際上，我覺得他的容貌相當吸睛。」

「是這樣沒錯，咲也很早以前就到音樂學校來了，他以前更嬌小更像天使。他當時感受性已經相當強烈，是那種不知該如何應對的棘手個性……先不論稱號是否恰當，讓他去上綜藝節目對他來說只是浪費時間。」

「咲也本人怎麼想呢？」

「本人似乎也很不耐煩喔。只是雖然不親近，還是會接下繼父找來的工作。哎呀，對小孩子來說，父母也算是贊助人之類的感覺。我懂他難以反抗的心情。」

「那個人從以前就是這樣。」

光彌不自覺變成了不吐不快的語調。

「他有想要控制別人的一面。」

「……讓人不得不同情，但那樣傲慢的部分或許是商場上所需的特質吧。」

西永無奈搖搖頭，光彌這才想起日比野要喝酒便起身，在他朝廚房走去時，西永也跟上來。

「我想去抽根菸。」

這是西永的說詞，機會難得，光彌決定詢問好奇的事情。

「那個……大道寺先生的兒子過世了嗎？」

「對，三年前的八月。大道寺鏡介——他是個將來備受期待的年輕小提琴手。和我、久慈還有日比野同屆，他也是久慈的未婚夫。」

「為什麼會過世？」

「心臟病，聽說是從小就有的病。」

西永邊打開廚房的燈邊說，他走到換氣扇底下。

「許多人都非常不捨他過世，不只久慈，他父親大道寺老師也……還有咲也。當時鏡介是咲也的老師，我是在鏡介過世之後繼任咲也的教練……啊，我可以吸菸嗎？」

光彌邊從冰箱中拿出酒瓶邊點頭。

「鏡介先生是怎樣的人呢？」

「普通好青年的感覺吧，是對人很和善的好男人。但只要一開始演奏就會讓人看見他粗暴的一面。實際上他這個反差看在同性的我眼中也很性感呢。」

光彌不可思議地想著這跟性別有什麼關係嗎？

「音樂有實力至上主義的一面，而演奏家的魅力也是『實力』之一，有存在感和沒存在感的人之間壁壘分明。」

西永吞雲吐霧眯起眼睛。

「鏡介跟咲也一樣，是個天才。失去他的空缺，在經過三年的現在，古典樂界仍舊空了一個大洞啊。……完全沒被撫平，完全還沒有。」

4

光彌回到起居室替日比野添白酒。

「所以說，我認為古典樂界應該要加倍向大眾宣傳自己的存在。」

空谷熱切闡述自己的論調，看也不看光彌。

「大道寺似乎很畏縮，但為了讓音樂學校存續下去，果然得要確保一定人數的學生才行吧？」

「嗯，關於這點，我們的宣傳行銷人員也想了許多方法。而且從音樂學校的理念來看，果然還是不想要降低入學者的素質啊。」

「那只是理想論吧？最重要的果然還是錢……」

日比野表情滑稽地對替她倒酒的光彌使了個眼色，她明顯討厭空谷。

「老公，你就別再說這個了。」

海繪輕碰空谷的手。

「年輕人應該也不想聽太多這類跟錢有關的事情。我也希望他們別思考多餘的事情，可以全心專注在藝術上。」

「妳似乎也是理想主義者。我當然也很愛藝術，但是如果忽視了商業這一面，就只會讓未來越變越狹隘。」

此時，咲也急促嘆一口氣後起身。

「大道寺老師，可以跟你借一下練習室嗎？我想要拉小提琴。」

他用深邃的低沉聲音說道，大道寺被嚇得點點頭。

「啊啊，可以喔，但咲也，你似乎沒吃多少耶……」

光彌也看到了，咲也頂多只吃了沙拉和水果氣泡飲。

「……沒什麼我喜歡的東西。」

咲也說了個十分孩子氣的藉口後走出房間，和他錯身而過的西永看著腳步紊亂的學生聳聳肩。

「真是對不起。」

海繪朝光彌與蘭馬的方向低頭。

「咲也真的是個很挑食的小孩……肉類、魚貝類和乳製品全部不行。」

「要道歉就對主人的大道寺而不是對廚師道歉。」

空谷看也不看「廚師」一眼如此說。

在開始飄蕩起尷尬氣氛之時，久慈慌慌張張出聲。

「啊，對不起，我去一下洗手間。」

大道寺舉手催促她後，她走出房間。目送她的背影離去後，日比野開口。

「哎，老師，你不覺得小圓的才華果然不該被侷限在日本嗎？她那樣嫻靜的個性是優點，但不更貪婪一點就太浪費了。」

「嗯，我也認為久慈是該得到國際評價的演奏者，但她現在有很優秀的指導者，也不需要急著出國……」

「就是說啊，國內需要有炒熱樂壇的人才。」

空谷插嘴。但大概發現日比野擺出意興闌珊的表情，他輕輕喉嚨後繼續補充。

「哎呀，就那個啦。久慈也因為在跟鏡介爭執著要不要留學時，鏡介就過世了。她會抗拒出國也是可以想像。」

這句話完全改變現場的氣氛。

所有人瞬間安靜下來，視線聚集在空谷身上。

「呃，老公——你在說什麼啊？」

海繪惴惴不安地看著丈夫的臉，坐在對面位置上的西永小聲說「我第一次聽到」。

「你是指鏡介要去佛羅倫斯留學的事嗎？」

日比野尖銳地問。

「八月過世的他，原本預定九月要去留學的那件事嗎……？但人家記得小圓笑著對他說一路順風耶。」

「不……其實似乎也不是那樣。」

空谷尷尬地垂下視線，接著像終於下定決心後開口。

「這麼說來，這三年來我沒對任何人提過這件事。因為感覺只是無意義去掀她的傷口而已……但其實我有聽到，鏡介過世那天，久慈和鏡介發生爭執。」

所有人緊張地注視著空谷。

海繪的視線不知所措，大道寺掩不住驚訝，日比野則幾乎是用狠瞪的眼神盯著空谷。西永深感興趣地瞇起眼睛。蘭馬搞不清楚狀況，不停朝光彌使眼色。

「是怎麼一回事？可以詳細說明嗎？」

聽見可能與過世的兒子相關的新事實，大道寺沉重開口，空谷喝酒潤喉之後才說。

「所以就是那天——是八月三十日吧。那天上午我人在音樂學校。經過小提琴練習室前，門沒有完全關上——你們應該記得吧，有一陣子門閂『愚蠢』得沒辦法好好關上——我就從縫隙中聽見聲音。我當然沒打算偷聽，但他們聲音很大。」

迅速替自己辯解之後，空谷接續說。

「我立刻聽出來其中一人是鏡介，因為女生的聲音喊著『鏡介』，接著從她說話的內容聽起來，我想應該是久慈沒錯。」

「什麼內容？」

西永催促，空谷猶豫著能不能隨便說出口而視線游移，但最後還是開口了。

「『你別自己擅自決定』、『別丟下我』……語氣強烈地如此說。我記憶有點模糊了，但似乎也講了『你已經不喜歡我了嗎』之類的……」

「難以置信。」

日比野用低沉壓抑的聲音小聲說。

「我原本想進去勸架，但鏡介說話很冷靜，我也覺得去插嘴情人之間的對話很不識相……然後，鏡介那晚就過世了對吧。為了她好，我認為別把這件事說出來才是，所以一直沒有說。」

「嗯，那倒是——」

大道寺沉重地說道。

「別再提起比較好吧。」

沒過多久，久慈回到餐廳來。日比野看見她似乎有話想說，但立刻閉上嘴。

接著派對又持續了一小時左右，但對話變得有一搭沒一搭。

「哎呀，快要十點了。想留下來的人可以繼續留下來，但我們還是正式宣布結束吧。」

所有人都同意大道寺的提議，替大家送上餐後咖啡的光彌也差點跟著點頭，他身心都極為疲憊。

「那麼，我去把咲也叫來。」

「如果不介意，請讓我去叫吧。」

光彌瞬間制止了打算站起身的海繪，他有股想要離開這房間多一秒也好的心情。往完全不看他一眼的空谷杯中倒咖啡後，光彌立刻走出房間。大道寺朝他背後大聲說「練習室在走廊盡頭往右邊走」。

從大道寺指示的房間聽不到任何聲音，大概是隔音室吧。光彌總之敲了兩、三下之後才開門，接著——

竄入他耳中的，是豐富且充滿魄力的旋律。演奏者就是站在房間正中央的空谷咲也，他面對對側牆壁，沒發現光彌。

門外漢的光彌無法評價他的演奏技術，但咲也操控琴弓的些許變化，掌管了充滿這房間的所有音響的事實，完全震撼住光彌。

彷彿在傾訴什麼的，哀切——。光聽就能知道，這音色想要表現出這一點。雖然不知道作曲者也不知背景，但這點無從懷疑。

演奏約一分鐘後結束，咲也用力吐一口氣後放下琴弓。

「那個——」

一出聲喊他，他嚇得身體一震。轉過頭發現是光彌後，不悅地皺眉。

「幹嘛？」

「因為派對要結束了，我來通知您一聲。」

「說話幹嘛用敬語，搞不懂。」

他用襯衫衣袖擦汗，領帶和外套隨意掛在一旁的椅子上。

（嗯……這還真是驚人耶。）

看過他幾次孩子氣的一面，但他似乎比想像中還要難相處。

光彌不知該離開還是該等他而在旁看著時，咲也收好小提琴開始打領帶。但怎樣也打不好，他不停抱怨「討厭啦」、「這是怎樣」。

「……要我幫忙嗎？」

光彌看不下去開口問，咲也嘟起嘴輕輕點頭。

近距離一看，光彌重新認知咲也的容貌相當端正。白皙臉頰肌理細緻，彷彿雕刻品。不難理解他能在電視上從事近似演藝工作的理由。

「好，完成了。」

「……謝謝你。」

咲也穿上外套後，快步朝門口走去，光彌也緊追在後。

其他賓客早已聚集在玄關大廳了。

「那麼，今晚真的很謝謝大家前來。」

大道寺表達謝意，逐一和大家握手。在這之中，海繪走到光彌身邊。

「料理非常好吃。」

她說完後一鞠躬，空谷看到之後，語帶責備地大喊：「海繪！要走了。」

那是不由分說的語調。他打開大門後，招手要海繪和咲也出去，兩人乖乖遵從。

「那麼大道寺，明天音樂學校見。」

「好，是從晚上七點開始對吧。那麼，晚安。海繪小姐和咲也也路上小心。」

被點名的兩人點頭致意後消失在黑暗中，空谷也立刻跟上去。

他到最後都沒看光彌一眼。

＊＊＊

接下來又送走其他賓客後，光彌和蘭馬收拾會場。

全部整理乾淨時，已經將近十一點。

「今天真的很謝謝你們兩位，你們的服務太棒了。」

「不會……把我私人的麻煩事情帶進工作中真的很不好意思。」

光彌低頭道歉後，大道寺說著「不會不會」揮揮手。

「那不是你的錯。雖然我和空谷是朋友，但他真的是很難懂的人。今天也說了相當唐突的事情，還有鏡介的事……」

他一句「不對，總而言之」打斷自己的話。

「今天真的很謝謝你們，我會再次利用你們的服務。」

就這樣，兩人離開大道寺家。

回程路上，光彌和蘭馬幾乎沒有對話。蘭馬好幾次偷窺光彌的表情，但光彌一路沉默。

他不知道該說什麼才好。

蘭馬從恩海車站騎機車送光彌回家。

「蘭馬，謝謝你。」

道謝之後，蘭馬瞇細安全帽底下的雙眼。

「……打起精神來啦。」

只說了這句話，他就在黑夜中遠去。車尾燈的殘影也立刻從眼中消失。

光彌回到連城家時，怜早已入睡了。

＊＊＊

隔天晚上，空谷奏一郎遭受不明人士攻擊，身負重傷失去意識。

5

怜在清晨五點前往案發現場勘驗，正好是太陽開始露臉之時。

今天原本預定休假，但恩海警局在天亮前接到「發生了重傷害事件，希望有人可以前往現場」的通知。接著他們前往的地點就是這裡——位於恩海市內的大道寺音樂學校。

道路已經禁止通行，開始現場勘驗。怜出示警徽後，進入黃色封鎖線內側。

「您辛苦了！」

原本和制服員警說話的不破跑過來。

「聽說是重傷害事件，現場狀況怎樣？」

「遭受攻擊的被害者是空谷奏一郎先生，四十九歲，聽說是這間〈大道寺音樂學校〉

的關係人。」

「空谷？」

怜不禁重複了不破說出的姓氏。

「對。空谷。連城前輩怎麼了嗎？有什麼在意的地方嗎？」

「不，沒什麼。」

只是想到光彌舊姓「空谷」，而且這個恩海市——

（難不成……）

但繼續想下去也沒用，怜用力搖搖頭。

「那位空谷先生倒在這附近，似乎是從樓梯上跌下來。」

怜等人現在站在大道寺音樂學校前的道路，從位於高臺的音樂學校腹地有樓梯直直往下延伸。道路對面有停車場，被害者似乎正要前往那裡，紅色法拉利就是他的車。

「那麼，他遇襲是事實嗎？這個樓梯頗高且很陡，也可能是不小心沒踩好……」

「不，這是殺人未遂沒錯。第一發現者是開車經過這條路的一家人……直接目擊被害者摔下樓梯的那一幕。」

昨晚九點過後。

目擊者是一對夫妻和他們小學生的女兒，他們在從溫泉回來的路上。經過這條道路時，看見男人衝勢驚人地從樓梯上摔下來。那就是空谷。父親停下車跑到他身邊，男性全身撞傷，頭破血流，也沒有意識。妻子慌慌張張叫救護車。——就在此時。

小學生的女兒驚聲尖叫「是誰？」她抬頭看著樓梯上方，夫妻也往上看，接著。

「他們說有個人影往樓梯上跑走。因為原本就在很上面的地方，所以身影馬上就消失了。」

「原來如此，凶手把被害者推下樓梯後，原本想下樓確認他有沒有斷氣時出現那一家人，所以慌慌張張逃跑了啊。……那凶嫌的特徵呢？從人影應該可以判斷性別吧。」

「關於這點，聽說他穿著類似雨衣的東西，所以看不出體型。哎呀，光是目擊有其他人在場已經賺到了。」

總之，發現的人們看見人影後也立刻報警，從最近的派出所前來的員警問完話後把案子呈報給恩海警局。

「那，初步調查已經結束了對吧？」

雖然是排休，但怜還是對不久前還在呼呼大睡的自己感到很愧疚。

「是的，但目前沒有太大的進展。再怎麼說，現在都是大多市民還在安眠的時間。幸好事件發生時，音樂學校的理事長還在這裡，腹地內的調查工作有所進展。……結果得知這很明顯是殺人，不，是殺人未遂的案件。」

不破點頭後，制服警官拿高手上的塑膠袋給怜看，那是根鐵管，前端染成紅黑色。

「我們剛剛在腹地內的灌木叢中發現的，接下來會送交科搜研化驗，但十之八九是被害者的血液。」

「原來如此，用這個毆打被害者之後，推他跌下樓梯啊……或者被害者想逃離追打自己的凶嫌途中，不小心踩空跌下樓梯。那麼，這根鐵管從哪來的？」

「音樂學校腹地內正在蓋咖啡廳，大概是從那拿來的。所以只要能進入腹地內，任誰都有辦法拿到手。」

除此之外沒找到更多證據，已經讓第一發現者的一家人離開了。

「如果凶嫌身穿雨衣之類的東西遮掩身影，那很可能是計畫性犯罪。被害者似乎是開高級車，強盜的可能性呢？」

「關於這點，錢包等貴重物品全在他身上。當然也可能是想搶奪財物而攻擊被害者，但因為那一家人出現而失去奪取財物的機會啦……」

怜用力點頭。

「怨恨被害者而想殺了他的可能性也極高。不管怎樣，這很明顯是殺人未遂，需要尋求縣警協助——」

「已經安排好了，應該不久後會抵達。」

正如不破所說，縣警的搜查人員五分鐘左右就抵達了。停在自己車後的那臺藍色德國車，怜很眼熟。

「辛苦了。」

島崎志保邊走過來邊說，怜等人也回應。

島崎連珠炮似地不停提問，只花一半左右的時間就從不破口中問出怜剛剛才聽到的消息。

「原來如此，我掌握狀況了。我已經從土門警部補那裡聽到調查方針了，我們馬上配合方針進行調查吧。」

把不破留在現場，怜和島崎去向音樂學校的理事長問話。要走上樓梯前，怜突然想起某件事。

「那個……島崎前輩。」

怜一喊，走在前方的她轉過頭問：「怎麼了？」

「關於被害者的空谷這位男性……不知道您是不是認識。」

「啊啊，你說那個啊。」

島崎又轉向前方邁步前進，怜慌慌張張追上去，她在幾乎走完樓梯時才開口。

「是的，我以前就認識空谷奏一郎這位男性。七年前的恩海市連環殺童案，他就是其中一位被害者空谷創也的父親，我當時身為調查人員，也曾去找他問話。」

果然是這樣。

空谷就是那個空谷創也的父親——

（也就是說，他也是光彌的……）

怜的心胸突然一陣嘈雜。

在那十分鐘後，怜和島崎在大道寺音樂學校的理事長室裡。

「你們剛剛說了什麼？凶嫌是指……？空谷不是意外摔下樓梯的嗎？」

島崎毫不躊躇地對混亂的大道寺說。

「很遺憾，殺人未遂的可能性極高。」

「怎麼會……但到底是誰？」

「我們想查出這個，還請您協助。」

「是的，請你們儘管問。」

「那麼，首先請讓我們確認事件發生時的狀況——」

大道寺和空谷昨晚，從七點開始在這間房間商討工作，結束時正好九點。

「空谷是個對時間很嚴謹的男人，做什麼事都要照時間開始照時間結束。因為他很忠實遵守時間，連結束時間也一秒不差。」

空谷走出房間步上歸途，但大道寺還留下來繼續工作。接著在九點半左右，外面傳來救護車和警車的聲音，就在他想「發生什麼事了啊？」之時警察來訪，他才知道發生事件。

「留在這棟建築物內的人，除了您之外——」

「門口有警衛，只不過，其實今天是休息日，沒有開放學生進來。所以只剩下我和警衛。」

島崎說著「原來如此」點點頭。

「我們剛剛從大門進來時問過警衛，聽說他原本預定配合您工作結束也要回家——」

「是的，但發生這種騷動，他也被警方留下來了。哎呀，我是無所謂，但可以先讓他回家了嗎？」

島崎准許。剛剛問話後得知，他目送空谷離開大門後看起電視轉播棒球比賽，沒注意到什麼可疑的說話聲或其他聲響。

「不過，除了剛剛那些之外我還能說些什麼嗎？」

大道寺掛斷給警衛的內線電話後如此問。

「正如你們所見，這房間的百葉窗關著，我沒聽到可疑的聲響，我什麼也不知道耶。」

音樂學校前方有個綠意盎然的前院，從建築物到案發現場的階梯大約有一百公尺距離。一直待在這房間裡的大道寺沒發現任何異狀也是無可奈何。

「真是的，真丟臉。平常正門前的警衛室裡也會有警衛，但因為休息……真是太對不起空谷了。再來應該就是先請你們確認監視攝影機的畫面了吧。」

「是的，關於這點我們已經和警衛說過正在進行。在此，我們想要詢問您的是——請問您是否知道空谷先生可能遭誰怨恨？」

「妳說什麼？」

大道寺睜大眼睛稍微起身。

「妳要說動機是怨恨嗎？我還以為是想搶奪財物的隨機犯——」

「他身上的貴重物品並沒有被拿走。」

怜接著補充。雖然尚未排除強盜的可能性，但總之先隱瞞這點。

「唔唔……怨恨嗎？那傢伙確實是手腕辛辣，在推行工作中應該也打敗不少對手吧。但我不認為會有人恨到想殺了他。」

「昨天商討工作時，請問他有說什麼讓您在意的事情嗎？」

「不，沒什麼特別的。因為收到電視臺音樂節目的邀約，所以他問我能不能讓幾個學生上節目。沒提到任何工作上的糾紛。」

「請問私生活呢？從您說的話聽起來，您和空谷先生之間似乎有密切的往來。」

島崎道。

「是的，算是，他是我從大學到現在的朋友。工作上也幫我度過好幾次危機，我們兩家人都有密切往來。話說回來，海繪小姐還好嗎？是那個人的妻子……」

「我們已經通知家屬了。——請問空谷先生和家人的關係良好嗎？」

「喂喂。」

島崎這個問題讓大道寺挑眉。

「妳該不會要說這是家庭失和引發的事件吧，最近的確也發生不少事，但怎麼可能——這難以置信。」

「可以請您詳細說明『最近的確也發生不少事』嗎？」

大概輸給島崎毫不心軟的提問吧，大道寺點點頭。

「昨天……不對，已經是前天了。我辦了一個只有自家人參加，慶祝音樂學校創立十周年的派對。空谷也有來，然後發生了一件很湊巧的事情。空谷現在的妻子是他的再婚對象——他在派對上遇見和前妻之間的小孩。」

怜頓時感覺全身寒毛豎起。

「他和那孩子間氣氛有點不好……和海繪小姐也有點小摩擦，但那不是會發展成暴力事件的事情。」

「這不好說。」

島崎說完後瞇起眼睛。

「總之，不先調查就不清楚。」

6

「感覺今天三三好沒精神喔。」

律一說，光彌嚇得抬起頭。

「是、嗎？」

「一目了然喔，發生什麼事了？」

光彌和律還有蘭馬三人一起吃午餐，地點在創櫻大學附近的咖啡廳。儘管是中午時段的學區街上，店裡卻沒什麼人。因為大學已經開始放暑假，時間也還沒到正中午。

「啊，所以良良約我說三個人一起吃飯是為了替三三打氣啊。」

「嗯，就是這樣，只要和你在一起就會很放鬆啊。」

「咦？這樣嗎？我會害羞耶。」

律相當開心地搔搔臉頰，這兩人在光彌介紹之下上個月才認識，但已經相當要好了。

「……我也不是沒精神啊，這是普通狀況。」

光彌的回答讓蘭馬和律對看。

「雖然你這樣說，但你完全沒吃你的義大利麵耶。如果不吃我就要吃掉了喔。」

律如此說道，他已經清空拿坡里義大利麵和熱狗堡，現在正在吃一個份量頗大的聖代。

他是個人不可貌相的大胃王。

「有什麼事可以跟我商量啊，三三在我很痛苦的時候幫了我很多。」

「……謝謝你，但實際上早結束了，這個問題已經解決了。」

沒錯。自己和父親早在六年前已經變成陌生人了。該是如此啊。但在人生中又和他有交集了。

光彌無法替自己心中這份沉重痛苦的情緒命名，悲傷？憤怒？恐懼？煩躁？——這些情緒全部都對，也全部不對。只是，被應該早已妥協的過去追上來，嚴重消磨了光彌的心。有種自己努力重新建立人生的這六年全部白費，相當劇烈的徒勞感。

「三三來，看看阿虎的照片打起精神來……」

律拿自己的手機給光彌看，他一天會替收編的愛貓拍好幾張照片，然後找到機會就想給光彌看。

「不，我現在沒那種心情……」

「律，也給我看啦。……喔，這傢伙還真可愛，跟你有點像耶。」

蘭馬和律自顧自聊得開心，大概發現讓光彌自己靜靜比較好吧。

——就在此時，光彌的手機震動。

有來電，是怜打來的。

「怜大哥怎麼了嗎？是有東西忘在家裡……？」

『不，不是那樣。其實——有事得要見你一面才行，因為工作的關係。』

「什麼？」

光彌搞不清楚狀況回問，怜躊躇地稍微頓了一下之後才繼續說。

『你冷靜聽我說。你的父親，空谷奏一郎被不明人士攻擊，現在重傷昏迷在醫院。』

「咦——」

『沒事，你冷靜點。醫生正盡全力搶救，所以現在我們想要搞清楚事件背景，找出攻擊他的人是誰……光彌？你有在聽嗎？光彌？』

「他、不是、我父親。」

勉強說出口的，就是這句話。

光彌茫然說出人在哪後，約莫十分鐘怜就出現了。

「唷，光彌，對不起喔，突然找你。」

怜一臉抱歉地走近，他身後有張光彌熟悉的臉孔。

「……島崎警官。」

「好久不見，空谷——不對，現在是三上光彌了。關於你父親的事件，我們有些事想問你。」

「在這邊可以嗎？」

光彌一問，島崎稍微思考後點頭。

「嗯，現在還沒有要請你前往警局協助調查，這邊就可以了。」

她接著轉頭看在旁屏息守護的蘭馬和律。

「但很不好意思，可能需要婉拒第三者同席。」

「我們才不是第三者！我們是三三的好朋友……」

「律，冷靜冷靜。」

蘭馬安撫著憤怒起身的律。

「光彌沒做任何壞事，沒事的啦，那光彌，待會見啦。」

雖然這樣說，蘭馬也不安地繃起表情。

兩人離開咖啡廳後，島崎以「那麼」開頭。

「三上同學，好久不見。去年的案件受到你大力協助，真的很謝謝你。但沒想到這次會以有點苦澀的形式再次與你見面。」

光彌沉默不語，怜看他之後只說了一句。

「沒事的。」

怜的眼神十分確定，光彌感到有點奇妙。

（什麼事情沒事——是指那個人不會死嗎？但怜大哥怎麼可能會知道……）

「那麼，請先讓我簡單說明狀況。」

島崎以第一發現者的證詞說明案件概要。

「……從妳剛剛說的話聽起來，我認為這應該是失敗的強盜案件耶。」

聽完後，光彌表情陰沉地說。

「因為凶器是一旁的鐵管對吧，身穿雨衣大概表示是計畫性犯案，但我不認為其中有殺意。如果真心想殺了他，就不會用推下樓梯這種不確實的方法，而會用刀子或……」

「光彌，你不太冷靜喔。」

怜說出這句話，光彌不禁轉頭看他。

「你應該可以看出來，凶手想要偽造成意外——在陡峭樓梯上不小心踩空跌落的意外。凶嫌想要脫罪，與其用其他小手段，讓人認為被害者之死並非他殺是最安全的方法。但或許是發現被那一家人看見了吧，他乾脆放棄偽造成意外，隨手丟棄凶器了。」

「或許是這樣沒錯……」

「其實我們還有其他理由認為這是計畫性犯案。」

島崎冷靜卻非常嚴肅地告知。

「在大道寺協助下，我們檢視了音樂學校的所有監視攝影機畫面，正門前、後門前、中庭……有好幾處裝設攝影機。其中幾個攝影機有拍下出事的時刻，空谷朝停車場方向走去的身影。但完全沒有拍到凶嫌的身影。」

「原來如此——」

光彌語調緩慢說道，他的腦袋逐漸清晰。

「也就是說，攻擊他的凶嫌知道走哪個路線、在哪裡下手才不會被攝影機拍到，是這個意思吧？」

「是的，順帶一提，我們也得知凶嫌的入侵路線了。腹地內有正在建設中的咖啡廳，從音樂學校這側和一般道路那側都可以進入，現在區隔道路和腹地的只有工地現場的繩子。」

「這算保全上的盲點，任何人都有辦法闖入，但讓我重申一次，可以避開所有攝影機犯案的，只有正確掌握攝影機位置的人。也就是說，凶嫌是音樂學校相關人的可能性極高。」

怜強而有力斷言後，光彌不禁抬起頭。

「……咦，等等，那為什麼要來找我？我跟音樂學校毫無關係耶。」

「是的，我們沒有懷疑你，你似乎有不在場證明。」

「咦？……啊，怜大哥說了啊。」

「這當然，不得不說吧。」

說起昨晚九點，光彌在家裡和怜一起共進晚餐。也就是說，他有完美的不在場證明。

「雖然有點在意你們兩人的關係，但算了，我就不追究了。我們不是把你當成嫌疑犯，而是希望你能協助查案。」

島崎淡然地繼續說。

「我們聽說你在前幾天的派對上見到空谷先生──我們想知道詳情。想知道身邊的人對他有怎樣的想法。」

「……我明白了。」

光彌邊搜索著記憶，慢慢開口說起前幾天派對上的事。

首先是家人。空谷對妻子空谷海繪的態度很糟糕，而和海繪的小孩咲也雖然不到關係險惡，但咲也不怎麼喜歡繼父。

除此之外，音樂學校關係人對空谷的商業主義沒有好評。

空谷過去對大道寺元有過經濟援助的恩情，大道寺也因此對空谷屈於弱勢立場。大提琴手日比野花蓮很明顯厭惡空谷，小提琴手西永行雄也說出相當嘲諷的話。中提琴手久慈圓沒有表現出太批判的態度，但……

「這麼說來，在派對快結束時，那個人說了令人很在意的話。」

三年前逝世的大道寺兒子，鏡介──

這段話讓光彌感到有點不對勁，包含在場所有人的反應在內。

「情侶之間的口角啊……但空谷先生那時才第一次提及這件事吧？」

「是的，他說沒對任何人提過。只不過，雖然那是女性的聲音，他也並沒有完全確定是他的女友——久慈的聲音。」

「然後，事件就在隔天發生。」

島崎若有所思地說，她直盯著寫下光彌證詞的電子記事本看。

「大道寺鏡介，看來我們似乎得把這個名字記在心上。」

「接著還有一件事情想要補充。」

光彌這句話讓兩位刑警注視著他。

「昨天是大道寺音樂學校的休假日，所以凶嫌事前應該不清楚空谷奏一郎會不會出現在音樂學校。」

「如果不從他家一路尾隨的話。」

「確實如此。但島崎警官，就算不那樣做，已經有人預料他昨晚會出現在音樂學校了，就是派對的與會者。」

光彌重現了派對解散時空谷與大道寺之間的對話。

——那麼大道寺，明天音樂學校見。

——好，是從晚上七點開始對吧。

「原來如此，當時在場的人知道空谷昨晚會到音樂學校來啊。如此一來，凶嫌就在那些人之中的可能性斷然變高——」

就在怜興奮之時，光彌的手機震動，他向刑警們致意後看手機畫面。
沒想到，上面顯示來自意外人物的信件。

「三上光彌先生

突然聯絡你真的很不好意思，我是前幾天與你見過面的空谷海繪。
我向大道寺老師詢問了你的郵件地址。
今天與你聯絡，是想要利用家事服務〈MELODY〉而前來委託。委託內容是希望你能幫忙做今天的中餐，費用會依照你們的報價如實支付。
這類委託一定得透過公司嗎？但我個人希望務必請三上先生前來。
我想你應該不願意見到空谷，但他現在因為一些事情住院，所以不在家裡。
突然聯絡你且提出很自私的委託真的很不好意思。
還請你務必考慮。

空谷海繪」

「島崎前輩，總之我們接下來先去空谷家向他的家人問話吧。」
「可以帶我一起去嗎？」
「咦？」
光彌把手機畫面拿給嚇了一跳的怜看。

「我被找過去了。——以家政夫的身分。」

7

空谷家位於音野市內的高級住宅區。

雖然沒有舉辦派對的大道寺家那般寬敞，但也是有車庫的堅固雙層建築，可以窺見空谷的生活不差。

怜站在最前方按下門鈴，海繪立刻來應門。

「哎呀，是三上先生和……這兩位是？」

「我是縣警的島崎，這位是恩海警局的連城巡查部長。」

「啊，是警官……裡面請。」

房子裡飄散著薰衣草香氣，她似乎點了香薰精油。

「哎呀，海繪小姐——妳真的把那個家政夫找來了啊。」

從走廊底端傳來這個聲音，光彌看過去，看見西永行雄站在那裡。儘管外頭炎熱，他在襯衫外還穿著一件時髦的深藍色西裝外套。

「兩位警官，請讓我介紹，這位是音樂學校的畢業生西永先生……因為發生了這種大事，他擔心只有我和咲也會很不安，所以特地前來。」

西永說著「你們好」有點誇張地致意。

海繪拿出室內拖鞋，打開一扇門引導兩位刑警。

「不好意思，可以請兩位在這間會客室稍等一下嗎？我想先帶三上先生到廚房去……」
光彌跟著海繪走到採光明亮的起居室，裡面有套系統廚房。
「那個，請問妳為什麼會找我來？在發生這種大事時……」
光彌好奇詢問，海繪不自在一笑。
「就是因為這種時候。」
她帶著光彌走進廚房，迅速介紹了冰箱裡有哪些食材。
「可以請你用這邊的東西替咲也做午餐嗎？」
「我明白了，他不吃肉類、魚貝類和乳製品對吧。」
「是的，你還記得真清楚……」
「反過來說喜歡的東西——看他前幾天在派對上的樣子——他應該喜歡葉菜類及水果吧。只不過，不太喜歡味道太重的香草和番茄。」
「你好厲害，觀察得真仔細呢。」
海繪相當感動地睜大眼睛。
「咲也現在在地下的隔音室裡拉小提琴，預定下午一點會結束練習，麻煩你了。」
她說完後就走出房間，她前腳剛出去，西永後腳接著走進起居室來，修長的身體坐進沙發上。
「你都來了，那應該就不需要我了吧？我聽說空谷先生遇到意外住院了，想說需要有人看著咲也才過來的。」
「那麼，你待在咲也身邊如何……」

他聳聳肩膀，嘴邊泛起帶有寂寥的微笑。

「咲也堅持想要獨處，所以瞽腳教練的我就被趕出來了。那孩子現在一個人拉著莫札特的安魂彌撒。真是的，這不是開玩笑的耶，他繼父都差點死了。」

喉嚨深處發出一笑後，西永眼神突然變得認真。

「但也有恐怖的魄力。我稍微聽了一下，今天的演奏出類拔萃。咲也是個可以把一團亂的心情藉由琴弓昇華的人——或許該說他只能藉由這種方法整理情緒吧。那孩子真的是個天才，真的……」

光彌低頭看自己腳邊，聽說咲也在地下室的房間拉琴。

他現在心中有著怎樣的感情來去呢——

＊＊＊

「我真的很混亂……太恐怖了。」

海繪在怜兩人面前坐下後立刻如此說。

「在醫院裡，我聽到丈夫可能是被誰推下樓梯的——這是真的嗎？」

「我們認為這個可能性極高。」

島崎明確告知，怜在旁仔細觀察海繪的表情。

「事不宜遲，有些事情想要請教——」

接連問了幾個固定的問題。被害者的人品、怨恨被害者的人，以及被害者最近的樣子，但海繪的回答中沒有讓人在意的地方。

是的，他是個不太好相處的人——但是他並非會招人怨恨的那種人——他對工作很嚴厲，可能被人誤解而被怨恨。但會因為這種事情就想奪他性命嗎？太恐怖了——最近也沒發生什麼不尋常的事情。

「那麼，請和我們談談前幾天派對的事情吧。」

這個問題讓海繪嚇得打直腰桿。

「那場派對有什麼問題嗎？」

「聽說在席間發生了一點小插曲。」

島崎說完後等待海繪反應，她似乎是刻意用含糊的表現問話。

「插曲……如果妳不正確指出是『哪件事』，我沒辦法回答。」

這強硬的語氣和她方才為止的溫和完全不同。

「我指的是，空谷先生巧遇與前妻之間生的兒子這件事。」

「哎呀……你們是在懷疑三上先生嗎？」

「並沒有懷疑他，只是我們得要釐清被害者的人際關係。空谷先生見到兒子應該相當驚訝吧？」

「對，他似乎還有些疙瘩……但是，三上先生是一位相當優秀的青年喔。」

怜差點要跟著點頭，但他忍住了。

「我明白了。那麼另外一件事——我聽說空谷先生在派對即將結束時的發言，讓在場所有人都嚇了一大跳。」

海繪嚇得睜大眼，接著慌慌張張垂下視線。

「啊啊——對，有這件事。但那肯定是我丈夫誤會，和不同天的記憶搞混了，肯定是那樣沒錯。」

「您為什麼如此認為？」

「因為……鏡介先生和久慈小姐感情相當好啊。」

海繪的聲音不怎麼有自信地越來越小，島崎瞇起眼睛想看清海繪的真心。

「我可以詳問關於那位三年前過世的大道寺鏡介先生的事情嗎？」

「是的，我從他還是高中生時就認識他……這個嘛，該從哪裡說起好呢。」

海繪從自己的來歷開始說起。

她原本是音樂大學畢業的鋼琴家，和鋼琴調音師結婚後也相當積極持續活動，即使在生咲也時有一段空白，仍然在國內四處舉辦公演。

在咲也出生五年後左右——距今約十年前，海繪認識了大道寺。當時從事音樂活動製作人工作的大道寺負責製作海繪的演奏會。當時大道寺的妻子已經過世，鏡介十六歲。

「鏡介是十分有禮貌，很溫和的少年。他在當時就被視為天才備受期待，但十分謙虛。要是咲也也能和他一樣就好了……不好意思，我離題了。」

接著和大道寺有所交流的隔年，海繪的丈夫因大腸癌過世，同樣有過伴侶病逝經驗的大道寺很親切地鼓勵海繪。

「接著又過了幾年，大道寺先生把奏一郎——我現在的先生介紹給我。他那時才剛與前妻離婚……接著一年左右之後，我就和奏一郎再婚了。」

因此和大道寺家的往來也更加親密，原本學鋼琴的咲也轉拉小提琴其實是受到鏡介影響。

「咲也從以前就是個不好相處的孩子，在學校也交不到朋友。但鏡介把他當弟弟一樣疼愛，咲也也非常喜歡心地善良的鏡介。」

怜發現，海繪說著說著，不知不覺中對鏡介的稱呼有所改變。

「所以我想說的是，鏡介——啊，不對，是鏡介先生。他真的是一位很真誠、溫柔的青年。我記得他和久慈小姐經過一年以上的交往後才訂婚的。」

「我聽說鏡介先生預定要留學？」

島崎一問，海繪不自在地點點頭。

「是的——我記得一開始久慈小姐也不知所措，因為她不太想要去國外。但對音樂家來說，接觸外面的世界相當重要，所以似乎決定訂婚後送鏡介先生出國。」

怜把「一開始不知所措」這點放在心上。

或許是這份不滿在他要出發之前重新點燃了——？

「請問鏡介先生為什麼會過世？我聽說他是病發猝逝，可以稍微請教詳情嗎？」

怜一問，海繪轉過頭看他。

「心臟病。他從以前就有心臟病……似乎靠著服藥才好不容易能過正常生活。他偶爾會發作，所以隨身都帶著藥。」

「而他突然過世了，請問沒有徵兆嗎？」

「沒有，在那之前看起來都很健康……但那年夏天十分炎熱，大概對他的心臟造成負擔了吧。他過世那天也超過三十五度……聽說原本病情就很嚴重，醫生也對他說『什麼時候惡化都不奇怪』。」

光聽都讓人感到痛心。身為優秀的年輕小提琴手而備受期待，卻一直背負著一顆不定時炸彈。

「……我光回想當時的事情都很難過。」

海繪緊握自己的手臂，怜說著「不好意思，這個話題就到此為止」道歉後，把主導權還給島崎。

「那麼我們最後想詢問的是……您昨天的行動。」

島崎完全沒有含糊其辭直說。

「可以的話，請您從空谷先生出門後開始說起。」

「好的。……奏一郎是在傍晚六點左右出門。他在我和咲也——然後還有咲也的教練西永先生在起居室裡喝茶時走進來說『我待會要去和大道寺商討工作，預定九點結束，你們先吃晚餐吧』。」

「原來如此，那在他出門之後呢？」

「我照他所說和咲也兩人一起吃晚餐，那時大約晚上七點左右。接下來我和咲也一步也沒離開家。晚餐後咲也一直待在練習室裡，十點過後，那孩子從練習室出來時，正好接到大道寺先生的來電，告訴我先生遇到意外。」

「原來如此。——那麼，請問從晚餐後到那通電話之間，您有見到您的兒子嗎？」

「沒有，那孩子一次也沒從地下室上來過……」

「我明白了。我們只是為了慎重起見詢問，還請您千萬別在意。我們就問到這裡。」
海繪一臉憔悴，搖搖晃晃地起身。島崎朝她的背影說。
「然後想要麻煩您——可以麻煩您請小提琴手的西永先生過來嗎？」

＊＊＊

當光彌正在煮通心麵時，海繪現身起居室。
「西永先生，警官們找你。」
「哎呀，謝謝妳通知。我的人生充滿了愧疚的事，還真恐怖耶。」
目送胡說八道的西永離去後，海繪也說著「我得準備一下回醫院才行」上二樓去了。
一時之間，光彌就獨自一人待在別人家廚房裡做菜。
所有料理都完成時正好下午一點，但咲也沒有出現。
（會冷掉耶……去叫他好了。）
但他不是很想要接近對小提琴狂熱中的「天才」。
就在光彌猶豫之時，約莫十分鐘後門被打開。咲也走進起居室，他的頭髮凌亂，襯衫也打開兩顆釦子。他呆呆看著地板走過來，走到廚房入口時發現光彌，睜大眼睛後退一步。
「你為什麼在這？」
「您母親請我來的，說希望我幫忙做午餐。」
「別用敬語啦，感覺好像被瞧不起。」

咲也不悅地說著，光彌搞不太清楚用敬語會感覺被瞧不起是怎樣的感受。
咲也從冰箱中拿出紙盒裝的柳橙汁倒進杯子，邊喝邊看了擺在流理檯上的料理。
「……我可以吃嗎？」
「當然。」
光彌把料理端上桌，咲也迫不及待地拿著叉子和湯匙過來。
「在吃飯之前。」
光彌邊說邊朝咲也襯衫上的釦子伸手，他雖然不滿地說著「很難受」，卻也乖乖扣上釦子後在椅子上坐下。
「我要開動了。」
他與平常完全不同，相當有禮貌地雙手合十。接著默默開始吃起以萵苣葉為底的通心麵沙拉。吃完之後接著吃法式燉菜，同樣也是全部吃光之後才開始吃主餐的蛋包飯。看來他似乎只要對一個東西著迷，就會只專注在那上面。
「非常好吃。」
從廚房往外看，咲也僅僅花十分鐘就全部吃光了。光彌笑著從中島遞出小碗。
「如果不介意，還有水果氣泡飲喔。」
咲也雖然表情不變，但感覺他眼中的光彩增加了。他像細細品味水果般慢慢送入口中。
「你真會做菜……那個，是光彌先生對吧？」
「嗯。」
光彌對他直呼名字感到些許驚訝並回應，接下來從咲也口中聽到令他意外的發言。

「你現在很難過嗎？」
「咦……為什麼要難過？」
「因為那個人，是光彌先生的父親對吧。」
「是『曾經是父親』吧，現在已經……感覺不太對。」
「這樣啊，我也是，總是感覺不太對。」
光彌突然開始想像起咲也的過去。
當他母親決定和空谷結婚時，他有什麼感受？聽說他們是五年前再婚，所以他應該才十歲左右。
「他從以前就是個很強勢的人。」
光彌手靠在中島上撐著下巴，語氣自然地開口說起。「咦？」咲也抬起頭來。
「他很喜歡別人照他的意思行動……如果無法稱心如意就會很不高興。」
「你很討厭嗎？」
「大概吧。而且那個人對我也……」
要說出口讓他很難受，光彌打住。
「我也不擅長應付那個人。」
咲也看著空了的小碗說。
「但我不希望他死掉。」
光彌想不到恰當的回應，在他沉默時，咲也轉過頭來。
「我已經不想再看到別人死掉了。」

8

才在怜兩人面前坐下，西永行雄立刻從懷中拿出菸盒。

「可以抽菸嗎？」

他面對島崎問道。

「我是沒有問題，但我認為應該要徵求這家主人的許可才對。」

「那我就不客氣了。我已經取得海繪小姐的許可了。」

他使用煤油打火機，看似相當爽快地抽了一根菸。怜心想，他沒有徵求我的許可耶，但也無所謂啦。

「那麼，關於這次空谷奏一郎先生遇襲的事件，我們有幾件事想請教您。」

「遇襲啊，可以先請教你們關於這點的詳情嗎？空谷先生真的是遭到誰攻擊了嗎——不是意外？」

島崎平淡地說明被目擊到的人影以及沾血鐵管的事情。

「原來如此。殺人的……不對，失禮了，是殺人未遂的可能性極高的意思對吧。」

他把菸蒂收進攜帶式菸灰缸中後，深感興趣地看著島崎。

「也就是說，我該說明我在事件當晚的不在場證明是嗎？」

西永帶著好笑語氣說出這句話，島崎回以「說的也是呢。」

「如果可以告訴我們就太好了。順帶一提，犯案時間是介於九點到九點十分之間。」

九點十分是目擊者打電話叫救護車的時間。

「真遺憾。我到傍晚七點左右還在這個家裡叨擾，但那個時段我獨自待在家裡。……早知如此就該在這裡多待一會兒才對呢。」

面對西永始終不認真的態度，怜感到些許火大。忍不住插嘴。

「您為什麼會認為自己被我們懷疑呢？難不成您和空谷先生之間有什麼糾紛嗎？」

「沒有，沒特別有什麼糾紛。但像這樣被你們找來，身為善良市民的我可是嚇得發抖呢。」

「那麼，空谷先生和其他哪位之間有什麼糾紛嗎？」

島崎再度成為提問者，西永收起表情深思。

「他做事方法在音樂學校畢業生之間的評價很差，但想不出來明確可說是糾紛的事情。……啊，對了。今天也來這個家中的家政夫，他在前幾天的派對中和空谷先生有點爭執。聽說是他兒子耶。」

「這點我們已經查清楚了，但他似乎不是凶嫌，他的不在場證明也已獲得證實。」

島崎自然帶過，接著進一步問西永：「還有其他嗎？」

「其他啊……嗯，空谷先生在派對上說了讓人很在意的事情。要說那招惹誰怨恨了也——」

「您說大道寺鏡介先生的事情嗎？」

島崎直問，西永「喔？」地挑眉。

「你們已經聽說了啊，消息還真靈通。……對，那實際上嚇了我們一大跳。久慈小姐和鏡介感情非常好，我連他們爭風吃醋吵架也沒看過。」

他接著皺起眉頭沉思，又拿出菸盒來，但這次沒有抽菸只是靜不下來地把玩。

「請問怎麼了嗎？」

島崎犀利提問，西永和方才為止的態度完全不同，「沒有啦……」欲言又止。

「自從在派對上聽到空谷先生說的話之後，腦袋裡一直有件事讓我很在意。……只不過，那不是能隨隨便便說出口的事情。」

「不管什麼都請您直說，您所說的話絕不會外洩。」

「那我就說了吧。只不過我真的不知道這件事有沒有意義，再怎麼說都是三年前的事了。」

西永極為慎重地先打預防針之後才開口。

「那天——三年前的八月三十日。其實我也在大道寺音樂學校裡。同屆的久慈小姐、日比野小姐以及鏡介也在一起。我們當時組了四重奏……總之，我那天下午在小提琴練習室裡和鏡介一起調音。那時他說了讓人很在意的話。」

「內容是？」

看見怜拿好記事本，西永攤開雙手。

「請別這麼慎重，他說的是……找不到平常都放在外套口袋裡的藥盒。」

「藥盒？」

「對，他有心臟病，所以絕對會隨身攜帶。是個比掌心還小的銀色藥盒……大概傍晚六點左右吧。我們為了要吃晚餐，所以決定暫時離開練習室。那時鏡介摸索著演奏時脫在一旁的外套口袋說了『咦？我的藥盒是在哪弄掉了嗎？』。」

怜和島崎對視。

「但他平常收在櫃子裡的包包中還有備用的藥，所以當時也沒有太在意。但令人在意的是，那個藥盒在吃完晚餐之後『回』到外套口袋這點。」

「咦，是怎麼一回事？」

怜一回問，西永聳聳肩。

「我也不知道是怎麼回事，總之他把外套留在練習室裡和我去餐廳。接著久慈小姐和日比野小姐也來餐廳，我們就一起吃飯了。然後吃完飯後再回去繼續練習。又過了一段時間後他喊著『咦？找到藥盒了』好像就在外套口袋裡。我說了『你還真是有夠冒失』後他笑著歪頭說『但我覺得剛剛真的沒有啊』。我記得我當時回了一句『那可能是有哪個好心人撿到替你送回來了』。」

「我可以繼續細問嗎？」

島崎眼露精光，身體探上前去。

「藥盒裡面的藥是鏡介先生平常服用的藥嗎？也就是在固定時間服用的藥？」

「不……我記得應該是發作時緩和症狀用的藥。」

「請問那件外套具體來說是放在哪邊？」

西永接著瞇起眼睛搜索記憶。

「他平常都掛在一旁的椅子上，因為演奏時很礙事，會擺遠一點。」

「練習室裡除了您和鏡介先生以外有其他人嗎？」

「只有我們，簡單來說就是分部練習。排除中提琴和大提琴，只有小提琴部分的練習。」

「在去吃晚餐之前有人進入練習室嗎？」

西永的眼睛又瞇得更細。

「我記得大道寺老師好像進來過一次……還有，久慈小姐有進來商量事情吧？但是警官啊，我比鏡介還晚進練習室，我到的時候他還苦笑說『我上午都自己一個人練習耶』。」

「也就是說，在您抵達之前可能有人進入練習室和鏡介先生說話。」

島崎說完之後，瞪著西永。

「您為什麼沒有對任何人提起這麼重要的事情呢？」

「警官，妳別說那種強人所難的話啊！」

西永誇張地把身體往後仰舉起雙手。

「因為三年前，對外周知鏡介是自然病死，我也這樣聽說。所以他過世那天發生的那種小事，我也把它當成稀鬆平常的回憶收在心中啊。……但聽見他那天和誰起爭執，就突然想起來了。更何況，老實說我也不知道這件事是不是有意義啊。」

「我認為有很大的意義。」

島崎道。聽到這句話，西永不安地摸下巴。

「欸，那也很可能真的只是鏡介搞錯了耶。很可能他一開始沒發現本來就在口袋裡了啊……」

「是的，也有這個可能性。」

但怜心想，島崎大概完全不認為有這個可能性。

＊＊＊

「哎呀，咲也已經吃完午餐了啊？」

海繪一回到起居室立刻這樣問，光彌邊洗餐具邊回答。

「對，他又回去練習了。」

「可憐的孩子。」

海繪嘆了一口氣之後垂下視線。

「只要發生難過的事情感到受傷，他總是這樣用音樂逃避。當然，這個傾向確實也增強了那孩子的實力——但沒辦法對任何人說出真心話，是很寂寞的事情啊。」

「但我想，他應該相當重視海繪小姐您吧。」

光彌想著「我該不會太自以為是了吧」抬起頭，只見海繪溫和微笑著。

「對，那孩子很溫柔。但……正因為如此，為了不造成我的負擔而把想說的話全往肚子裡吞。鏡介先生還活著時，還會對他傾訴所有真心話的啊。」

大道寺鏡介對咲也來說也是很重要的人，光彌想起咲也剛剛說的話。

——我已經不想再看到別人死掉了。

那應該是他腦海中始終有鏡介的一席之地吧。

「三上先生和鏡介先生有點像呢。」

突如其來的一句話嚇到光彌。

「我嗎？」

「對，溫和又聰明，而且內心充滿了豐富能量……鏡介就是這樣的人，感覺你也有相同氛圍。」

她接著像回過神般搖搖頭。

「對不起，才認識不久就說了這種話。」

「您今天會找我來這裡，該不會……是因為這個理由嗎？」

「或許、是這樣沒錯。咲也真的很黏鏡介先生。……但是，你不是他，請讓我鄭重道歉，做出這麼多自私的行為。」

「不會，沒有關係。」

人會在他人身上尋找已逝者的身影，自己也曾做過這種事，明明清楚無論是誰都無法取代已逝者。

此時，怜和島崎走進起居室來。

「我們已經向西永先生問完話了。」

怜開口問光彌。

「我們要準備告辭了，如果你工作也做完了，要不要順便送你？」

「方便的話就麻煩你了。」

「哎呀，那我得支付酬勞才行。」

光彌從海繪手中收下酬勞後走出起居室，西永站在走廊上。

「海繪小姐，妳要回醫院了嗎？我送妳過去。」

「對，我正好要準備出發了，那就麻煩你了。」

「空谷先生目前還只允許讓家人探病喔。」

島崎看著西永如此說，海繪慌慌張張表示。

「我沒有駕照，平常都是我先生開車……所以西永先生才會很親切地說要接送我。」

「沒什麼，我也只能做到這種小事而已。」

接著，海繪留下一張紙條在起居室給咲也後，五人一起走出房子。

目送西永開轎車載海繪離去後，光彌三人也朝附近的收費停車場走去。

「那我們晚一點在局裡會合。」

島崎說完後坐上自己的愛車。光彌坐在怜車子的副駕駛座上，看著那臺藍色德國車遠去。

「你們從海繪小姐和西永先生口中問到什麼啊？」

光彌自然脫口詢問，怜邊轉動車鑰匙邊「欸欸」苦笑。

「在查案過程中得知的事情不能隨便洩漏耶。」

「你現在說這個也太晚了吧。」

「……這指教太一針見血了。」

怜邊發動車子邊陸陸續續說明。

海繪的經歷、鏡介的人品，以及西永提及的，與藥盒有關的那些事。

「原來如此，一度不見的藥盒又跑回來了啊。」

「但也可能跟西永說的一樣，真的只是鏡介沒注意到而已。只是……也有其他可能性。」

「怎麼說？」

「你應該明白吧。」

光彌很憂鬱地說出口。

「……『鏡介是被誰殺害的』，是這個意思吧？」

9

怜回到搜查總部和島崎會合。

土門警部補也在會議室裡，怜兩人也和他一起交換消息。

「藥盒那件事令人在意呢。」

土門邊摸下顎邊說。

「如此一來，這個事件似乎會呈現出相當複雜的模樣──除了昨晚的殺人未遂之外，還會牽扯到三年前的殺人事件。」

「是的，簡單來說就是這麼一回事。」

島崎淡然地摘要自己的想法。

「三年前的八月三十日──有人從大道寺鏡介外套口袋拿走藥盒，接著丟掉緩解發作症狀的藥，擺進長得很像的藥。大概是維他命之類的吧。──接著，在鏡介下一次發作時，他沒辦法吃下需要的藥物而死亡。」

「最可能辦到這件事情的人，應該就是和鏡介起口角的人了。」

兩人也對怜的意見點點頭。

「連城，也就是這麼一回事吧。你認為這次攻擊空谷的事件，是『為三年前的事件封口』。」

「是的，和鏡介起口角的對象聽到空谷說的話之後產生危機意識了吧，再怎麼說，三年來相安無事，現在才突然被翻出他和鏡介吵架——這個不想讓別人知道的動機。所以凶手決定要殺了空谷。」

「……你認為這個口角對象是誰？」

怜立刻回答島崎的提問。

「照一般推論，應該是未婚妻的久慈圓吧。是的，光彌確實說過空谷提到這件事時她不在餐廳裡。但也可以想像她從洗手間回來時聽到自己的名字，於是便在外面偷聽。」

「是的，確實並非不可能。」

島崎有點心不在焉。

「島崎前輩，妳怎麼了？有什麼在意的事情嗎？」

「感覺有那裡不對勁。我沒辦法好好整理……我們稍微統整一下吧，關於三年前那天的事情。」

在向西永問話時，最後有問出當天詳細的行程。怜逐一寫在白板上。

【八月三十日發生的事情】

時間不明　　鏡介抵達音樂學校。

（上午，空谷聽到他在練習室裡與人起口角。）

下午三點左右　西永和鏡介會合。

（這段時間內，大道寺元、久慈分別曾經獨自造訪練習室，時間不明。）

晚上六點過後　鏡介發現藥盒失蹤。前往餐廳。

晚上七點左右　鏡介發現藥盒又跑回來了。

晚上八點左右　鏡介回家。西永、日比野、久慈也各自回家。

「空谷是在上午聽見爭執聲。」

島崎邊看怜寫下的時間表邊慢慢說道。

「也就是說，這個時段在音樂學校裡的女性就是嫌疑犯。」

「除了久慈之外，還有其他可能的女性嗎？」

土門感到些許不可思議，怜回應他。

「只有另一個可能人選。就是和久慈、西永、鏡介一起組成四重奏的女性——日比野。」

「原來如此，那搜查方針就明確起來了。得去找久慈、日比野這兩位問話才行。」

「總部有掌握新的消息嗎？」

島崎一問，土門搖搖頭。

「沒有太亮眼的消息——但我們現在正逐一清查周邊所有監視攝影機，應該會在哪邊拍到嫌疑犯才對，知道之後會立刻報告。」

「麻煩你了，那麼連城巡查部長，我們走吧。」

怜兩人首先去找久慈圓。

綜合目前的證詞，她無疑是最重要的案件關係人。

久慈住在恩海市內的公寓大樓。島崎透過對講機傳達來訪目的後，她立刻幫忙打開大樓大門。怜兩人搭乘電梯上十五樓。

「我有接到大道寺老師通知關於空谷先生的事情。真的嚇我一跳……我也很擔心海繪小姐和咲也。——請用。」

久慈泡了洋甘菊茶給兩位刑警。

「那麼為什麼會來找我？很不好意思，我想我應該沒辦法提供太多消息。我和空谷先生並沒有深交。」

「是的，我們想詢問的事情不多。這個問題或許會讓您感到相當不愉快，還請見諒。為了找出凶嫌，這是必要的問題。」

島崎這句話讓久慈繃緊表情。

「凶嫌……我聽說這不是意外而是事件，你們認為是熟人所為嗎？」

「我們認為這個可能性不低。」

說完後，島崎接連提出問題。

「請問您是否知道有人怨恨空谷先生？」

「不知道。」

「請問您自己曾和他發生過衝突嗎？」

「沒有，怎麼可能啊。」

「那麼，請問您對他有怎樣的印象呢？」

這深入的問題引起久慈強烈警戒。

「印象……這個嘛，該怎麼說呢，有點恐怖。特別對他對時間很嚴謹這點印象深刻。我曾在音樂學校聽過那個人的演講，準時開始準時結束。……感覺跟機器人一樣。」

跟機器人一樣——是一個全新的空谷人物形象，怜把這點記在心裡。

島崎接著問下一個問題。

「我明白了。接著為了慎重起見，可以請教您昨晚的行動嗎？這是會問所有案件關係人的問題——主要想知道九點到九點十分之間的行蹤。」

久慈傷腦筋地皺眉。

「這個——因為昨天放假。嗯，中午跟花蓮見面……七點左右分開，八點左右回到這個房間。接下來一直都是一個人。」

「那麼，接下來想問的是三年前的事——關於大道寺鏡介先生的事。」

這問題讓久慈睜大眼。

「等等——不好意思，請等一下，為什麼？為什麼會提到鏡介？」

「因為發現了可能與這次的事件相關聯。」

「怎麼會……我不懂妳在說什麼。怎麼可能會有關聯。」

「您似乎不知情，其實前幾天在大道寺先生家裡舉辦的派對上，空谷先生提到了鏡介先生的話題。」

久慈啞口無言，盯著島崎幾乎要射穿她的臉。

「三年前，鏡介先生過世的八月三十日那天上午——空谷先生在大道寺音樂學校裡，聽見鏡介先生與女性爭執的聲音。然後他認為爭執的對象就是您。」

「他說謊。」

久慈只說了這句話，怜緊盯著她的表情。她臉上浮現的是深感困惑的表情，那張臉訴說著莫名其妙。

「才沒有那種事情。那是胡謅的——捏造這種事情太過分了。這個謊言是警官想出來的嗎？還是空谷先生真的說了這麼過分的事情？」

「這是空谷先生說的。」

「太過分了。」

她扭曲表情重複這句話，鼻息混亂地深呼吸之後，用力抬起頭。

「我不知道空谷先生是基於怎樣的心態才說這種謊，但我可以明說這是捏造的。我確實在鏡介過世那天曾和他說話，但我們只是針對樂曲交換意見，並沒有激烈爭論到稱得上『爭執』，不好意思，請問他說我們是在怎樣的狀況下，做了怎樣的爭執呢？」

島崎平淡地念起寫在電子記事本上的內容，從一半開始，只見久慈頻頻搖頭。

「我完全不記得有這樣的對話，這種中傷太過分了。」

「是的，其實空谷先生並沒有完全確定鏡介先生說話的對象是您，只是『女性的聲音』與對話內容讓他如此認為而已。」

久慈用看見恐怖生物的眼神輪流看了兩位刑警。

「那個——請問是什麼意思？」

「也就是說，我剛剛念出來的，極有可能是與其他女性的對話內容，請問您是否知道這類對象？」

「怎麼可能！怎麼可能有這種人。說什麼『別擅自決定』、『你已經不喜歡我了嗎』之類的……他怎麼可能，會有，其他女人。」

她的臉完全喪失血色，

「因為——鏡介已經和我訂婚——」

「不，也很可能是空谷先生聽錯。」

怜慌慌張張插嘴，他不想要做出繼續將久慈逼上絕境的行為。

「實際上空谷先生似乎也說了『隱約記得』之類的話——」

久慈不停搖頭，在此只能改變話題了。

「關於鏡介先生的藥盒，請問您知道些什麼嗎？」

她一臉摸不著頭緒地看怜。

「藥盒嗎？鏡介的……是的，他平常總是隨身攜帶，因為他有心臟病……他包包裡也有備用藥，其實我這裡也有一份，為了預防他突然發生狀況，我也有相同的藥盒。」

這是第一次聽到的資訊，怜快筆記下來。

「請問藥盒怎麼了嗎？」

「他在八月三十日那天似乎曾弄丟藥盒，但後來立刻又找到了……請問您知道這件事情嗎？」

「不知道，我也是第一次聽說，完全不知情。」

已經沒辦法從她口中問出更多，兩人就向她告辭。怜在電梯裡忍不住對島崎說。

「我們可能毫無意義地傷害久慈了。」

「或許是這樣。」

島崎低沉地回答。

「其實——久慈是凶嫌的機率相當低。」

島崎接著向驚訝的怜說明：

「這是因為，空谷『早已預設』久慈就是爭執的對象了。而在場的所有人都已經聽到空谷的想法——假設久慈偷聽到那段話，現在才對空谷封口也沒意義，因為其他人都知道了。」

聽她如此一說，確實理所當然是這樣。

「爭執對象是久慈以外的人才需要封口，如果在場的其他人對久慈說了這件事呢？只要她不記得，當然會加以否定，或許還會去找空谷抗議。……這樣的話，他就會重新思考，那個人是誰。」

「如此一來，這個對象就是久慈以外的女性——」

「是的，目前最有可能的只有一個人——我們接下來要見的日比野花蓮。」

島崎眼神嚴肅地如此道。

＊＊＊

日比野花蓮住宿在縣內的飯店。

怜和島崎在大廳等候，收到經理傳話的日比野來到大廳，一身休閒連身洋裝現身的她，一看見刑警後立刻微笑。

「你們好，我們到那邊談吧。」

在日比野帶領下來到飯店餐廳，這邊明亮且乾淨。真不愧是縣內第一大飯店，感覺使用者也多為富裕階層。

尚未吃中餐的日比野除了咖啡以外還點了三明治。

「我有收到大道寺老師的訊息，知道空谷先生的事件。真的是太可憐了。——那麼，我該對你們說什麼才好？」

「確實有人想要取空谷奏一郎先生的性命，請問您對凶嫌的動機有什麼頭緒嗎？」

日比野對島崎犀利的提問聳聳肩。

「不知道耶，人家這一年一直待在維也納。但老實說，我個人對他沒有好感。音樂學校同屆的同學大概都是相同感想吧，因為他的拜金主義，因為他用切割販售藝術的做法干涉音樂學校的營運。但也覺得並沒有痛恨到想要奪取他的性命吧。」

「原來如此，那可以請教您前幾天派對上的事情嗎？」

「啊啊，那場派對啊。」

日比野沒興趣地說著，咬下三明治。

「這麼說來，空谷先生和他兒子——不是他妻子帶來的小孩，是親生的那個——見到面，氣氛有點緊張。」

「是的，我們已經聽說了。」

怜打斷她的話，接二連三聽見對光彌不好的發言讓他有點難受。

「我們想要請教的，是關於空谷先生在派對後半所說的話。」

「該不會是指鏡介的事情吧？」

日比野尖銳地皺眉，她把杯子放回杯盤上發出匡啷聲響。

「等等，那跟這次的事件有什麼關係？」

「無法否定有相關的可能性。」

「可以吧。那個大叔——不好意思——人家不清楚空谷先生是基於什麼心態提到那件事，但那種話會招誰怨恨嗎？如果我是小圓，應該會超生氣，但小圓當時又不在場。」

「她或許有聽見。」

島崎小聲說，日比野傻眼地扭曲雙唇。

「不可能。」

「或許吧。但基本上為了蒐集消息，這是必要的問題。所以我們想要稍微問一下三年前八月三十日那天的事情。」

日比野端正姿勢雙手環胸。

「那麼首先我們想問的是，請問您當天曾經靠近鏡介先生所在的練習室嗎？」

「不知道耶，都三年前了，人家沒記那麼清楚。……但那是他過世當天的事情，多少有點印象。——對，人家是去過練習室一次，應該是上午的事情。」

（上午！）

怜端正身體，那是鏡介和別人起口角的時段。

「請問您有和鏡介先生說話嗎？」

島崎冷靜地繼續問。

「有，人家是去找他商量演奏上的事情，當時西永還沒來，只有鏡介一個人。但我們應該沒講超過二十分鐘吧。」

「請問當時有在練習室附近遇到其他人嗎？」

「人家記得當時大道寺老師正在各個房間巡視，檢查年輕人有沒有專心練習。那天正好放暑假，在音樂學校裡的學生很少，啊啊，對了對了，人家記得空谷先生也在。」

日比野稍微皺起臉來。

「那天好像也有見到海繪小姐，說是送咲也過來之類的……那孩子，是指咲也，當時還不是音樂學校的學生，但老師人很好常常讓他使用練習室。」

怜總之把這些資訊寫下來，大道寺、空谷、海繪、咲也。

「只是可以聽人家說幾句嗎？警官，我認為空谷先生說的話全都是胡謅的，要不然就是哪裡搞錯了。」

「您為什麼會這麼認為？」

「因為記得那天傍晚，人家和小圓有和鏡介一起吃飯，記得西永應該也一起？他們跟平常一樣和睦聊天，完全沒有任何有過爭執的感覺。」

這麼說來，西永也提到在餐廳見到她們。但兩位女性比較晚才進餐廳，應該有機會把藥盒放回去──

「那麼，最後請讓我問關於藥盒的事情。」

「藥盒……是鏡介隨身攜帶的那個嗎？」

「是的，聽說他過世那天下午曾一度搞丟藥盒，後來才找到。或許是有人替他撿回來的吧。關於這件事，您是否知道什麼嗎？」

「不，完全不知情。人家連他搞丟藥盒也不知道，當然撿到藥盒的也不是人家，其他還有什麼問題嗎？」

喝了一口轉涼的咖啡後，日比野詢問。

「為了慎重起見，請告訴我們您昨晚的行蹤。」

大提琴手相當意興闌珊地回答島崎這個提問。

「人家白天和小圓在一起，七點左右分開，然後七點半之前回到這間飯店，吃完晚餐時大約八點吧。在這裡三樓的餐廳。在那之後一直獨自待在房裡。」

結束與日比野的會面後，怜兩人造訪餐廳。

根據餐廳經理表示，日比野確實是在八點五分左右用完餐。

只不過，這間飯店到大道寺音樂學校車程不到三十分鐘，所以無法當作日比野的不在場證明。

「不僅如此。」

島崎邊坐上車，邊憂鬱地說道。

「沒有任何一個關係人有確切的不在場證明。」

10

過了一夜後，調查仍然沒有太大的進展。

逐步蒐集到相關資訊，調閱了三年前大道寺鏡介之死的相關資料也是其中之一。

「八月三十日那晚，他從音樂學校回家之後，晚上十一點過後心臟病發作。他自己叫了救護車送到醫院，但回天乏術……他居住的公寓裡留有空的藥盒。」

土門平淡地念出報告書中的內容。

「也就是說雖然吃了抑制症狀的藥物，但症狀嚴重到他無法承受啊。根據主治醫師驗屍的結果，他的死因沒有異常。」

「死因當然就是心臟病發而非毒物等東西。」

島崎淡然說道。

「但如果他沒辦法服用正確藥物——也就是說，如果他的藥被掉包了——這就是明顯的殺人事件。」

「的確如此，但想證明應該相當困難了吧？都三年前的事了，當時沒有做司法解剖，遺體也早就燒了。」

「如此一來，就只能利用這次的事件蒐集好證據逼凶手開口了。」

怜卯足幹勁如此說，此時，不破刑警彷彿算好時間走進會議室。

「報告！找到大條線索了……我們找到疑似拍到凶嫌的畫面了。」

他打開電腦，重播該段影片畫面。

「這是事發當晚八點五十分的影片。就是那個工地現場——凶嫌闖入音樂學校腹地內的入口。偶然拍到有可疑人物從那邊闖入的畫面。」

這段影片是從對面超商的停車場拍到的，一位店員發車準備回家時，他的行車記錄器碰巧拍下當時的畫面。

「因為拍的是車子後方的畫面，所以駕駛也沒發現——不管怎樣，請看。」

因為是晚上，畫面不太清晰，但很明確捕捉到有人影閃進該工地現場中。

「時間是八點五十分，這樣一來沒有一個關係人的不在場證明成立。」

怜有點失望。

「總之先把這段影片送到科搜研做分析。」

怜等人重複觀看影片好幾次，但沒拍到人影的腳，也無法確定身高。只知道那個人物身穿雨衣之類的東西。

「得蒐集更多線索才行啊。」

怜焦急地脫口而出這種話，土門拍拍他的肩膀。

「連城，不可以急躁。總之我們邊查案，一邊等待空谷恢復意識吧。」

空谷的生命跡象已經穩定下來，但意識尚未恢復。他的病房由警方隨時嚴正看管中。

「說的也是，只能等了……」

但那天結束時，空谷仍未清醒。

＊＊＊

一整晚待在警局裡的怜，也在早上回家。因為不知調查工作會持續到什麼時候，再怎樣都需要洗個澡小睡一下。

朝屋裡喊沒聽見回應。

「我回來了。」

（鞋子還在，光彌應該在家啊——）

怜用睡眠不足的腦袋呆呆想著，朝浴室走去。

沖完澡換上輕鬆服裝後走進起居室，接著發現光彌趴在桌上睡覺。

「光彌——喂，你沒事吧？」

「啊……怜大哥，你回來了啊。」

他揉著睡眼站起身，從不俐落的動作可以看出全身腰痠背痛。

「你該不會一直在等我吧？」

「我原本是這樣打算，但似乎不小心睡著了……你要吃飯嗎？」

「嗯。」

光彌立刻替怜準備餐點，是他包好保鮮膜冰進冰箱的麻婆豆腐和炒飯。

「如何呢？調查有進展了嗎？」

「現在是什麼都不好說的狀態。」

「你們已經去找久慈和日比野問話了嗎？」

「問了。」

怜不是很想說，但輸給光彌注視著他的視線。

光彌聽完久慈和日比野的證詞後，手指抵著唇開始深思。

「……太奇怪了。」

「哪裡奇怪？」

「明顯很不自然。」

光彌沒有詳細說，怜默默繼續吃飯，他決定等光彌自己開口。

「那麼，怜大哥是怎麼想的呢？」

「我，正確來說是搜查總部的方針，認為『這次事件是為了三年前事件的封口』……這個方向最有可能。」

「那凶嫌呢？」

「嗯，日比野花蓮是最有可能的嫌犯吧。」

怜對光彌說出島崎說明的理由。

「久慈沒有封口的動機，那從現實上考量，可能是爭執對象的人只有日比野。我們現在正在調查她和鏡介有沒有不可告人的關係。」

「真的是這樣嗎？」

光彌道。怜不禁停下筷子。

「那個爭執對象……『實際上更有可能的』應該不是日比野。」

「那到底是誰？」

「請你冷靜重新思考鏡介爭執對象的發言，如此一來——」

就在此時，怜的手機響了，他立刻接聽。

「喂，島崎前輩怎麼了嗎？咦？好，我明白了！我立刻過去。」

怜對著一臉擔心望著他的光彌說。

「空谷恢復意識了。」

11

在那一小時後。

恩海綜合醫院某病房內，怜和島崎低頭看著空谷奏一郎。

他頭上纏著繃帶，手臂連接點滴管線。除此之外，他全身都有撞傷及擦傷，四處貼著紗布。

「十五分鐘，不能再長了。」

醫生強硬說完後走出病房。

「那麼，在您療養中真的很不好意思，但請您務必協助調查。」

「……我記得妳應該是。」

空谷用呻吟般的聲音說。

「之前……創也的事件時。」

「是的，我當時在恩海警局，也有參與空谷創也事件的調查。」

「……那時多謝了。」

他背過臉去用鼻子吐氣。

「首先，可以告訴我狀況嗎？」

島崎說明事件概要。目擊者有看見人影、凶器被棄置在一旁，以及凶嫌是音樂學校相關人的可能性極高。

「原來如此，是這樣啊。」

「那麼空谷先生，請問您有看見攻擊您的人的臉嗎？」

「……沒有，如果我有看見，馬上就會說了。」

他接著開始斷斷續續說。

「晚上九點一到，我和大道寺結束討論，接著向警衛打招呼之後走出建築物……當我走過中庭朝停車場前進時，聽見背後傳來衣物摩擦的沙沙聲。一轉過頭，突然有像棒子的東西朝我揮下來。」

攻擊他的人身穿雨衣之類的東西，還用口罩和帽子遮住臉。

「我頭頂遭到攻擊後倒下，但當時還有意識，所以就逃跑了。我頭上流血還流進眼睛，接著在通往停車場的樓梯前面，我的肩膀又遭受一擊，然後就從樓梯上跌下去了……我大概就只記得這些。」

「請讓我重複確認，您沒有看見凶手的臉對吧？」

「對，非常遺憾。」

接著連續問了幾個固定的問題。

有沒有人怨恨您？最近有沒有發生什麼異常？等等。

但空谷對所有的問題都回答「沒有特別的」。

「那麼，事發當晚，在您去音樂學校之前有不尋常的事情嗎？」

「不，沒有。我白天人在家裡——大概就出發前打電話跟大道寺確認而已。我們有約好開始時間，但沒有決定結束時間。接著當場約好『從七點討論到九點』。」

「不需要特別決定結束時間也沒關係吧？」

怜插嘴問，這被空谷瞪了一眼。

「我無法忍受拖拖拉拉，老是遲遲不結束的面談。」

「——那麼接下來，請讓我詢問關於大道寺鏡介的事情。」

空谷這次換成瞪著島崎。

「為什麼要問他的事？」

「聽說您在前幾天的派對上提到了三年前的事情，而這或許與這次的事件相關……我們是這麼認為。」

「怎麼可能，為什麼。」

「如果鏡介先生的死是某人一手策畫的——而凶手就是和鏡介先生起口角的人，應該會想要把您封口吧。」

「都過三年了，為什麼現在才……」

「因為您現在說出來了啊。」

島崎大概有點急躁，說話速度變快了。

「凶手應該很害怕吧，害怕您想起和鏡介先生說話的對象是誰。」

「不是不是……我認為說話的對象是久慈耶，我也這樣說了……既然我都對大家說出這件事了，哪裡還有要封我口的動機啊？」

「如果那『不是』久慈小姐呢？」

島崎這句話讓空谷張大嘴。

「如果有人去對久慈小姐說這件事，而她根本不知情呢？她或許會去找您抗議，到時您應該會重新思考那個人是誰吧，而凶手正是害怕這件事。」

「……妳想說凶手是日比野嗎？」

「我沒有這樣說，接下來將會慎重地鎖定對象。所以我們希望您可以正確回想起三年前的事情。」

「除了在派對上說過的之外，我也沒什麼能補充的了。」

「只要您能正確重述一次就好了，和鏡介先生爭執的那位女性所說的話。」

「『別擅自決定』——還有『別丟下我』，鏡介似乎也說了『這已經決定好了』吧，對了，在那之後還聽到『你已經不喜歡了嗎』。」

「不是——『你已經不喜歡「我」了嗎』？聽說您在派對上是這樣說的。」

島崎犀利一問，空谷含糊地微歪他戴著護頸的脖子。

「我不記得正確說了什麼，但聽妳說了之後又覺得好像不是說『我』……但我確定清楚聽到『不喜歡了嗎』。」

怜想起日比野的第一人稱不是「我」而是「人家」。

「那麼，空谷先生……」

「不好意思。」

當他們準備問下一個問題時被空谷打斷。

「已經過十五分鐘了。——我累了，今天可以暫時先到這邊嗎？」

「好的，那我們會再來。」

對時間正確掌控無人能出其右的島崎，遭空谷指正這件事之後，似乎感到相當懊惱。

怜也因此明白，難怪她會如此急著問問題。

12

空谷奏一郎清醒後的當晚，光彌再次被找來空谷家。

這次也是家事服務的委託，光彌還買來食材。

「謝謝你過來。——咲也似乎非常喜歡你做的料理。」

海繪說完後一笑。

走進起居室，看見大道寺元坐在裡面。

「喔，三上同學，你好。哎呀，我正在跟海繪小姐商量接下來的事情，有太多事情得先做決定了。」

他說完後站起身。

「那我差不多該告辭了。」

「哎呀，你別這樣說，要不要留下來一起吃三上先生做的菜啊？」

「他前幾天做的料理非常好吃，可以的話我也想要留下來，但很遺憾我還有工作要做。」

他經過光彌身邊走出起居室。

「那麼海繪小姐，明天見，我會帶三個年輕人過去。」

光彌用表情表達疑問，海繪回答。

「要去探望奏一郎，三上先生不介意的話要不要一起？」

「不……我就不用了。」

「這樣啊……」

光彌接著開始準備晚餐。

主菜是豆腐漢堡排，只要肉味不重咲也也能吃。其他還有蔬菜湯和生菜沙拉，光彌也親手做了西印度櫻桃果凍。

咲也在完成之前走了進來，眼下掛著黑眼圈，頭髮也很亂。看來他因為事件的關係承受不少壓力。

而他一落坐聞到料理的味道後立刻展露笑容。

「那個，如果不介意，三上先生要不要一起用餐？」

海繪突然如此一提，光彌很不知所措。

「不，我……」

「一起吃嘛。」

正當光彌想婉拒時，咲也也開口邀他，如此一來就無法拒絕了。

光彌感到相當不自在地就坐，三人異口同聲說「我要開動了」。

「三上先生現在是大學生嗎？念哪間大學呢？」

「我念創櫻大學。」

光彌邊吃飯，邊有一句沒一句和海繪對話。咲也沒有參與對話專注吃飯，他憔悴的臉頰恢復血色，眼睛中的光彩也增加了。

「……嗯，幹嘛？」

被光彌盯著看，咲也發現他的視線。光彌搖搖頭表示「沒什麼」。

光彌想起自己的弟弟創也。

（那孩子也總是這樣，專心吃我做的菜吃得很香——）

但就算這樣將兩人交疊，那孩子是那孩子，咲也是咲也。

沒有人能取代另一個人，就算把已經不在的誰交疊，也只是毫無意義地傷害現在活在面前的對象而已。明明很清楚啊……

「欸，光彌啊。」

吃完飯後，咲也開口喊他，不知何時連「先生」也不加了。

「你等一下可以到練習室來稍微聽我演奏嗎？」

「呃……但我完全不懂專業的東西喔，連音樂的好壞也不懂。」

「那不重要啦，重要的是要有人看，好不好，拜託啦。」

「好啦。」

光彌說著「我要洗碗盤，你先過去」目送咲也離開。

「對不起喔，還讓你做份外的事情。」

「不會，我很高興。」

餐後在起居室裡喝茶的海繪突然垂下視線。

「那孩子和奏一郎完全不親近，我和他再婚後兩、三年幾乎不和他說話……但真不可思議，咲也這麼快就對你敞開心胸了。」

她「呼」地嘆了一口氣。

「家人真的是很奇妙的東西，現在在官方文件上，咲也和奏一郎基本上也是家人。但是感覺他和你更像家人。」

「……您為什麼會和那個人再婚？」

光彌問出口後才發現這個問題有多麼不禮貌，接著立刻說「不好意思」道歉。但海繪不在意。

「這個嘛——大概是因為，他看起來是個太寂寞的人了，吧。」

這個回答讓光彌難以理解，他不禁停下洗碗盤的手。

「不是可憐他，或是想要給他些什麼。當時，沒錯，我也很寂寞。我和還只有十歲的咲也相依為命……」

海繪再次嘆氣，是比剛剛更沉悶的嘆息。

「三上先生，孩子啊——不管是多重要多可愛的存在，都沒有辦法填補心中的不安。不，反而是越重視那孩子，越重視咲也就讓我越不安。這寶貴的生命全部交在我手上……一想到這，我就會變得相當不安。」

光彌完全不知該如何回答，接著發現開著水龍頭沒關，慌慌張張地關上。

「該說是那個人恰恰好完全填補了吧，雖然說法有點奇怪，但有種他和我成為寂寞共犯的感覺。只不過，奏一郎不僅寂寞還很笨拙……同為男性，他反而和咲也完全合不來。」

她突然打斷自己的話。

「不好意思，你或許不想聽父親的再婚對象說這種話吧。」

「不會，沒有那種事，這是我提問的。」

光彌收拾好餐具後立刻離開，邊反芻海繪所說的話邊走下地下室。

「光彌，你好慢！」

一走進房間，咲也相當憤怒，他手拿著琴弓似乎早已做好萬全準備。

「快點，在那邊坐下——嗯，對。那我要拉了喔，這是韋瓦第的……是什麼來著，總之就是小提琴獨奏曲。」

隨便介紹完，咲也擺好姿勢。氣氛一瞬間轉變。

狹小房間中充斥著音樂，光彌全身起雞皮疙瘩。難以想像這個纖細的少年手中唯一的樂器，可以傾洩出如此表情豐富的音色。

——那孩子是天才，真的……

耳邊響起西永說的話。

光彌聽完演奏後仍然呆滯，但立刻回過神掌聲鼓勵。

「呼……舒服多了。」

咲也說出奇妙的感想，拿起掛在椅子上的毛巾拭汗。

「你的演奏太精彩了……真的，非常震撼。」

「是嗎？太好了。」

咲也咧嘴一笑。那是從他至今難相處的態度無法想像的少年般笑容。

「聽到第一次聽我演奏的人誇獎很開心，西永先生老是連連說天才、天才的，我只覺得他在戲弄我。」

光彌認為西永是認真醉心於咲也，但態度太過輕挑讓咲也感受不到。

「啊，光彌鬆開了耶。」

咲也一指，光彌摸自己的頭髮，束起頭髮的髮圈不知在何時鬆脫了，他陶醉於咲也的演奏中完全沒有察覺。

「好長喔。」

光彌撿起掉在一旁的髮圈將頭髮重新束好，咲也如此說。

「啊……這是個魔法。」

「魔法？」

「我有個弟弟——曾經有個弟弟，他已經過世了。」

「我有聽說。」

咲也低聲回答，他似乎等著光彌繼續說下去。

「我弟是個正義感很強，很溫柔的小孩，他非常喜歡留長髮，很長的長髮……但是升上小學五年級時，班導堅持要他剪掉，而且還是每天對他說。然後，我弟就把頭髮剪掉了。」

「啊？莫名其妙，男生就算想留長髮也是自由吧。」

「嗯，我也這樣覺得，但學校這種地方，就有莫名其妙的規則啊。如果不遵從就會被孤立──所以我弟心不甘情不願剪掉，然後說『我升上大學之後就要留長』，國中和高中要穿制服，校規也很嚴對吧，但大學就很自由。」

「這樣喔。」

對我行我素的咲也來說，這件事沒有太大共鳴。大概包含這部分在內都是他的才華吧。

「……所以我高中畢業後開始把頭髮留長，我沒有『要實現已經無法實現夢想的弟弟的夢想』這種高傲的想法，只是，感覺只要這樣做，就好像我弟還在身邊。就是這種魔法。」

聽完之後，咲也一直保持沉默，接著站起身低沉細語。

「會很希望重要的人待在身邊啊。」

他拿好琴弓，準備演奏下一首樂曲。

＊＊＊

光彌回到家時已過晚間十點。

「喔，光彌，你也太晚了吧，我很擔心你。」

「不好意思，我被咲也留下來一下子。」

怜發現光彌的表情有點呆滯。

「你又被找去空谷家了啊……那麼，有聽到什麼新的消息嗎？」

「我不是去查案的，怜大哥才是，有得到什麼新的消息嗎？」

這個問題刺痛怜，他攤開雙手。

「什麼都沒有！關鍵的空谷還那種態度……」

「我想知道，請務必說給我聽。」

「嗯……再怎麼說，像這樣不停告訴你搜查進度感覺有點不太好耶。算了，反正也沒有個人隱私，就告訴你吧。」

怜說出在病房從空谷口中問到的話，順便也說了昨天發現的行車記錄器的畫面，他還沒告訴光彌這件事。

「以上，光彌你覺得怎樣？」

光彌沒有馬上回答，他的表情凝重。

「……哎呀，對不起，就算我問你覺得怎樣，你也不可能馬上有答案吧。」

「不，不是這樣。」

光彌指尖抵著下顎，陷入沉思。

「我是在煩惱到底該怎麼辦。」

「什麼怎麼辦？」
「怜大哥。」
光彌抬起頭斬釘截鐵說。
「聽完你說的話之後確定了，這個事件的凶嫌——我的腦海中已經浮現一個人了。」
「你、你說什麼？光彌，你是說真的嗎？」
「是的。」
「那到底是誰？」
光彌又低垂視線。
「只是我如此認為，也不知道是不是真的如我所想。更重要的是完全沒有具體證據，所以我才會想著——到底該怎麼辦。」
「總之可以先告訴我嗎？」
「……好，你都告訴我搜查情報了，我就告訴你。」
光彌接著滔滔不絕說起自己的推理。
怜全部聽完之後在腦海中思索了一段時間才緩緩點頭，光彌的推理感覺相當妥當。
「我認為你的推理合情合理，只不過……說的也是，正如你所說，完全沒有任何證據。」
「是的，所以我有一點想法。」
光彌雖然有點猶豫，但還是下定決心抬起頭。
「再這樣下去，凶嫌直到達成目的之前，應該都會持續伺機對那個人——對空谷奏一郎下手。所以得要盡早逮捕兇嫌才行。」

「沒錯。」

「為此，應該也需要——走一步險棋吧。」

他的眼睛閃爍著妖異光芒。

13

隔天正午。

窗外下著大雨。

現在，有六位訪客來到空谷奏一郎的病房探病。

坐在床邊的是海繪，咲也坐在她身邊不開心地瞪著地板。大道寺元就站在兩人身邊。

久慈圓和日比野花蓮並坐在離病床稍遠處，兩人表面上故作平靜，但偶爾會對空谷投以不信任的眼神。而背靠在牆上站著的西永行雄則像在看熱鬧般看著所有人。

「謝謝你們特地來探病，這樣占用將來大有可為的年輕人的時間讓我感到很不好意思。」

「不會，我們平常受到你諸多關照啊。」

久慈代表回答，但她的聲音沒有絲毫熱度。

「多虧有你，我們也體驗了接受警方問話這難能可貴的經驗，可以刺激我們的藝術表現呢。」

日比野嘲諷說著，大道寺在旁安撫。

「喂喂，別這麼挖苦人說話，空谷也不是自願被打的啊。希望你可以早一點想起來是誰打你的啊。」

「很遺憾，我沒有看清楚，畢竟是晚上啊。」

空谷嘆氣，此時西永說著「話說回來」開口。

「我聽說空谷先生是住單人房，旁邊病床有住人嗎？」

他努努下巴指了空谷病床內側的拉簾，拉簾後方沒有開燈，只看見病床的影子。

「沒有，這邊沒有人。」

空谷伸手拉開拉簾，露出空無一人的病床。

「聽說房間大一點也比較好戒護，所以才會讓我一個人住這間病房，我覺得有點心虛就是了。」

「警方都這樣保護你了，也不用特別把警官們趕出去吧。」

海繪這句話讓空谷不悅地皺起眉。

「雖然很感謝他們，但一天二十四小時全綁在一起快讓我窒息了。他們現在應該也正在餐廳裡喘口氣吧。」

「欸，我肚子也餓了。」

咲也聲音低沉地說，海繪用「真拿你沒辦法」的表情搖搖頭。

「那你們就先走吧，還要上課對吧。」

空谷冷淡一說，咲也默默點頭，他快步走出病房。

「那老公，我晚點再過來。」

海繪說完後也快步離開，空谷看著剩下四個人。

「也謝謝你們來看我，你們各自應該都還有練習吧……我也有點累了，也不好繼續留你們下來。」

他這句話讓訪客們開始準備離開，空谷對著其中一個人說。

「啊啊，不好意思……可以請『你』稍微留下來一下嗎？」

他視線投射的對象不解地歪過頭，但也老實聽從。

接著，另外三人走出病房。

「不好意思喔，留你下來。」

空谷的聲音在只聽見雨聲的病房中響起，對方警戒地看著他的眼睛。

「到底有什麼事情——」

「打我的人是你。」

空谷打斷對方的話如此說。

一陣沉默。等待告發的效果發酵之後，空谷慢慢開口。

「那天晚上我看見你的臉了，雖然你穿雨衣，戴口罩戴帽子，裝備相當齊全，但沒遮住眼睛是個失策。但那麼暗也沒辦法戴墨鏡，算是無可奈何啦。」

房內再次沉默。對方靜靜回看空谷的眼睛，他的臉上完全喪失表情。

「你要不要說些什麼？」

空谷催促後，對方舔舔唇緩慢開口。

「……你已經告訴警方了？」
這就是答案。空谷長嘆了一口氣。
「你承認了啊。——我還沒有告訴警方。」
「……為什麼？」
「因為我想要直接問你，為什麼要攻擊我。」
對方此時將右手繞到背後，他的手再次出現在身前時，握著一把折疊刀。
「理由？那還用說。」
刀刃伴隨尖銳金屬聲彈出來。
「因為你是個玷汙藝術的無能拜金主義者！」
小刀劃破空氣朝坐在病床上的空谷砍下。
「到此為止！」
伴隨著強而有力的叫喊，有個人影朝持刀男子的下半身撲上去。是怜。
遭怜衝撞，「他」重重摔在地上，小刀也掉在地板上彈跳了幾次。
下一個瞬間，病房的門被打開，島崎與不破刑警衝進病房。
「十二點十五分，以殺人未遂現行犯逮捕你——西永行雄。」
因憎恨扭曲表情的西永行雄的手，被島崎銬上手銬。

14

西永呆滯低頭看著自己上銬的雙手，他被帶離空谷的病床，夾在怜和不破之間。

「……裡面那張床應該沒人啊。」

「我躺下來藏在病床下面。」

怜一回答，西永喉嚨深處發出呵呵笑聲。

「刑警還真不輕鬆。——但沒想到竟是陷阱，只要再晚個幾秒，我就能刺穿空谷的心臟了。警方這樣拿市民的性命來賭博真的好嗎？」

「用不著你擔心。」

空谷恨恨地說，掀開病人服的衣領。有塊鐵板纏在他身上覆蓋住胸口與身體。

「我脖子有護頸，手臂上還有點滴，他們說如果你想殺我應該會以心臟為目標，所以建議我穿上。」

「真不甘心，那我至少要把刀朝你臉上丟過去才對。」

西永爽朗大笑，此時，病房門打開。

「結束了嗎？」

光彌抱著花束走進來。

「光彌！我不是要你在大廳等嗎。」

不理會怜的叫喊，光彌把花束放在床邊桌上。空谷無言地看著花。

「因為我很無聊，而且我也想要直接聽西永先生說他的犯案動機。」

「……啊啊，我知道了，家政夫同學，就是你對吧？就是你告訴警方我很可疑，對吧？」

下一秒全員的沉默肯定了西永的問題。

「你為什麼這麼認為？」

「你的眼睛。在空谷家和你說話時，你用很奇怪的視線看著我。你從當時就在懷疑我了——咦？不是嗎？」

「我的眼睛本來就長這樣。我當時並沒有懷疑你，感覺你不對勁是在那之後——聽到藥盒的事情後。」

光彌保持距離與西永對峙。

「因為你那段話中缺少了關鍵點，我記得你是這樣說吧——鏡介先生弄丟藥盒，然後一起去餐廳。接著再次回到練習室時，藥盒已經回到口袋裡了……其實這非常奇怪呢。」

「哪裡奇怪？」

「鏡介先生把備用的藥放在櫃子裡的包包中對吧？你這段話缺少他去拿備用藥物的部分。有心臟病的鏡介先生『為什麼沒有立刻去拿攸關性命的藥物呢？』只要一秒不在身邊應該都會讓他非常害怕。」

「你不會認為只是我忘了說嗎？」

「其實我也是。」

島崎口氣相當不甘心地插嘴。

「我第一次聽到這段話時，還想著他可能只是忘了說。……我應該要追究的，但我注意力全放在哪個人有機會偷走藥盒上面了。」

「這也沒辦法，因為西永先生故意誤導。……不管怎麼說，接下來聽到久慈小姐和日比野小姐的證詞之後，確定了西永先生在說謊。她們在出事當晚，和你還有鏡介先生一起在餐廳裡吃飯對吧？但她們兩人都表示第一次聽說藥盒的事情。」

「那很奇怪嗎？」

空谷不解地插嘴。

「如果他在那之前已經從櫃子拿出備用的藥盒，或許沒有刻意提及的理由，這不構成否定西永省略沒說的可能性的理由。」

「應該有吧，得『刻意提及的理由』。」

光彌沒看空谷繼續回答。

「當時他以為藥盒弄丟了，理所當然會想問當天在同一棟建築物裡的朋友有沒有在哪看見，更別說那兩位女性當天都有到練習室找他，或許知道什麼的可能性極高。」

「不僅如此，還要加上久慈小姐有備用的——第三個藥盒。」

島崎加以補充，這點也包含在怜從光彌口中聽到的推理當中。

「弄丟了一組攸關性命的藥物，那麼理所當然會通知擁有另一盒備用藥物的未婚妻。為了讓她可以在遇到突發狀況時幫忙應對。」

「——從以上幾點，我做出『當天並沒有發生弄丟藥盒』的結論。藥盒一度從外套口袋中消失，吃完飯後又回到口袋裡了。這件事完全是捏造的。」

「沒錯。警官們全都深信不疑，真是太令人愉快了。」

西永放聲大笑，但他的笑聲很是空虛。

「你真的有夠卑鄙。」

伶抓住他的手臂無可忍耐地說。

「那場派對——包含空谷先生的驚爆發言在內，你選擇在發生了許多狀況的派對之後犯案，就是為了讓人以為動機就在那場派對上。但派對上發生的所有事情，『都與動機毫無關係』。」

「你總共準備了三個障眼法。」

光彌再度開口說。

「首先，第一階段是要讓被害者看起來像意外死亡。從陡峭的樓梯摔下去，貴重物品也沒被搶走，第一個會被懷疑是意外。但被人目擊你人在現場，因此沒辦法偽裝成意外死亡了。」

「嗯，那真是我的失策。那條路平常完全沒有人會經過耶，有夠不走運。害我自暴自棄就隨意丟棄凶器了。」

「接著，計畫的第二階段就是『我』。」

「在派對上與父親重逢，變得氣氛緊張的兒子……你絕對想過要讓光彌成為代罪羔羊吧。」

伶憤怒的聲音止不住顫抖，但光彌本人相當冷靜。

「派對當晚，你從來找我說話那時開始，大概已經稍微思考起這樣的計畫了對吧。」

「對，其實就是這樣。」

西永帶著歪斜的笑容承認。

「我發現你對空谷的怒氣表露無遺，就知道你們之間有問題。所以就想著現在是幹掉空谷的絕佳時機。」

「但沒想到，我有不在場證明。」

「對，我從刑警口中得知時超級失望。但我還有第三個障眼法。」

「就是鏡介先生與女性起口角的那件事吧。……順帶一提，你知道起口角的對象是誰嗎？」

「誰知道啊，隱隱約約覺得應該是日比野吧。大概是用『你竟然拋下小圓自己出國太過分了』這種感覺逼問他吧？因為她真的很熱切關心久慈小姐。……算了，對我來說是誰都無所謂。」

「沒錯，對你來說是如此。」

第一次，光彌眼中燃起怒火。

「你完全不知道那場口角的真相，卻決定利用這點。從警方口中得知我被排除在嫌疑犯名單外之後，你決定要用第三個障眼法。也就是『讓人以為鏡介先生的病死其實是殺人事件，而這次的犯案動機是為了封口』。其實鏡介先生真的是病死，三年前的事情根本不是殺人事件。」

「你緊接在派對後引發事件，將三上同學與『神祕女性』塑造成嫌疑犯。」

島崎冰冷的視線射向西永。

「你為此捏造出藥盒的事情。如果這個人是殺害鏡介先生的凶手，怎麼可能說出讓自己變成嫌疑犯的事情——而我們也中計了。無論如何，因為你是聲音低沉的男性，怎樣都不會變成『口角對象的女性』。」

「我覺得這超適合耶，還真是無法稱心如意。」

西永自嘲一笑。

「但三上同學，你的推理只是證明我撒了瞞天大謊，雖然實際上我中了陷阱也無處可逃就是了。——但也可能只是我半開玩笑，或是對同屆那兩個女生有私人恩怨才捏造出殺人的可能性吧。騙子等於殺人犯，這偏見很危險不太好喔。」

「正如你所說。在得知你說謊的那時，並沒有確定你就是殺人犯。之所以知道你是凶手——是因為那個可疑人物在八點五十分入侵音樂學校。」

光彌說出從怜那聽來的行車記錄器的事情。西永臉上露出不解的表情。

「為什麼？那個影片沒有拍到我的臉吧？為什麼你知道我是凶手？」

「因為是八點五十分啊。這也太奇怪了吧……凶手知道目標和大道寺先生約好從七點開始商討工作這點很確實。而那天參與派對的所有人都知道這件事。但凶手是在哪裡得知他們何時結束討論的呢？」

空谷小小「啊啊」了一聲，西永這才恍然大悟張大嘴巴。

「沒錯，沒有人知道會花多久時間討論，可能三十分鐘結束，也可能花上三小時。但凶手是在開始討論一小時五十分鐘後才在旁準備，如果更早結束，目標早就已經離開了……那麼，他為什麼能在正好的時間登場呢？」

「……我『提及結束時間』時在場的人就是凶手。」

光彌冷淡點頭回應空谷的回答。

「是的，你從以前就是對時間很嚴謹的人，現在似乎仍然沒變。而周圍的人全都知道這件事。空谷奏一郎說七點開始一定七點開始，說九點結束絕對會九點結束。」

「討論結束時間是在空谷先生出門前不久決定的，他只有在事件當晚，於空谷家中明確說出正確的時間。」

島崎為推理做結尾。

「你當時，和海繪小姐及咲也一起在空谷家。」

「哼，那這樣嫌疑犯就有三人，為什麼只鎖定了我一人呢，偵探小子。」

光彌沉默了一會兒才開口。

「……兇手，你，是開車到現場去的，對吧？」

「對，那附近道路寬敞來車又少，所以我停在路邊。」

「我也這樣認為。先別說口罩和帽子，用那身雨衣打扮長距離步行相當醒目。所以我認為兇手肯定是開車前去，接著迅速在裡面換裝……也就是說，可以排除沒有汽車駕照的海繪小姐及咲也。」

「這有點牽強。」

西永犀利一說，光彌緊緊抿唇。

「你對那對母子有好感，所以不想認為他們是兇手，不是嗎？」

「……這點我承認，我不認為海繪小姐和咲也是會犯下殺人罪的人。但這種東西不能說是推理。」

「你的動機到底是什麼？」

怜嚴厲地問西永。

「為什麼想取空谷先生性命？你對他有什麼怨恨？」

「哎呀，我想你應該也有聽到。這個拜金主義者傷害了藝術——僅此而已。」

「因為我把音樂學校推到媒體面前？」

空谷臉上比起憤怒，更多的是困惑。

「愚蠢！就因為這種小事想殺了我？說到底，為了讓音樂學校經營下去，那是必要手段，根本沒理由恨我。」

「我想，你的動機大概是——」

光彌補捉住西永的眼睛，西永彷彿深受吸引回看他。

「咲也。」

「……你全看穿了啊。」

西永閃閃發亮睜大他的眼睛。

「沒錯，我想要保護他！遠離這個凡夫俗子。」

「保護？怎麼一回事，難不成他虐待咲也？」

島崎狠瞪空谷，空谷慌慌張張搖頭。

「接近虐待了吧，他可是把那個天才又細膩的孩子推到大眾前譁眾取寵。還加上『天才美少年小提琴手』這種低俗的稱號。」

西永呼吸急促，眼中凶光加倍閃耀。

「他是十年——不，是半世紀一見的天才，他還能更加成長，他是有惡魔般才華的人。

那孩子沒有時間虛耗在綜藝節目那種家家酒上面。」

「別說蠢話了！我可是為了咲也著想才找來這種工作。講求藝術很好，但無法在世間行走就無法成為一流。我只是想趁那孩子年輕，讓他經歷這些事情而已。」

「為了他著想？你這說法太讓人無言了——你的生意對咲也的藝術生命來說只是噪音，我只是想要守護他——不，我只是想要守護那孩子的藝術家靈魂而已。」

島崎忍無可忍地開口。

「但若是繼父過世，咲也也會受傷、不安吧。或許會大受打擊而放棄小提琴，你的主張太無理取鬧了。」

「他的才華不會因為這點小事挫折。」

他說話速度越來越快，傾訴著繼續說下去。

「我見過那孩子在鏡介過世後的樣子所以知道，在大哭大鬧之後，那孩子像被什麼附身一樣全神貫注在演奏上。接著越來越厲害……三年前，我看見他紅腫著眼睛演奏安魂彌撒時，我覺得這才華是人類至寶，就是藝術的化身。我愛上他的才華——並下定決心，不管發生什麼事情我都要守護到最後。」

島崎呼吸急促地嘆了一口氣。

「帶他走吧！」

怜和不破拉著西永往出口移動。

「你試圖嫁禍到我和其他人身上。」

光彌對著罪人的背影說。

「也就是說，你一直等到有辦法全身而退的狀況才執行殺人計畫，該怎麼說呢，還真是『普通』呢，嘴上說著為了理想殺人之類的話，卻無法感動我——因為太普通了。」

聽到「普通」這個詞時，西永睜大眼。

怜感覺，他的自我認同在此刻碎裂。

「——我早知道了。」

西永的聲音突然變得低沉，絲毫不見方才那般熱切說話的樣子，充滿疲憊。

「我早就有自覺自己相當平庸，所以……在咲也的才華面前我只能下跪了。我只能——藉由保護他來維持我和崇高之物間的關係啊。」

他的嘴邊，浮現虛弱的笑容。

15

刑警們離去後，病房內只剩下光彌和空谷。

「……謝謝你。」

空谷唐突的一句話讓站在原地發呆的光彌轉過頭去。

「呃——謝什麼？」

「謝你解開謎團。你從以前就是個直覺很敏銳的孩子。」

他低頭看著才剛從身上拆下來的鐵板。

「你今天早上和那位刑警一起來的時候嚇我一跳，還說『要不要設陷阱來抓凶手』……

沒想到事情能這麼順利，而且你還說中了凶手就是西永。我不能不感謝你的推理。」

「沒什麼，我也不是為了你這麼做。」

光彌邊把花束放進花瓶裡邊說。

「真要說起來……應該是覺得咲也很可憐吧。」

「咲也？為什麼。」

「你不小心聽到的，和鏡介先生口角的對象——你想起來是誰了嗎？」

聽到這唐突的問題，空谷感到非常意外。

「沒……」

「那肯定是咲也。」

「怎麼可能！那是女性的聲……」

還沒說完，空谷就閉上嘴，他似乎終於想通了。

「果然是這樣，三年前的咲也才國一，現在十五歲也就是說當時才十二歲。——當時他『還沒有變聲』。」

「……沒錯。」

「『別丟下我』、『別擅自決定』……聽起來就是純真且個性棘手的咲也會說出口的話。『鏡介』這個喊人的方法也是，他也喊我『光彌』，他應該有只要變得親近，不管對方是不是年紀比他大，就會喊人沒大沒小的傾向吧？」

「……是啊，那孩子很不擅長敬語，對節目製作人也是那樣，超傷腦筋。」

光彌輕笑瞇起眼睛。

「我聽海繪小姐說了，他很黏鏡介先生，甚至因為這樣從鋼琴轉練小提琴。……聽到鏡介先生要去佛羅倫斯留學，他應該大受打擊吧。」

「……鏡介瞞著那孩子要留學的事情瞞到最後一刻，我記得是在他過世前一週吧。咲也非常不高興。」

「接著最後把情緒發洩在鏡介先生身上，因為鏡介先生也很疼愛咲也，他會覺得自己遭到背叛也是無可奈何。所以他應該這樣說了吧——『你已經不喜歡我了嗎』[3]。」

空谷垂頭喪氣閉起眼睛。

「因為我確定那是女性的聲音，所以無意識地補進第一人稱了吧。」

「聽說咲也那時候幾乎不和你說話，所以你聽到他的聲音——聽到他情緒激動大喊的聲音也沒有認出來。」

「就是這樣，結果我……」

空谷躊躇了一會兒才繼續說。

「我完全不了解那孩子，就是這麼一回事吧，正如西永所說。」

光彌突然憐憫起這個男人來了。

——創也會死全是你的錯。

光彌到現在也無法忘記他如此苛責自己的話，今後也永遠無法原諒他吧。

正如海繪所說，這個男人——空谷奏一郎是相當笨拙的人。

3 先前空谷提到這段話時，第一人稱是「わたし（watashi）」（泛用第一人稱），但光彌推測咲也說這段話時的第一人稱是「おれ（ore）」（男孩常用的第一人稱）。

他這份笨拙無庸置疑傷害了身邊的人，所以光彌不打算原諒他。

即使如此，這個男人也因為這份笨拙而被身邊的人拒絕、孤立。光彌還是不禁覺得他很可憐。

「空谷先生。」

光彌如此喊他。空谷嚇得抬起頭，原本氣得想要開口，但立刻無力低下頭。

「幹嘛啊，——三上、光彌同學。」

「只有你能在旁支持咲也和海繪小姐，我喜歡他們，所以我會祝福你早日康復。」

「……你很愛多說一句話。你就是這種個性才交不到朋友。」

「你這句話才是名副其實很愛多說一句，是遺傳吧。」

「還真是抱歉。」

光彌擅自把這句話解釋成父親對過去所有一切的道歉。

「請保重。」

「好。」

「注意身體。」

「好，你也是啊。」

光彌離開病房。

走在空無一人的走廊上，稍微冒出淚水。但只有一滴滑過臉頰，立刻就消失了。

將來大概不會在人生中再度與他交集吧。

就算有血緣關係，他也不再是「父親」了。

感覺很不可思議，家人，到底基於什麼定義變成家人的呢？

為什麼大家都想抓著不放？為什麼會想要遠離原生家庭，再去創造一個新的呢？而就連這個也不喜歡便放手，接著再創造一個新家庭的人，到底在想什麼呢？

「完全搞不懂。」

光彌邊從大廳朝外走邊自言自語。

家人真的是很隨便的東西，但他現在覺得這份隨便真讓人舒服。

（我身上的詛咒已經解開了。）

光彌在雨後的日光中邁出腳步。

16

在那一週後──空谷出院前一天，光彌第三度被找到空谷家去做晚餐。在海繪「三上先生也一起吃吧」的要求下，他陪兩人一起用餐。

「我決定要去佛羅倫斯了。」

在餐桌上，咲也突然開口這樣說，光彌驚訝地回看他。

「什麼時候？」

「下個月。」

他做決定的驚人速度令光彌啞口無言，海繪平穩微笑，似乎已經取得她的同意了。

「鏡介──光彌也知道他吧。其實我和鏡介吵架了，而且還是在他死掉那天早上。雖然大家都說死因是心臟病發作，但我真的好混亂，會不會因為和我吵架造成他心臟的負擔了……」

「別這樣說，我不是一直對你說不是那樣。」

海繪插嘴。

她知道咲也和鏡介起口角。所以在警方問話時才會心緒不寧。島崎之後才向光彌坦白，因為如此她一度懷疑鏡介爭執的對象是海繪。島崎是這樣說的。

——因為咲也很黏鏡介，所以海繪該不會以為兒子被他拋棄了而去找他抗議。然後說「你已經不喜歡咲也了嗎？」

「咲也，然後呢？」

「嗯，然後啊，雖然我最後對鏡介說了很過分的話……那個人到最後都很溫柔對我說『咲也對不起，但將來有天你也會懂去看看世界的意義。我會在佛羅倫斯等你』。」

咲也抬起頭微笑，他的眼中泛著淚光。

「所以啊，鏡介一定在等我，在佛羅倫斯等我。」

「這樣啊。」

光彌只說了這一句，不需要其他更多了。

又經過一週。

這段期間光彌聽到各種消息。

依殺人未遂的罪嫌正式起訴西永。以及久慈和日比野一起前往維也納。她也決定要到新天地去測試自己的才華。

接著，八月也進入最後一週。

光彌走進常上門的咖啡廳後立刻找到蘭馬兩人。

「讓你們久等了。」

光彌喊完走近，蘭馬「喔……」手舉到一半僵住了。

「咦、光彌……你怎麼啦？」

蘭馬錯愕地指著光彌的頭，一旁的律也睜大眼睛。

「三三，你變得好神清氣爽喔。」

光彌昨天上美容院把後面長髮剪掉了。把原本留到肩胛骨附近的頭髮，剪短到可以看見後頸。

「就覺得想把它剪掉了，不好看？」

蘭馬慌慌張張揮手。

「沒有，只是有一點嚇到，俐落的感覺很適合你喔。」

「嗯，三三留短髮也很帥氣，我也來剪短好了。」

「哦，我覺得律維持這樣比較好，因為留長髮很可愛啊。」

「是嗎？良良嘴巴好甜喔……」

律一臉開心地把玩自己束起的長髮。

光彌開心想著，他的態度也越來越樂觀了。

「你爸身體好轉了嗎？」

光彌一就坐，蘭馬相當擔心地開口問。

「他已經不是『我爸』了。——聽說已經恢復正常生活了。」

「這樣啊，太好了。」

接著三人悠閒討論。

大學生的暑假很漫長——所以說，他們正在計劃九月中要去旅行。就在大致敲定「要去北陸」這個大方向之時，光彌站起身。

「那麼，我差不多該走了。」

「啊，是家政夫的打工吧？加油喔。」

律揮揮手。

光彌笑著向兩人道別。

＊＊＊

八月三十一日。

怜呆呆眺望窗外。今天洗好的衣物也隨風輕輕舞動。桌子對面，光彌正在看房仲的簡介。

「別再找凶宅了。」

怜故作自然地說，光彌不滿地抬起頭。

「可是那很便宜啊，又沒有關係，不行的理由在哪？」
「直覺。」
「那什麼理由啦。」
光彌無奈一笑。
午後，兩人正在放鬆喝茶。這是相當舒適的時光。
怜和光彌，大概，是朋友。
不是情人也不是夫婦，但住在一起。總覺得待在一起心情舒暢。只是，僅此而已。完全不認為需要有什麼制度或話語束縛住自己。
這樣就好，這樣最好。
「但是，也不能一直這樣下去吧。」
「什麼？」
「自言自語。我也是一轉眼就到了三十，接下來四十也在眼前了。」
「……是這樣嗎？我還不太清楚。」
光彌含糊回答後闔上簡介。
「為什麼不能一直這樣下去呢？」
「那是因為，嗯……不普通，吧。」
「我覺得很普通啊，對我來說，現在的生活就是普通。」
光彌直直回看怜。
「對怜大哥來說不普通嗎？」

普通這個詞。

這是怜所憧憬的東西，希望外界「如此」看待他。同樣一句「普通」，前陣子光彌就拿這句話刺傷西永行雄。那在厭惡「普通」的西永的靈魂上劃下致命傷。而光彌自己又是怎麼定義這句話呢？

「對我來說，我現在過的這個生活就是普通。」

「……說的也是，或許就是如此。」

怜又看向窗外。

耀眼日光中，純白床單在底下搖擺。

「那個啊，多待一陣子如何啊？待在這裡。」

「什麼？」

光彌歪過頭，變短的鬢角柔柔垂放在他頰邊。

「你不用這麼急著找房子，只要替我做家事已經非常足夠了——就待在這個家裡吧。」

「如果你這樣說，感覺我會一直依賴著你耶。」

「沒關係，就讓你依賴。要待到大學畢業也可以。」

「嗯。但我的戶籍還留在老家……這樣下去感覺會牴觸什麼法律。」

「船到橋頭自然直啦。」

光彌呵呵一笑，這是發自內心的笑聲。

「不行啦，刑警怎麼可以這麼隨便。」

「但我覺得，只要和你在一起，就有船到橋頭自然直的感覺。」

完全不清楚十年後、五年後會怎樣。

即使如此，只要人還活著，就會被某種未來強制造訪。

「接下來得決定許多事情才行。」

「得決定才行呢。但是，嗯，再稍微維持這樣一下也無妨吧。」

「……說的也是。」

光彌點點頭。他也順著怜的視線，眺望晾曬的衣物。

「現在就——繼續維持這樣吧。」

——《家政夫是名偵探！3　春末洗衣與選擇》完

高寶書版集團
gobooks.com.tw

LN009

家政夫是名偵探！春末洗衣與選擇

家政夫くんは名探偵！春の終わりの洗濯と選択

作　　者　楠谷佑
繪　　者　スオウ
譯　　者　林于楟
編　　輯　薛怡冠
美術設計　陳思羽
排　　版　彭立瑋
版　　權　張莎凌
企　　劃　方慧娟

發 行 人　朱凱蕾
出　　版　英屬維京群島商高寶國際有限公司台灣分公司
　　　　　Global Group Holdings, Ltd.
地　　址　臺北市內湖區洲子街88號3樓
網　　址　www.gobooks.com.tw
電　　話　(02) 27992788
電　　郵　readers@gobooks.com.tw（讀者服務部）
傳　　真　出版部　(02) 27990909　行銷部 (02) 27993088
郵政劃撥　50404557
戶　　名　三日月書版股份有限公司
發　　行　三日月書版股份有限公司 / Printed in Taiwan
初版日期　2022年10月

裝　幀　前田麻依＋ベイブリッジ・スタジオ
格　式　ベイブリッジ・スタジオ
DTP　富宗治
校　正　株式会社鷗来堂
印刷・製本　中央精版印刷株式会社

國家圖書館出版品預行編目(CIP)資料

家政夫是名偵探!. 3, 春末洗衣與選擇 / 楠谷佑著；林于楟譯.-- 初版. -- 臺北市：英屬維京群島商高寶國際有限公司臺灣分公司出版：三日月書版股份有限公司發行, 2022.10- 冊；公分. --

譯自：家政夫くんは名探偵！春の終わりの洗濯と選択

ISBN 978-626-7152-19-5(第3冊：平裝)

861.57　　111008922

三日月書版

三日月書版

GOBOOKS
& SITAK
GROUP©